世界著名作家短篇小说精选系列

茨威格短篇小说精选

[奥]斯特凡·茨威格 著 韩耀成 译

群众出版社
·北京·

图书在版编目（CIP）数据

茨威格短篇小说精选／（奥）茨威格著；韩耀成译．—北京：群众出版社，2016.3

（世界著名作家短篇小说精选系列）

ISBN 978-7-5014-5486-0

Ⅰ.①茨… Ⅱ.①茨…②韩… Ⅲ.①短篇小说—小说集—奥地利—现代 Ⅳ.①I521.45

中国版本图书馆CIP数据核字（2016）第013757号

茨威格短篇小说精选

[奥] 斯特凡·茨威格 著　韩耀成 译

出版发行：群众出版社
地　　址：北京市丰台区方庄芳星园三区15号楼
邮政编码：100078
经　　销：新华书店
印　　刷：北京通天印刷有限责任公司

版　　次：2016年5月第1版
印　　次：2016年5月第1次
印　　张：8.375
开　　本：880毫米×1230毫米　1/32
字　　数：170千字
书　　号：ISBN 978-7-5014-5486-0
定　　价：29.00元

网　　址：www.qzcbs.com
电子邮箱：qzcbs@sohu.com

营销中心电话：010-83903254
读者服务部电话（门市）：010-83903257
警官读者俱乐部电话（网购、邮购）：010-83903253
文艺分社电话：010-83901330　010-83903973

本社图书出现印装质量问题，由本社负责退换

版权所有　侵权必究

描写潜意识心理的大师

韩耀成

奥地利作家斯特凡·茨威格（1881—1942）生活在19世纪末期至第二次世界大战期间，这个命途多舛的时代，动荡不安的世界，给他的生活打上了深深的烙印。他的一生经历了两次世界大战，有着在不同战线上的两次经历：一次是站在德国一边，另一次是站在反德国一边。他在自己的回忆中曾说，他"作为一个奥地利人、犹太人、作家、人道主义者、和平主义者，恰好站在地震最剧烈的地方"。他所说的"地震最剧烈的地方"就是德国和奥地利。

一

茨威格出生于维也纳的一个犹太企业家家庭。他的父亲是犹太人，除了德语，还会说法语和英语；他母亲出生在意大利的一个金融世家，从小就说意大利语，家族成员分散在世界各地。这样的家庭环境为茨威格掌握多种外语提供了良好的语言环境。茨威格的青少年时代是在维也纳度过的。维也纳是哈布斯堡王朝统治下的奥匈帝国（1867—1918）的首都。这个老朽的帝国是一个多民族君主国，在世纪更迭时期，它面临着日益加剧的民族矛盾和社会各阶层、各阶级之间的严重对立，政治上呈现一派颓败景象，但是首都维也纳却仍是处处歌舞升平，流光溢彩。这里汇聚了欧洲德意志、斯拉夫、匈牙利、西班牙、意大利、法兰西、弗兰德的各种文化传统，以及各种思潮和流派。这座城市兼收并蓄，博采众长，把一切有着极大差异的文化熔于一炉，使维也纳成了欧洲著名的文化中心。当时文坛上群星璀璨，流派纷呈，自然主义、印象主义、象征主义、新浪漫主义、表现主义、达达主义等文学艺术流派先后或同时崛起，奥地利文学开始了从传统向现代的转换，维也纳则成了现代派文学的大本营。前卫的"维也纳现代派"（又称"青年维也纳"）因倡导新的艺术观念、审美情趣和价值判断而名震一时，造就了奥地利文学的辉煌。巴尔、里尔克、霍夫曼斯塔尔、施尼茨勒、穆西尔、弗洛伊德、施特劳斯父子、马勒、勋贝格……这些当时世界上出类拔萃的人物都汇聚在这里，像群星闪耀在维也纳的上空，放射出熠熠的光辉。尼采对资本主义社会的批判成了现代主义文学的精神指南，弗洛伊德的近代心理学则为现代主义文学转向内心提供了理论依据。

　　茨威格就是在这样的环境下成长的，自幼就受到良好的文学艺术的熏陶。他就读的中学是维也纳的一所名牌学校，以历史上德意志国王兼神圣罗马帝国皇帝马克西米利安（1459—1519）的名字命名。他班上的同学对文学艺术都怀有狂热的兴趣，如饥似渴地阅读各种书籍和新出版的报刊，了解新鲜事物，吸取新的营养。维也纳浓郁的多元的精神文化氛围，为年轻人文学才华的发挥提供了非常适宜的土壤，从思想修养上培育了茨威格作为欧洲乃至世界公民的种子。当时，中学生对正在兴起的势不可挡的现代主义潮流如痴如狂。里尔克23岁就有了很高的文学声誉和许多狂热的追随者，尤其是霍夫曼斯塔尔，这位十六七岁就写下了不朽诗篇和后人难以企及的散文的文学"神童"，对年轻的茨威格起了强烈的冲击作用。直到晚年，茨威格还深情地回忆起当时他读霍夫曼斯塔尔作品的感受："总而言之，这位中学生、这位大学生所写的一切，如同水晶一般从内在深处散射出光彩，同时又显得深沉和炽烈。诗歌、散文，在他手中犹如伊米托斯山上芬芳的蜂蜡，紧紧地糅合在一起。他的每一篇诗作，从来都是恰到好处，不多也不少，不落窠臼，人们总觉得在那前人足迹未至的道路上必有一种不可理解的力量在神秘地引导他。"在这种文学氛围的熏陶和影响下，茨威格很早就开始文学创作，十六七岁的茨威格，不仅知道波德莱尔或者惠特曼的每一首诗，而且还能背诵重要的名篇。他16岁（1897年）就开始在报刊上发表诗歌和小说，早年创作以诗歌为主。像这样文学上的早熟，不仅在马克西米利安中学茨威格的班上是这样，在当时维也纳的其他中学里也有类似的现象。处于青春期的年轻人心里总有一种诗兴或写作冲动，这种在心灵中泛起的涟漪碰到适宜的环境，就产生出了一批文学"神童"。

1900年，茨威格进入维也纳大学学习哲学、德语文学和法语文学。学习期间,他将已经发表的诗选编成册,以《银弦集》(1901)的书名出版,随后又翻译出版了法国诗人的作品。作为诗人,茨威格基本上属于印象派,并带有世纪之交奥地利文学普遍存在的病态和颓废主义情调。他的诗歌轻柔飘逸,缠绵悱恻,蒙着一层淡淡的哀愁,诗的语言优美,音乐性强,但是创作态度非常严肃的茨威格对自己的作品十分苛求。《银弦集》虽然曾受到利里恩克隆、戴默尔和里尔克等当时著名诗人的赞扬,但茨威格本人却对自己的这部处女作很不满意,没有再版,其中的诗一首也没有选入后来自己的《诗集》(1924)。他认为,这部处女作里的作品还不成熟,那些诗句不是出于他自己的亲身体验,而是"一些不确定的预感和无意识的模仿",表达的只是一种"语言上的激情"。确实,他这一时期的作品,在当时流行的印象主义、象征主义和新浪漫主义等文学的熏陶下,过多地着意于形式的雕琢,有明显的唯美主义倾向,也流露出"世纪末"的感伤情调。

1904年,茨威格获得博士学位,结束了大学的学习。在此后的那些年月,旅行和创作是他生活中的两件大事。对茨威格来说,旅行是他生命中不可或缺的一部分。他几乎每年都要到国外去旅游或演讲旅行,同世界各国的作家、艺术家进行广泛交往。1904年,他出版了第一部小说集《艾利卡·埃瓦尔德之恋》,随后出版了诗集《早年的花环》(1906),以及剧作和传记等。

第一次世界大战开始时,德国和奥地利的民族主义情绪相当普遍,许多人都陷入"爱国主义"的狂热中。但茨威格持和平主义立场，反对战争，主张各国人民之间友好相处。战争开始不久，他就在《柏林日报》发表《致外国朋友》的公开信，表示将来一有机会就与所有外国的朋友一起为重建欧洲文化而工作。信件发表后，有人对他"在这样的时刻和那些卑鄙下流的敌人为伍"进行谴责，但是正直的、有良心的人都给了他有力的支持。罗曼·罗兰致信茨威格说："不，我永不离开我的朋友。"

　　第一次世界大战后的年代，亦即魏玛共和国初期，德国和奥地利遭受了严重的通货膨胀、货币贬值的打击。商店像是被洗劫过似的，空空如也，饥馑和疾病到处在蔓延。通货膨胀在1923年达到顶峰，甚至出现过1美元等于10亿马克的天文数字，大街上人们拖着装满货币的小车去购物的情景更是司空见惯。这些，茨威格都亲历了，但是战后年代又是茨威格创作精力最旺盛的时期，他的许多重要作品都是在这一时期产生的。

　　1933年，希特勒上台，茨威格虽然从来不干预政治，但是因为他有独立的思想，是犹太人和人道主义者，所以他的作品也被焚烧、禁止，纳粹还把他的著作钉在耻辱柱上，他的作品被当作"毒草"。奥地利的纳粹党徒也日益嚣张。1934年，茨威格在萨尔茨堡的住宅被搜查，于是他便决心离开奥地利，移居伦敦。在伦敦，茨威格虽然深居简出，但对欧洲的情况充满忧虑。1938年，希特勒吞并奥地利，茨威格失去了祖国，奥地利护照被吊销，从此他开始作为"无国籍者"浪迹天涯，过着流亡生活。1940年，他和第二任夫人洛蒂获英国国籍，同年移居美国，1941年8月底又迁往巴西里约热内卢。他虽客居他乡，但心系欧洲。目睹法西斯猖獗、野蛮横行、理性毁灭、欧洲文明沦丧，他一生追求的人道主义理想遭到蹂躏，他变得烦躁不安，精神忧悒，内心承受着巨大的痛苦，感到深沉的沮丧和绝望！1942年2月22日，他与夫人洛蒂在里约热内卢近郊的佩特罗波利斯的寓所，以极其理智和平静的方式，有尊严地结束了宝贵的生命，以此来对灭绝人性的法西斯表示抗议。茨威格在他留下的绝命书《声明》中写道："……与我操同一种语言的世界对我来说业已沉沦，我的精神故乡欧洲亦已自我毁灭，……要想再次开始全新的生活，那需要有特殊的精力，但是我已年过花甲，我的精力在流离失所、颠簸流浪的漫长岁月里已经消耗殆尽。因此我觉得还不如及时以尊严的方式来结束我的这个生命，结束我这个始终视精神劳动为最纯粹的快乐、个人自由为世界上最珍贵的财富的生命为好……"

二

　　一方面，茨威格目睹了人类从高度文明倒退到原始野蛮之中，另一方面，他生活的那个时代，人类在科学技术方面取得了前所未有的成就，超越了以往千百年所创造的业绩。这样，那个时代就出现了令人奇怪的悖谬现象：既露出了恶魔般的狰狞面目，又创造了像是神明造就的业绩。这一切都在他的思想和创作上打下了深深的烙印。他竭力开掘人类心灵的角落，用笔不断探询人生的意义。

　　茨威格是著名的中短篇小说家，是心理现实主义大师。尼采哲学和弗洛伊德精神分析学对他的创作有很大影响，他的小说几乎都是心理小说。他的三部"环链"系列小说集分别写儿童、成年和老年时期三个阶段：《初次经历》（1911）写青春前期和青春期少年萌动的心理，通过他们的眼睛观察成年人的两性关系，为儿童、少年打开了感情世界的大门；《热带癫狂症患者》（1922）写成年人的激情遭遇及其后果；《感情的迷惘》（1927）写激情对饱经风霜的人的折磨。这三部"环链"小说代表了茨威格小说创作的成就与风格。作家分别收入其他小说集的中短篇小说，以及长篇小说《永不安宁的心》（1939）和两部未完成的长篇——《变形的陶醉》和《克拉丽莎》也都是心理小说。

丹麦文学评论家勃兰兑斯说："人心并不是平静的池塘，并不是牧歌式的林间湖泊。它是一片海洋，里面藏有海底植物和可怕的居民。"茨威格对心理问题有着特殊的偏爱，谜一样的心理活动对他具有难以抑制的诱惑，因而毕生都在对这片心灵的海洋进行不知疲倦的、勇敢的探索。托马斯·曼在悼念茨威格时说："他的世界声誉是当之无愧的，在这个时代的重压下，这位才华横溢的人，他的灵魂的反抗力垮了，这是很不幸的。我最佩服他的，是他善于把历史时期和人物形象从心理上和艺术上表现得栩栩如生的那种才能。"

茨威格的小说最引人注目的主题，是对人的心理奥秘的探索：对女性心理的出色描绘和对激情的揭示，以及对青少年青春期心理的关注。另外针砭时弊和揭露纳粹罪行等贴近现实生活的社会题材，虽然不是作家创作的主要方面，但却是一个不可忽视的重要方面。

茨威格一生孜孜不倦地探索人的心理活动的奥秘，那么热衷于对人物进行心理分析，弗洛伊德的影响是一个重要因素。弗洛伊德是茨威格最亲密的朋友之一。茨威格十分推崇弗洛伊德的潜意识理论，认为它向人们指出了进入人的灵魂、探索人的深层心理之路。他在自传《昨日的世界——一个欧洲人的回忆》里曾多次提到弗洛伊德的潜意识的原始欲望，并对弗洛伊德勇往直前地向当时被列为禁区的"那个人世间隐秘的性冲动世界"进行探索表示由衷的钦佩。弗洛伊德研究的潜意识的原始欲望在茨威格笔下就是激情，也就是本能冲动。他总是喜欢深入人物的内心世界，烛幽洞微，去发掘人物内心最隐秘的角落，发现他们不曾示人的一面。小说中的主人公往往受到激情的煎熬和驱使，而且一辈子都在喝潜意识的激情所酿成的苦酒，有的还导致悲剧性的结果。

茨威格善于洞察和表现女性内心活动，在塑造女性形象、揭示女性心理方面堪称独步。《一个陌生女人的来信》和《一个女人一生中的二十四小时》是脍炙人口的佳作，最典型地呈现出茨威格的创作风格和艺术特色，弗洛伊德的影响也最为明显。在《一个陌生女人的来信》中，那位陌生女子身上所焕发出来的激情－情欲，就是"本我"或者潜意识中原始的、与生俱来的各种本能的欲望和冲动。女主人公的信写得缠绵悱恻，情意缱绻，如怨如诉，袒露了一个女子最隐秘的心理活动。小说巧妙地安排在两性关系上，把爱情写得非常纯洁和崇高，不但彰显出茨威格高超的写作技巧，也反映出作家纯清的思想境界和高尚的情操，难怪我国作家刘白羽读后禁不住惊呼："真是一部惊人的杰作！"这部作品"以其惊人的诚挚语调，对女人超人的温存，主题的独创性，以及只有真正的艺术家才具有的奇异表现力"，使高尔基深受震动，而且"激动得难以自制，竟丝毫不感到羞耻地哭了起来"。《一个女人一生中的二十四小时》中的 C 夫人，一时抵挡不住激情的冲动，从对赌徒的一时委身转变为真诚的爱，愿意抛弃一切，追随所爱的人走向天涯海角。谁知她的无私奉献换来的却是赌徒的辱骂。这二十四小时的经历像梦魇一样压在她的心头，使她在后半生一直背着沉重的精神十字架，过着行尸走肉似的生活。小说对潜意识心理的描写令人叹为观止。高尔基认为，这篇小说比茨威格的其他小说"更具匠心"，他是"以罕见的温存和同情来描写妇女"的。

值得一提的是，《一个女人一生中的二十四小时》这篇小说除了心理描写外，还有不同凡响的细部特写，尤其是对赌徒的手的下意识动作的描写，更是精彩绝伦："两只手，我从未见过的两只手，一只右手和一只左手，像两只横眉竖目的猛兽交织在一起在那里厮拼，互相伸出爪子，朝对方身上狠抓，于是指关节便发出砸干核桃时的那种咔嚓声。这两只手……长得出奇，又细得卓绝，绷得紧紧的肌肉宛如凝脂，指甲白皙，指甲尖修剪得圆圆的好似珍珠轮叶……"当掌盘人高喊"彩门"的瞬间，"两只手突然互相松开，就像两只同时被一颗子弹击中的猛兽。两只手一起瘫落下来……它们每块肌肉都是一张倾诉心曲的嘴，可以感到几乎每个毛孔都在发泄激情。随后这两只手在绿色赌台上摊放了一会儿，就像被波涛冲上海滩的水母,扁平,并且没有一点儿生气……"茨威格将这位年轻赌徒的全部激情都聚焦在他的这双手上,刻画得惟妙惟肖,卓荦冠群,成了世界文学史上最精彩的亮点之一。故事的主角,满头银发、娴静高雅的62岁英国贵妇人,20年前在蒙特卡洛的赌场被赌徒的这双手所迷住,演绎出24小时之内跌宕起伏、扣人心弦、荡气回肠的故事。弗洛伊德在《陀思妥耶夫斯基和弑父》(1928)这篇文章中,论述了茨威格对赌徒的这双手的描写,并从精神分析的角度作出阐释,认为小说中赌瘾是手淫的替代物,C夫人等同于母亲。年轻赌徒(与C夫人的儿子同岁)幻想:倘若母亲得知手淫会带给我很大危害,她一定会让我在她身上获得种种温存,以救我于危境之中。而母亲则将爱情无意识地转移到儿子身上,在这个未设防的地方命运将她攫住了。我们尽管可以不认同弗洛伊德的分析,但他的这篇文章无疑为茨威格这篇小说之闻名于世界给力不小,这是不争的事实。

《恐惧》也是以引人入胜的心理描写著称。女主人公伊莱妮红杏出墙,遭人跟踪和敲诈,度过一段提心吊胆的日子,精神濒于崩溃,最后丈夫原谅了她,对她更温柔体贴。茨威格写激情-情欲的女性小说还有很多,难怪我国作家那多惊叹,茨威格"对女性心理的分析,已经近乎走火入魔"。

茨威格写激情冲动的不仅是女性小说,有些以男性为主人公的小说中同样也有瞬间爆发的激情遭遇,《森林上空的那颗星》中,那位饭店跑堂的卧轨殉情就是一例。《国际象棋的故事》中,B博士在下棋过程中下意识地哆嗦的双手和忘我的神情就是其身上激情瞬间被激发出来的表露。由此可见,这些作品中的人物大都是耽于某种思想的偏执狂。茨威格坦言："我平生对患有各种偏执狂的人，一个心眼儿到底的人最有兴趣，因为一个人知识面越是有限，他离无限就越近；正是那些表面上看来对世界不闻不问的人，在用他们的特殊材料像蚂蚁一样建造一个奇特的、独一无二的微缩世界。"（《国际象棋的故事》）茨威格喜欢深入到人物的内心世界，烛幽洞微，去发掘人物内心最隐秘的角落。小说中的主人公往往受到激情－情欲的煎熬和驱使，一辈子都在喝潜意识中激情－情欲所酿成的苦酒，有的还导致悲剧性的结果。茨威格的心理分析小说像是精确的心电图，记录着主人公心灵颤动的曲线。小说的主人公大多是一些抵抗不住命运摆布的人物，茨威格从不同的角度表现了本能冲动对主人公行为方式的支配作用，以及对其命运的决定性影响。

关注少男少女青春前期和青春期的心理，是茨威格小说的另一个重要主题，是他探索人的心理奥秘的另一个重要方面。青春前期到青春期是人生旅程上的一个重要驿站。情窦初开的少男少女，他们的心理最为敏感，对成人世界，尤其是对两性关系怀着恐惧、羞涩与好奇。在茨威格眼里，儿童少年朦胧的性意识的觉醒似乎是他们必行的"成人礼"，有了"初次经历"，揭开爱情这个"灼人的秘密"，青少年就打开了感情世界的大门，"下意识地感到自己已经处在童年时代的边沿"，"童年就要慢慢消散在那雾蒙蒙的天际了"（《灼人的秘密》），就会"从舒适欢乐的童年一下掉进了深渊"，一下就"长大了好几岁"（《家庭女教师》），这样，儿童少年就跨进了成人感情世界的大门。《灼人的秘密》《朦胧夜》《家庭女教师》和

《夏天的故事》，甚至《生命的奇迹》等都是描写少男少女青春萌发期内心的情感和心理、生理变化的。在世界文学史上，像茨威格这样对青少年青春期心理给予那么大关注的作家并不多见。茨威格这一题材的小说大多写于20世纪20年代以前，这与当时奥地利的社会状况不无关系。从心理学的角度来说，处在青春期的青少年，他们内心产生骚动不安，对两性问题感到神秘好奇完全是正常现象，社会和学校理应通过性启蒙教育给予他们正确的引导。可是，19世纪末20世纪初的奥地利，人们都小心翼翼地回避性的问题，认为它是造成不安定的因素，有悖于当时的伦理道德。青年男女很少有无拘无束的真诚关系，他们的正常交往也受到社会道德规范的种种限制。年轻人郊游或聚会时，女孩子总得有母亲或家庭教师的陪伴。在这种情况下，茨威格对青春期青少年心理所做的细致入微的研究和真实生动的描绘，不啻是对当时资产阶级的虚伪道德和奥地利学校教育的有力批判，是对家庭、学校和社会忽视对青少年进行青春期教育的严肃控诉。

弗洛伊德学说虽然为茨威格的创作开辟了心理描写的广阔领域，但是毋庸讳言，弗洛伊德对茨威格的创作也有某些负面影响。由于茨威格的作品表现的大多是激情－情欲及其后果，往往游离于时代、社会和人民的生活，仿佛作家生活在与世隔绝的"桃花源"里，减弱了作品的时代感和现实感。过多的心理描写也使有些作品显得拖沓、重复。但是茨威格毕竟生活在现实世界，不可能不受到现实政治和社会生活的影响，也创作了一批直面现实、针砭时弊、反战、揭露和批判纳粹罪行的作品，而且写得极其深刻，精彩感人，如《看不见的藏品》《日内瓦湖畔的插曲》《巧识新艺》《旧书商门德尔》《桎梏》《国际象棋的故事》等。

《看不见的藏品》是一篇针砭时弊的小说。酷爱艺术的老林务官倾其所有，逐年收藏了一批艺术珍品，后来，他的眼睛瞎了，在战后饥荒年代，为了活命，他的家人只得瞒着老人出卖这些价值连城的藏品。虽然每件藏品能卖得一笔巨款，但在货币贬值的年代，转瞬间，卖得的巨款就变成了一堆废纸。这些描写是第一次世界大战后魏玛共和国时期德国食品匮乏、饥馑严重、通货膨胀、货币贬值的社会情况的真实写照。对于人民的苦难，茨威格充满同情和爱心，这篇小说感人至深，催人泪下。

茨威格的小说一般很少交代人物和时代背景，给人作品有点儿游离于生活的印象。《桎梏》和《国际象棋的故事》等是作家直接针对时政的为数不多的几篇小说，前者是一篇反战小说，后者抨击法西斯对人们的精神迫害，完成于1942年初，在作家自杀前不久。为了创作这篇小说，茨威格专门买了一本国际象棋棋谱来学习研究，并和夫人一起按棋谱上的名局摆棋。由此也可窥见他认真严肃的创作态度之一斑。

三

与19世纪司汤达、巴尔扎克、福楼拜和托尔斯泰等批判现实主义大师不同，茨威格对自己笔下的人物不是无情揭露、残酷解剖，而是怀着巨大的同情和温馨的包容与爱心叙述人物的遭遇和不幸。对律师瓦格纳的妻子依莱妮和年轻的钢琴家发生的婚外情,非但没有"围观",还给予了温馨的谅解(《恐惧》);那位满头银发的C夫人当年委身于赌徒还遭到辱骂的痛苦经历,丝毫没有受到耻笑和鄙视,还赋予她的行为以高尚的动机,对她的所作所为给予了真诚的理解和同情(《一个女人一生中的二十四小时》);饭店跑堂对伯爵夫人一见钟情,竟以殉情来了却自己无法实现的心愿,作家并没有嘲笑他"癞蛤蟆想吃天鹅肉",而是对他表示同情和惋惜(《森林上空的那颗星》);《一个陌生女人的来信》中,作家把无私奉献的爱、坚忍不拔的品性、不卑不亢的自尊等这些人类的美德都赋予了这位陌生女子,以此来与"上等人"的生活空虚和道德败坏相对照……这样的例子在茨威格的作品中俯拾皆是。

茨威格始终坚持人道主义理想,对人,特别是对"小人物"、弱者、妇女以及心灵上受着痛苦煎熬的人充满同情和爱心,对主人公的遭遇和不幸,对他们人性的缺憾和弱点给予真诚的谅解和宽容,对他笔下的人物都给予人道主义的同情、理解、包容、宽恕和关爱,显示出作家那颗金子般的心。

茨威格的小说大多采用第一人称的叙述方法,这样更便于揭示人物的心理活动。有的作品中虽然出现第三人称叙述者(如《一个陌生女人的来信》),但小说的主体部分仍然是主人公的自述。茨威格的作品,语言富于音乐性和韵律美,结构精巧,故事引人入胜,情节发展往往出乎人们的意想,心理描写和分析极为细致,景物描绘十分出色,擅长"戏中戏"的技巧,读后能给我们留下一些隽永的回味。这一切使他成为世界上最受欢迎的作家之一。他的这些艺术特色也很符合中国读者的审美习惯,所以在我国,"茨威格热"一直经久不衰。

最后还想说几句关于茨威格的传记文学和戏剧作品的话。

茨威格的传记文学一直受到读者和评论家的推崇。他以《世界的建筑师》为总标题的三部传记系列小说《三大师——巴尔扎克,狄更斯,陀思妥耶夫斯基》(1920)、《斗恶魔——荷尔德林,克莱斯特,尼采》(1925)和《三诗人——卡萨诺瓦,司汤达,托尔斯泰》(1928)创作上也不囿于传主经历线性发展的外在现实,而是将心理分析的解剖刀直接切入人物内心,以传主的激情为主线,从人性的层面细致而又满怀激情地刻画传主的人格形态、性格特征和精神气质,揭示人物的心路历程。他的其他传记作品,如《罗曼·罗兰》(1921)、《约瑟夫·富歇》(1929)、《玛丽·安东内特》(1932)、《玛丽·斯图亚特》(1935)和《巴尔扎克》(1946)等也都以心理描写为主。可以说,茨威格的传记小说是一个个人物的精神画像。

茨威格还是一位杰出的剧作家。他写了大量有名的剧作并在欧洲著名的大剧院上演,如《泰西特斯》(1907)、《耶利米》(1917)、《沃尔波纳》(1926)、《穷人的羔羊》(1929)、《沉默寡言的女人》(1935)等。可是,人们在谈到茨威格时往往忘记或忽视他在戏剧创作方面所取得的杰出成就。

2015 年 9 月于北京

目 录

忘却的梦 ◎ 1

普拉特的春天 ◎ 9

两个寂寞的人 ◎ 26

森林上空的那颗星 ◎ 32

朦胧夜 ◎ 44

家庭女教师 ◎ 83

夏天的故事 ◎ 103

雨润心田 ◎ 117

一个陌生女人的来信 ◎ 144

月光巷 ◎ 193

看不见的藏品 ◎ 215

里昂的婚礼 ◎ 234

忘却的梦

一座滨海别墅。

幽静而朦胧的五针松便道上弥漫着略带咸味的海滨空气，微风不停地戏弄着橙树，好似纤细的手指不时小心翼翼地抚摸着色彩绚丽的花朵。阳光将远处染得金光灿烂，山丘——山丘上精美的房舍宛如白色的珍珠在熠熠闪光，还有几里之遥的那座像蜡烛似的笔直地耸立着的灯塔，这一切都微光闪烁，轮廓清晰，界线分明，犹如镶嵌在深蓝色天穹中的一幅璀璨的图画。远处的海上出现了难得见到的白色光点，那是孤单的船只上闪光的篷帆。大海的波涛晃晃悠悠地偎依着筑有台阶的海岸，这座别墅就修建在岸边的台地上。海浪还在不停地往上升，一直深进到大花园里一片浓荫披覆的碧绿的草地上，最后消失在疲惫的、童话般的、寂静的花园里。

上午，暑气弥漫在这座沉睡的房屋上，房前那条铺着沙子的小路像一道白线，通向凉爽的观景台。下面，滚滚激浪不断拍击着海岸，发出阵阵轰响，水珠不时四下飞溅，在耀眼的阳光下呈现出彩虹辉映的钻石般的灿烂光华。明亮的太阳光芒一部分洒落在互相紧紧偎依着窃窃私语的五针松叶上，一部分被一把张开的日本遮阳伞挡住，伞上呈现出许多欢快的光斑，亮得刺目，令人难以忍受。

在遮阳伞的阴影中，一个女人靠在一把柔软的草编圈椅上，她的身材非常漂亮，上身穿一件宽松而舒适的针织衫。她那只没有戴戒指的纤手漫不经心地垂下来，惬意地轻轻抚弄着一条狗的皮毛，那亮晶晶的绸缎般的皮毛；她的另一只手拿着一本书，黑睫毛下的一双灰色眼睛一直将注意力全都集中在书上，眸子里好似忍着一丝微笑。这是一双不安静的大眼睛，黯淡而模糊的光线使这双眸子更显得妩媚动人。她轮廓鲜明的瓜子脸透着强烈而诱人的魅力，但这魅力并非天然，也不协调，它将精心保养的某些局部之美刻意打理得万般风情，并巧妙地加以凸显出来：香气馥郁的亮晶晶的鬈发看似零乱不堪，但这发式却是一位女艺术家的精心之作；就是那莞尔一笑，那看书时在唇上颤动着、露出洁白光亮的珐琅质牙齿的莞尔一笑，也是长年累月对镜练习的结果。习惯成自然，现在已经成了固定的、去不掉的习惯艺术了。

沙砾路上传来一阵轻微的沙沙声。

她朝那儿望去，但坐姿并没有改变，像一只躺着的猫，沐浴在耀眼的暖融融的阳光下，只是懒洋洋地眯着磷光闪烁的眼睛打量着来人。

脚步声很快就临近了。一名身着号衣的仆人来到她跟前，递上一张狭长的名片，随后稍稍退后，等着主人的回应。

看到名片上的名字，她脸上现出惊喜的表情，一种只有在大街上陌生人向你亲切地打招呼时你才会有的表情。刹那间，她浓密的黑眉毛上现出几条微微的皱纹，显露出她在竭力思索，随即脸上突然露出欢快的样子，眼睛情不自禁地晶晶闪亮，好像是想起了早已消逝、早已忘得无影无踪的青春年华。名片上的这个名字又重新在她心里唤醒了那些岁月的清晰的图画。梦幻中的形象又渐渐显现，变得十分清晰，宛如在现实之中。

"这么说，"她突然回过神来，转向仆人，"这位先生想来拜访，那就请吧。"

仆人迈着轻快、谦卑的步子走了。一分钟的时间里周围寂静无声，只有永不疲倦的风儿在阳光灿烂的山顶上低声吟唱。山顶上到处铺满午间阳光洒下的沉甸甸的黄金。

接着，沙路上突然响起了轻快有力的脚步声，一个长长的身影定格在她的双脚前，她面前站着一个身材高大的男子。随即，她也利索地从松软的椅子上立起身来。

他们的目光首先相遇。他朝她那婀娜多姿的身躯投去飞快的一瞥，她的眸子里也闪烁着一抹浅浅的嘲讽式的微笑。

"您还想到我，真是太好了。"她开始说道，同时向他伸出纤细、白洁、精心保养的手。他十分尊敬地用嘴唇碰了碰。

"夫人，我想非常坦诚地跟您聊聊，因为这是阔别多年之后的一次重逢，而且，我怕今后好长时间我们也不会再见面了。我到这里来，在很大程度上纯系偶然。由于这座宫殿所处的地理位置极其美丽，所以我就打听了一下，房主的姓氏使我重新想起了您，于是，我怀着深深的愧疚到这里认罪来了。"

"尽管这样，我也不会因此而不欢迎您，因为开始的一瞬间我也没想到是您，虽然在我心里您曾经是举足轻重的。"

现在两人都笑了。青年时代若隐若现的初恋仍散发出甜美的、淡淡的芬芳，它那使人沉醉的甜蜜唤醒了他们的心。它犹如一个梦，你醒来时会轻蔑地一撇嘴唇，虽然你很希望再做一次，再经历一次这样的梦。但是，美梦是恍惚迷离的，只能希冀而不敢索求，只有允诺而没有给予。

他们的谈话继续着。声音里已经出现一种真诚，一种温馨的亲密，它足以维系一半如此美好、一半已经苍白的秘密。他们娓娓谈着往事，谈着已经忘记的诗歌、枯萎的花朵，谈起已经丢失的和扔掉的饰带以及在这座当年他们一起度过青春时代的小城里互赠的小小的爱情信物。谈话中，他快乐的笑声像一颗颗滚动的珍珠不时撒落下来。这些陈旧的故事像失传的传说撞击着他们心中沉寂多年、布满尘埃的大钟。现在这些故事慢慢地、慢慢地充满了痛苦而疲倦的庄严，他们业已逝去的青春和爱情给他们的谈话增添了一种深沉的、几乎是悲伤的严肃气氛。

他用低沉而富有旋律的声音微微颤抖地说:"我在美国那边得知您订婚了。在我得到这个消息的时候,您大概已经结婚了。"

对此她什么也没说。她的思绪回到了十年以前。

他们两人之间出现了漫长的几分钟的压抑的沉默。

随后,她轻轻地几乎是无声地问道:

"您当时对我是怎么想的?"

他惊讶地抬眼望着她。

"这我可以坦率地告诉您,因为明天我就要回到我的新故乡去了。——我并没有生您的气,即使是瞬间,我也未曾作出过糊涂的含有敌意的决断,因为生活本身已经把色彩缤纷的火焰冷却成了微光闪烁的同情的火苗了。我对您不理解,只是——感到惋惜。"

她的脸颊上泛起一片微微的深红,眼睛里的亮光变得更强烈了。她激动地喊道:

"为我惋惜!我不知道这是为什么。"

"因为我想到了您未来的夫君,那个冷冰冰的一天到晚只想赚钱的人——请不要反驳我,我并不想侮辱您的丈夫,我对他一直都很尊敬,因为我在想着您这位我所离开的姑娘,因为我心里怎么也想不出您这个形象,您这个孤独的、十全十美的人,对平凡的生活抱着轻蔑的嘲弄态度的人,怎么会成为一个凡夫俗子的品行端正的妻子呢。"

"如果一切都果真是这样,我干吗还同他结婚?"

"情况我知道得不太详细。也许他具有一些隐藏的长处,表面一看会忽略过去，只有在密切交往中才会开始显露出来。这对我来说是个容易解开的谜，因为只有一件事我不能并且也不愿相信。"

"什么事？"

"或许您看上了他的伯爵头衔和百万家财，而这是我唯一不能给您的。"

她仿佛没有听到最后这句话，因为她用手指搭着凉棚在向远方雾霭弥漫的地平线眺望，那里天空将其浅蓝色的衣裳浸入瑰丽的黑黝黝的大海的波涛之中，在阳光的照耀下，她的手指像紫贝似的透着深红的玫瑰色。

他陷入沉思，几乎把最后说的几句话忘了。这时，她突然从他面前转过身去，用几乎听不见的声音说道：

"确实是这样。"

他吃惊地望着她，几乎吓了一跳。她慢慢地、显然是装出平静的样子重新坐进她的圈椅里，怀着无声的忧伤，嘴唇几乎动都不动一下，单调地继续说道：

"当我还是小姑娘，怯生生地说着孩子气的话的时候，那时就没有一个人理解我，您同我那么要好，连您也不理解我。或许我自己也不理解。我现在还常常想起，我不理解自己。女人对她们相信奇迹的少女的心灵还知道些什么呢？女孩子的梦像娇嫩、细小的白色花朵，现实生活呵出一口气就会将它们吹得无影无踪。我不像别的女孩子那样梦想果敢骠勇、生龙活虎的英雄，他们会把她们寻觅的憧憬变成光芒四射的幸福，把她们默默的预想变成使人愉快的体验，并使她们从隐隐约约、模糊不清、无法把握却可以感觉的痛苦中,从被阴影笼罩的她们的少女时代,从越来越黑、越来越可怕、越来越沉重的痛苦中解脱出来。我从未有过这种痛苦,我的灵魂乘着另外一些梦幻之舟驶向隐蔽的未来的林苑。我的梦是我特有的。我总梦到自己是古老的童话书上的阳光王子,玩着熠熠生辉、光华闪烁的宝石,他们手里专心致志地拿着金光灿灿的童话里的财宝,身上穿的飘洒的衣服也是无价之宝。——我梦想荣华富贵,因为这两者我都喜欢。要是我的手可以摸摸微微抖动、低吟浅唱的丝绸,我的手指可以像睡觉时一样放在沉甸甸的天鹅绒的柔软的梦幻般的绒毛里,那该有多快乐啊!要是我能将首饰像链子一样戴在自己因快乐而发抖的纤纤手指上,要是白宝石在我潮水般的浓密的头发上像幻想中的珍珠一样闪闪发光,我会感到多么幸福啊!我的最高愿望是坐在一辆漂亮的马车的柔软的座位上。我当时醉心于打扮,看不起自己现实的生活。要是我穿着日常衣服,我就恨自己的简单和朴素,觉得自己像个修女。我往往整天都待在家里,这时我就恨自己,因为我为自己的平凡感到羞愧。我躲在我那间狭小、简陋的房间里,我最美好的梦想就是独自生活在浩瀚的大海之滨,住在自己的房子里,房子既豪华又有艺术气息,路上绿树蔽日,浓荫铺地。在那里,卑鄙小人不会将其肮脏的爪子伸过去;在那里,处处是一派平和——几乎同这里差不多。我梦寐以求的东西,我丈夫都满足了我,正因为他能做到这一切,他就成了我的夫君。"

她沉默不语了,她的脸上燃烧着放荡不羁的美。她眼睛里的光泽变得深沉而恐怖,面颊上的红晕变得越来越炽烈。

一片深沉的寂静。

只有亮光闪烁的波浪在下面唱着旋律单调的歌,拍打着岸边的石阶,像是投入爱的胸怀。

这时他轻声地,像是在对自己说:

"可是爱情呢?"

这话她听到了。她嘴唇上露出一丝浅浅的微笑。

"您今天还保留着您所有的理想,那些您当年带往远方世界去的所有理想吗?所有这些您还保留着,没有损坏,或者说有些已经死亡,已经枯萎?或者到头来人家没有把这些理想强行从您怀里抢走,扔在污泥里,被成千上万驰向生活目标的车轮碾得粉碎?或者说您一点儿也没有丢失?"

他沮丧地点点头,沉默不语。

突然,他将她的手放在自己嘴唇上,默默地吻着。随后,他用真切的声音说:

"再见了!"

她也有力而真诚地向他道了再见。她向一个由于多年没有见面而变得生疏的人袒露了自己内心深处的秘密,展示了自己的灵魂。她并不为此感到羞耻。她目送他离去,脸上现着微笑,并思索着他所说的关于爱情的话。往昔的岁月又以轻轻的、听不见的脚步来到她与现实之间,使之互相隔开。她突然想到,那个人本来是能够引导她的生活的,缕缕思绪用缤纷的色彩勾画着这个离奇古怪的念头。

她正耽于梦幻中,唇上的那丝微笑慢慢地、慢慢地、完全察觉不到地消逝了……

普拉特①的春天

她像旋风似的冲进门来。

"我的衣服送来了吗?"

"没有,小姐。"女仆回答道,"我也纳闷,衣服怎么今天还没送来。"

"当然不会送来,我知道那懒蛋。"她嚷道,声音里颤动着强压的啜泣。"现在已经十二点了,一点半我要坐车到普拉

---

① 普拉特是一座规模很大的自然公园,在维也纳郊区,地处多瑙河和多瑙运河之间,尤以游乐场著称。

特公园去看赛马。这下我去不成了,就因为那傻蛋!再说,天气又这么好!"

她感到十分恼怒,顾长的身子气冲冲地猛的一下跌躺在那张窄窄的波斯沙发上。沙发在绣房的一角,上面铺着毯子,垂着流苏,绣房布置得花里胡哨,难看极了。今天的赛马会上,她这位人人皆知的小妇人和出名的美女原本要扮演重要角色的,可是现在她不能去参加了,为此她气得浑身直哆嗦。她双手捂着脸,热泪从她那戴着沉甸甸的戒指的纤细的手指缝里滚落下来。

她就这样在沙发上躺了几分钟,随后稍稍支起身子,伸手刚好够着那张英式小桌,她知道,小桌上有夹心巧克力糖。她机械地把糖一块块塞进嘴里,慢慢化开。她疲惫极了,加上昨天夜里又逛荡又喝酒,凉爽的屋里半明半暗,她心里非常痛苦——在这一切的共同作用下,她慢慢打起盹儿来。

她大约睡了一个小时,睡得不沉,也没有做梦,意识似醒非醒。平时,她的眼睛顾盼之间波光粼粼,万种风情,最能勾魂,此时,尽管她的两只眸子闭着,但她仍然非常漂亮。只有那两道精心描画的眉毛使她显出一副交际花的模样,要不然别人还真会把她当作一个沉睡的孩子呢。她的容貌那么灵秀,那么匀称,脸上因失去快乐而现出的痛苦也被睡眠抹去了,未留下一丝痕迹。

近一点钟的时候她醒了,对自己方才竟睡了一觉感到有点儿吃惊。随后她又渐渐记起了一切。她神经质地不断使劲按铃。女仆应声来到她面前。

"我的衣服送来了吗?"

"没有,小姐!"

"混账东西!她明知我今天要穿那件衣服的。现在完了,我去不成了。"

她激动地跳了起来,在狭窄的绣房里踱来踱去,随后就把脑袋伸出窗外,看看她的马车来了没有。

当然,马车已经来了。只要该死的女裁缝一到,一切就会称心如意。可是,看来她还不得不待在家里。思量来,思量去,她渐渐生出一个念头,觉得自己最最倒霉,像她这么倒霉的女子,世界上没有第二个了。

可是,忧闷却又使她感到快慰,她无意中发现,忧闷的时候自己就清心寡欲,忧闷倒是有其独特的魅力。说风就是雨,她一时心血来潮,令女仆去将她的马车打发走。马车夫得到这道命令,简直是喜出望外,因为今天是赛马日,他可以去大大地挣笔钱了。

但是,她刚看到这辆华丽的双座马车疾驰而去,就对自己下的这道命令感到后悔了。倘若她不怕害臊,她宁愿自己从窗户上收回这道成命,不过她毕竟是住在维也纳最显贵的地区,住在格拉本街的名媛啊。

那么,现在完了。她在房间里关了禁闭,就像士兵受了处罚不得离开营房一样。

她闷闷不乐地在房里走来走去。狭窄的绣房里,各色东西样样齐全,从最低劣的破烂儿到精致的艺术品,毫无选择,格调低下,把房间塞得满满的。她此刻在这里感到很不自在,再加上那种由二十种不同的香水一起散发的气味和沾在每样东西上的那股子刺鼻的烟味,更让人无法忍受。对这一切,她第一次感到如此厌恶。就连普雷奥①的一本本黄皮小说,今天对她也失去了魅力,因为她一直在想着普拉特,想着她的普拉特,想着那片正在赛马的快乐草地。

这一切仅仅因为她没有华贵的礼服而统统成了泡影。

这真不由得要让人大哭一场。她精神颓丧地靠在圈手椅里,又想睡一睡,以此来打发下午的时光。但是,这不成,眼皮总是不断睁开,渴望光亮。

于是她又走到窗前,眺望在阳光下闪闪发亮的格拉本大街的人行道和人行道上来去匆匆的行人。天空如此湛蓝,空气如此温暖,她渴望到郊外去的心情也越来越强烈,越来越迫切,心里急得像热锅上的蚂蚁。突然,她脑海里闪过一个念头:独自到普拉特去,虽然不能也坐在彩车上巡礼,但至少可以看看,享会儿眼福,这个机会可不能错过。这样她就不必穿华丽的礼服,穿身朴素的衣服甚至更好,因为这样人家就认不出她了。

这个计划很快就决定了。

她打开柜子,挑选衣服。这些衣服耀眼闪亮,花花绿绿,光彩炫目。各种五彩斑斓、花团锦簇的华服纷然杂陈,一齐映入她的眼帘。她挑衣服的时候,丝绸在她手里窸窣作响。挑衣

---

① 普雷奥(1697—1763),法国多产小说家,尤以小说《曼侬·莱斯科》(1731)而闻名。

服可并非易事，因为这里的衣服几乎全是礼服，其意图极为鲜明，那就是要把别人的注意力吸引过来——而这正是她今天想要避免的。找了很久，她脸上终于一下子绽出一抹天真而快乐的微笑。在柜子的一角，她发现一件朴素的甚至可以说是穷酸的衣服，衣服已经被压得皱皱巴巴，上面布满灰尘。使她微笑的还不单是发现了这件衣服，而且还有这件纪念品所唤起的栩栩如生的往事呢。她想起了穿着这件衣服同自己的情郎一起离家出走的那个日子，想起了她和情郎两人分享的许多幸福，接着又想起了另一种情景：那时她先是成了某个伯爵的情妇，继而成了另一位的情妇，随后又成为好多人的情妇……总之，她拿自己的幸福换得了许多华裳丽服。

她不知道，还留着这件衣服干吗。但是找到这件衣服她心里却很高兴。她换好衣服，在笨重的威尼斯穿衣镜前一照，就禁不住对自己的打扮笑出了声。看上去她的举止是那么端庄，一副平民姑娘那种纯真无邪的样子，活脱脱一个甘蕾箐①……

经过一阵翻找，她把帽子也找出来了，同衣服正好相配。接着，她又笑吟吟地朝镜子里瞅了一眼，镜子里映出一位身穿周末盛装的年轻的平民姑娘，同样也回报她吟吟一笑。接着，她就走了。

她唇上挂着微笑，走上大街。

---

① 甘蕾箐，歌德诗剧《浮士德》第一部中的女主人公，是位朴质、纯真的平民姑娘。

起先，她感到每个从她身边走过的人都会觉察到，她并不是她所装扮的那个样子。

不过街上行人稀少，人们在中午热辣辣的阳光下从她身边匆匆而过，绝大多数人都没有时间去打量她。渐渐地，她在自己这种新的状态下能够挥洒自如了，于是便一边思量一边沿着红塔街往下走去。

这里，在阳光的沐浴下，一切都在闪闪发光。精心打扮的快乐的人群把星期日的气氛传给了动物和其他东西。一切都熠熠生辉，光彩炫目，都在向她欢呼，向她致意。她目不转睛地望着五光十色、熙来攘往的人群，这样热闹的场面她还从未见过呢。她只顾看啊、瞧啊，差点儿撞在一辆马车上。"简直像个村姑。"她自言自语地脱口而出。

于是她便稍加注意，可是一到普拉特大街，她的狂放不羁一下子又冒了出来。这时，她看见她的一位仰慕者正乘坐一辆华丽的马车紧挨她身边驶过，距离近得她几乎可以扯到他的耳朵，她真想这么来一下。但是，他并没有注意到她，因为他正神态优雅、懒洋洋地把身子往后靠着。这时，她放声大笑，笑得他回过头来。要不是她用手帕将脸捂住，也许就要被他认出来了。

她兴冲冲地继续朝前走去，旋即就被卷进人潮之中。星期日，人们穿着光鲜的衣服，到维也纳国家圣塔，到普拉特的条条林荫道上去漫步。这些林荫道宛如铺在绿茸茸的草地上的白木梁，穿过林木葱郁、没有小径的普拉特谷地。她的狂放不羁受到人们欢乐情绪的感染，不知不觉中也全都消散了，因为人们沉浸在星期日的欢乐中，陶醉在大自然中，把星期日两头各六个风尘仆仆、工作繁重的日子一股脑儿抛到了九霄云外。

她随人流而动，就像大海中的一朵浪花，既无计划又无目标，然而在充满生机的喧嚣中也在吞泡吐沫，逐浪翻腾。

女裁缝忘了把衣服给她送来，为此她几乎喜笑颜开了，因为她在这里感到如此欢畅，如此自由，她一生中还从未经历过，这与她童年时代初游普拉特的情景很相仿。

这时，那些回忆和画面又纷至沓来，而且全被她那欢快的情绪织上了一道金光闪烁的镶边。她又想起了自己的初恋，可是心情并不悲郁和颓丧，完全不像是在回忆某件不愿触及的事情，倒像是在回忆一种命运，一种极想再次经历的命运，那次爱情是赠予，并非出卖……

她沉浸在梦里，还在继续往前走，她觉得，喧哗声变成了汹涌激荡的波涛，个别人的声音她已无法听清。她独自信步而行，思绪翻滚，往常她无所事事，躺在屋里狭窄的波斯睡榻上优哉游哉地往寂静、停滞的空气里吐着烟圈的时候，从未想得那么多……

突然，她抬头仰望。

起先她不明白是怎么回事，只是模模糊糊地感觉，她的思绪突然蒙上了一层难以揭开的薄纱。现在，她抬头一看，发现有一双眼睛老在盯着自己。凭着女性的直觉，她正确解释了这两道将她从梦中惊醒的目光。

这目光是从一位小伙子脸上那双黑眼睛里投来的。小伙子尽管留着浓浓的胡子，但是他那张稚气的脸却很讨人喜欢。从穿着可看出他是大学生，扣眼儿里还插了一朵民族党的党花，这更可以进一步证实这一推测。头上戴的圆顶宽边毡帽斜斜地遮挡着他柔和、端正的面容，赋予这颗普通而又极其平常的脑袋以某种诗人气质，给人以富于理想的印象。

她的第一个动作就是轻蔑地皱起眉头，骄矜地把目光瞥往一边。这个普通人想在她身上打什么主意？她可不是郊区来的姑娘，她是……

突然间，她停了下来，眼睛里又重新闪现出狂放不羁的笑意。此时她又感到自己是交际场上的名花，把装扮成平民姑娘一事忘在了九霄云外。她的乔装打扮如此出色，对此她自己也孩子气地乐了。

这位年轻人把微笑解释成为对他表示爱情，于是便向她走近，眼睛不停地紧紧盯着她。他竭力想使自己的脸上现出对胜利具有十足把握的男子汉风度，可是功亏一篑，胆怯和犹豫将他的努力一次次化为乌有。而这恰恰是她喜欢他的地方，因为她先前尚未遇见过表现出自制和含蓄的男人。这年轻人身上尚未消失的稚气给了她一种异乎寻常的印象，一种新的感受，而且极其自然，真是无与伦比。大学生几十次嘴唇微启，想跟她搭讪，可是每到关键时刻又总是由于胆怯和害羞而欲言又止。细细品味这情景，对她来说不啻是观看一出极其滑稽的喜剧。她不得不紧紧咬住嘴唇，才不致冲他哈哈大笑。

这小伙子还有一个长处：眼睛不瞎。所以他把她秀美的嘴角的抽搐所泄露的心意看得一清二楚，所以勇气大增。

突然，他一下脱口而出，彬彬有礼地问，是否可以允许他稍稍陪她一程。至于此举的理由，他并没有说明。他之所以没有将理由说明，其实原因很简单：他搜索枯肠也没有找到能够自圆其说的理由。

她呢，尽管小伙子做了很长时间的准备，但在他提出问题的瞬间，她还是大吃一惊。她该接受吗？干吗不？只是不要现在马上就去考虑此事的结局会是怎样。她想，既然已经化装成平民了，干脆就把这个角色演下去；她也想像平民姑娘似的，同自己的仰慕者一起到普拉特去走走。说不定这事还很有趣呢。

于是，她决定接受他的提议，并对他说，她很感谢，不过还是请他不要陪她，因为这要浪费他很多时间。在这种情况下，她说明原因的这句话里实际上已经包含了"行"这个字。他也马上就明白了这个意思，便走到她身边。

一会儿，两人便在交谈了。

他是个年轻大学生，性格开朗，文科高中毕业还没多久，在高中时代养成了有点儿倜傥不羁的性格。他还阅世不深，经历不多，虽说男孩子式的爱他已有过无数次，不过大多数年轻人梦寐以求的那种"艳遇"虽不能说从未有过，但也屈指可数。这是因为他缺少死皮赖脸地进攻的勇气，而这一点却是猎取"艳遇"的主要条件。他的爱情多半只是浅尝辄止，不是苦苦思索、从远处欣赏一番心爱的人，就是在诗里、梦里排遣一下情怀。

相反，她开始关心起什么事的时候，就会一下子变成话匣子——突然，她操起也许已有五年未曾说过或想过的维也纳方言来，对此她自己也感到暗暗吃惊。她仿佛觉得，这五年美不可言的风流放纵的生活已经消失得无影无踪，仿佛她又回到了从前，成了那个瘦弱的、渴望生活的郊区女孩儿，对普拉特公园及其魅力爱得入迷。

她没有觉察到，他们已经慢慢离开了大道，走出喧嚣的人流，进入了春光明媚的宽阔的普拉特草地。

高大的百年栗树繁枝远伸，浓叶遮地，葱翠欲滴，宛如一个个高高耸立的巨人。挂满沉甸甸的花朵的树枝簌簌作响，犹如在悄悄倾吐绵绵情话，一条条白色花絮像冬雪飘落在翠绿的草地上，地上各种色彩鲜艳的鲜花织成许多独特的图案。泥土里升起一股馥郁的甜香，像涟漪似的四处飘散，附着在每个人身上，粘得紧紧的，以至人们对于所得到的感受也无法说得清楚，而只有某种甜蜜、可爱、催人入睡的朦朦胧胧的意识。树木之上的蓝宝石似的天穹如此湛蓝，如此明亮，如此纯净。太阳将万道金光洒遍它超群绝伦、恒久不变、无与伦比的创造物——普拉特的春天。

普拉特的春天！

这个词庄严地在空中飘浮，大家都感觉到自己周围有股强大的魔力，每个人心里都有花苞竞放、姹紫嫣红、百花争艳的感觉。对对情侣手挽手漫步在宽广无垠的草地上，脸上洋溢着幸福的神采，孩子们还不了解这种幸福，但他们心中也滋生出一种独特的冲动，追着他们蹦跳、舞蹈、欢呼，欢乐的声音随风飘向远方，消失在树林中。

普拉特的春天像一道灵光映照在所有这些摆脱了工作压力

的幸福的人头上。

他们两人毫无觉察,魔力也慢慢地占领了他们的心灵,在甜蜜欢快的戏谑中渐渐潜入一种会心的亲密——一位颇受欢迎的不速之客。他们彼此成了朋友,见到这位迷人、活泼开朗的姑娘,这位我行我素、锋芒毕露、宛如乔装的公主似的姑娘,他心里感到喜出望外。她呢,她也很愿意获得这位生气勃勃的小伙子。对她同他开始演出的这场喜剧,现在她自己也稍稍认真地加以对待了。她穿着以前的衣服,也重新获得了以前的感觉,她又重新渴望一次幸福,渴望初恋的幸福……

她觉得,她仿佛希望现在的一切都是初次体验:那戏谑式的赞赏,那隐秘的欲望,那朴素而宁静的幸福。

他轻轻挽住她的胳膊,她也没有拒绝。她感到他热乎乎的呼吸挨到了她的头发,他给她讲了许许多多事情,讲他青少年时代的种种经历,随后告诉她,他叫汉斯,正在上大学,他非常喜欢她。他半开玩笑半认真地向她作了爱情表白,这使她快乐和幸福得浑身颤抖不已。她曾经听过几百次求爱的话,有些人的话也许说得更动听,她也曾经接受过许多人的求爱,但是从来没有一次爱情表白像今天这句简单、真挚而恳切的话那样使她神采飞扬,满脸通红。求爱的话他是在她耳际悄悄向她倾吐的,由于内心激动,他的声音在微微颤抖。这些颤抖的话听起来像是一个人们渴望体验的甜蜜的梦,震颤传遍她全身,直到她幸福得浑身直打哆嗦。她感到他的手臂越来越使劲地压着她的手臂,焕发出狂野而热烈的万种风情,让人销魂荡魄,飘飘欲仙。

他们已经到了宽阔的草地深处,那儿已无游人,几乎就只有他们两人,只有些微汽车的声响还咕隆咕隆地传来。绿荫丛中,间或有女人的浅色夏装闪现,宛如往前飞去的白色蝴蝶,很少听到人的声音,一切似乎都被阳光照得困倦了,全都处于酣睡之中……

只有他的声音不知疲倦,喁喁倾吐着绸缪缱绻,一句比一句更温存,更缠绵。她听得如痴如醉,犹如入睡时听到一首远处飘来的乐曲,一个个单音已无法听清,只能听到音乐的节奏和旋律。

当他用双手将她的头捧过来亲吻的时候,她也没有拒绝。他给了她一个昵昵长吻,未曾言说的许许多多情话全在不言之中了。

随着这个吻,她的全部记忆也就烟消云散,她觉得这是她生平第一个爱吻。她原本想同这个年轻人演演戏的,现在这场戏里充满了生活和体验。深深的爱慕之情已经在她心里扎了根,使她忘却自己的全部过去,就像一个演员,演到出神入化的瞬间感到自己就是国王或英雄,而不再去想自己是演员一样。

她觉得,仿佛有个奇迹,使她得以再次体味初恋的情愫……

他们就这样漫无目的地走了几个小时,手挽着手,陶醉在似水柔情中。天空已变成了深红色,树梢像一双双黝黑的手伸进晚霞中，暮色苍茫，大地的轮廓越来越朦胧，越来越模糊，晚风吹拂，树叶沙沙作响。

汉斯和莉莎——平时她管自己叫莉茜，可是此刻她又感到自己童年的名字是那么可爱，那么亲切，所以就把这个名字告诉了他——两人也已转过身，现在正朝普拉特游乐园走去。从老远就能听到那里的各种嘈杂吵嚷之声喧腾聒噪，沸天震地。

色彩斑驳的人流从这里一个个灯火辉煌的摊位前流过，有伴着恋人的士兵，有年轻人，有盯着各种从未见过的玩意儿百看不厌的活蹦乱跳的孩子。到处噪声雷动，震耳欲聋：军乐队和其他乐手竞相拼命加大音量，以盖过对方；手工艺人和小商贩扯着已经喊得嘶哑的嗓子，还不停地在吆喝，夸赞自己的东西；还有靶场里的枪声和各个音阶齐备的孩子的声音。全城的老百姓以及三教九流的头面人物统统都拥到这里来了。这些挤得严严实实的各色人等，真是千姿百态，纷然杂陈，但合为一个整体，简直就像是浑然天成。他们各有各的目的和愿望，商贩和店主们就使出浑身解数给予满足。

对莉莎来说，这个普拉特是一块新发现的乐土，或者更确切地说，是她重新找到的自己童年的乐土。以前她知道的主要是那条林荫大道，它的优美和气派以及道上车水马龙、川流不息的壮观，可是现在她觉得一切都那么迷人，她像进了玩具店的孩子，每样东西都想要，都想把它抓来。她又变得高高兴兴，狂放不羁，那梦幻般的近乎抒情的情绪已经渺无踪迹。他们两人像顽皮的孩子在人的海洋里欢笑嬉闹。

他们在每个摊位前都要停下来，乐呵呵地欣赏摊主单调而又是最最逗人发笑的叫卖和吆喝:"世界上最高的女人","欧陆最矮的男人",或者"快来看蛇人①、算命女、怪物、海中奇观啦",等等。他们坐旋转木马,让人算命,样样都玩一玩。他们那副兴高采烈、欣喜若狂的样子,惹得大家都回过头来朝他们张望。

过了一阵子,汉斯发现,肚子在提出抗议了。她也同意。于是,两人一起走进一家不在闹市中心的餐馆。在那里,喧嚣的人声成了一片越来越轻、越来越静的嗡嗡声。

在那里,他们并排而坐,紧紧偎依在一起。他给她讲各种各样让人捧腹的故事,并善于在每个故事里巧妙地插进几句好听的话,让她始终保持快乐欢畅的情绪。他给她取了几个滑稽的名字,逗得她哈哈大笑;他还给她做出种种傻里傻气的怪相,逗她笑得前仰后合。她呢,往日她喜欢克制自我,保持优雅、安静的风度,现在却变得从未有过的狂放不羁。她久已忘却的儿时故事现在又重新想起来了。她像着了魔似的,成了另一个人,成了更为年轻的人。

他们就这样在一起闲聊了许久许久……

夜晚早已戴着它黝黑的面纱降临了,却尚未驱走傍晚的闷热。空气沉闷,像一股沉重的魔力。远处,一道闪电划过越来越静的夜空。灯光渐渐熄灭,人们散向四面八方,各回各的家。

汉斯也站起身来。

---

① 指柔体杂技演员。

"来，莉莎，我们走吧。"

她跟着站起来，两人手挽手出了普拉特公园。公园在黑暗中神秘兮兮地注视着他俩的背影。轻轻簌簌作响的树林里的最后几盏彩灯还在闪烁，宛如亮晶晶的老虎眼睛。

他们横穿洒满晶莹月华的普拉特大街，街上行人稀少，已非常安静。走在铺石路上，每一步都发出很大的响声。行人匆匆打路灯下走过，影子倏忽而过，街灯依然淡漠地投下微弱的亮光。

他们没有谈要去的方向，不过汉斯在默默地领着路。她预感到，他是在往他的住处领，但她并不想挑明。

他们就这样往前走去，说话不多。他们走过多瑙河大桥，随后穿过环形路，朝第八区——维也纳大学区走去，走过大学亮闪闪的雄伟的石头建筑，经过议会大厦，直奔寒酸的小胡同。

突然，他对她说起话来。

他对她说着炽烈、滚烫的话，用色彩热烈鲜艳的语言倾吐青春爱情的渴念，只有最狂热的欲望迸发的瞬间才能吐露出这些话来。他的言语中包藏着一个年轻人对幸福和享受的热情憧憬，对爱情的最最华彩的目标的全部狂热的渴望。他滔滔不绝的话语越来越汹涌澎湃，越来越急切，像欲望的火焰在冉冉升起，男人的本性在他身上达到了顶点。他像乞丐一样，苦苦恳求着她的爱情……

听了他的这番表白，她全身都颤抖起来了。

她的耳朵里充满甜蜜的话语和狂热的歌曲。她听不懂他的话，但是急切的欲望也在她自己心里强烈地升起，并朝他那个欲望涌去。

她终于答应，把她像施舍给乞丐一样给过成百人的东西，当作一件珍贵的、精美绝伦的童话般的礼物赠予他。

在一幢狭小的旧房子前，他停住脚步，按了门铃，眼睛里闪耀着幸福之光。

大门很快就打开了。

他们先是快步穿过一条狭长而阴湿的过道，接着上了好多好多台阶的螺旋楼梯。可是这些她都没有觉察到，因为他用他那强壮的胳膊像抱一团羽毛似的抱着她上楼，他手上由于期待的快乐而引起的颤抖传到她的手上，她上楼时感觉宛如在梦里一样。

到了顶层，他停下脚步，打开一个小房间。那是一间又小又黑的屋子，要费很大劲才能看清屋里的东西，这是因为天窗上罩着一块白色的破窗帘，月光透过窗帘才洒进房里来。

他把她轻轻一放下，就狂热地将她抱住，无数个滚烫的吻随着她血管里的血液在奔流。她的四肢在他的爱抚下微微抖动，两人发出春情难遏的阵阵低吟……

房间又暗又窄。

但是，里面无际的幸福，在悄然无声的满足的静谧中鼓起它的翼翅。爱情的火热的阳光照亮了深沉的黑暗……

时间还早,也许才六点。

莉茜刚刚回到家,回到她自己华丽的绣房。她做的第一件事,就是把两扇窗户打开,好呼吸早晨的新鲜空气,因为她对那混浊的甜腻腻的香水味感到恶心,这味道使她想起了现在的生活。以前,生活是什么样子她都认了,不去思量,盲目地漠然处之,认为一切都是命中注定。但是昨天的经历像一个光明、快乐的青春梦进入她的命运,使她突然滋生了对爱情的渴求。

然而她感觉到,她已无法回到过去。她的一位仰慕者马上就要来,接着又将有另一位登门。想到这些,她着实吓了一跳。

她害怕这个渐渐明亮、清晰的白天。

但是她又慢慢地开始回味和思考已经过去的一天,它像一道迷情的阳光射进她如此暗淡、如此抑郁的生活。她忘记了将要到来的一切。

她像清晨从美妙的梦里甜蜜地醒来的孩子,唇上挂着幸福的微笑。

两个寂寞的人

一大群步履匆匆的工人一窝蜂地拥出工厂大门，像是一条宽阔的、黑乎乎地汹涌着的河流。眨眼间大街就被人群堵住了。大家彼此说着告别的话，匆匆握一握手，然后各车间的人就分别朝各自的住地走去，路上他们还将分成更小的部分，只有在通往城市的大马路上，大家才一起同行，于是便形成了一支狭长的色彩斑斓的松散队伍，那欢声笑语渐渐变成了整齐、低沉的声音，只有姑娘们爽朗的笑声像响亮的高音一样显得突出，这笑声传得老远，银铃似的回荡在傍晚的静谧中。

在这支密集的队伍后面，远远地走来一位孤零零的工人。他年纪不算老，一点儿不显得虚弱，可是他跟不上那些工人的脚步，因为他一只脚残疾，走不了那么快。远处依然回荡着欢快的声音，他凝神倾听，并未因这群人的欢乐气氛感到痛苦。残疾使他早就习惯了寂寞，在寂寞中他已经变成了离群索居的哲学家，并习惯以弃世者的淡漠心态来对待生活。

他慢慢地一瘸一拐地朝前走去。从远方昏暗的原野上飘来即将成熟的庄稼和果实的十分温馨的香味，凉爽的夜雾也无法将其压抑。远处的笑声已经沉寂，间或还有一只寂寞的蟋蟀发出唧唧的叫声，不然就到处寂静无声了。在那深深忧伤的寂静中，缄默的思想便开始说话了。

突然他凝神倾听。他好像听见有人在啜泣。他在静谧中谛听。一切都沉寂无声，仿佛进入了无梦的睡眠之中。但是接踵而至的瞬间他又听见了呻吟，而且声音更为突厄，更加痛苦。薄暮中，他看见路边有一个人影，正坐在一堆钢轨上哭泣。起初他想不加理睬就从旁边走过去，可是当他走近时，就认出了那位正在抑制不住地啜泣的姑娘。

她是一家工厂的工人，他也在那家工厂工作。他是在厂里认识她的，大家都管她叫"丑八怪"尤拉，因为她长得奇丑无比，所以从小就得了这个绰号。她的脸很粗糙，而且不匀称，加上皮肤的颜色发黄，显得脏兮兮的，令人讨厌。此外，她的体形明显地不和谐，孩子似的单薄的上半身由宽宽的、有点儿弯曲的腰身支撑着。她身上唯一的美就是她那双平静的亮晶晶的眼睛，所有鄙视和厌恶的目光在她的这双眼睛里都是作为温柔的顺从反映出来的。

他自己已经承受了太多的隐痛,所以不可能毫无同情心而继续走路。他走到她跟前,把手放在她身上,以示安慰。

她突然站了起来,一下就从梦中惊醒过来。

"别碰我!"

她并不知道她在跟谁说话,只是因为伤心欲绝才叫了一声,现在她认出了这个陌生人,这才平静下来。她注意过他,因为工厂里有少数几个人从来没有嘲笑过她,他就是其中的一个。她嘴里嘟囔着,谢绝了他的好意。

"别管我!我自己会解决的。"

他什么也没说,却坐到她身边。她呜咽得更厉害了,浑身不停地抽搐。他安慰她说:

"别这样,尤拉!哭是没有用的。"

她沉默了。他小心翼翼地问:

"他们到底又对你干了些什么?"

这个问题又触到了她的痛处。她的脸一下子涨得通红,便开始愤愤地讲述,她的话说得又急又快:

"下班后,我们就往家走。他们谈起明天过星期日的事。他们想到乡下的村里去。有个人一提出这个建议,大家都立刻赞同。当有人统计赞成票时,我简直愚蠢透顶,竟然也报了名。这自然引起了大家的哄笑,他们又开始恶意地嘲笑我,搞得那么厉害,过去还从来没有过,直到我终于发狂为止。我忍无可忍——我不知道我怎么了——一下子把什么话都说了出来。我说他们是一帮卑鄙之徒。于是——他们——就揍了我一顿……"

她又重新剧烈地抽泣起来。他心里很激动,觉得有必要对这个可怜的女孩子说几句话。为了安慰她,他先讲了自己的痛苦。

"看,尤拉,对这样的事你不要那么生气。你明天可以一个人到野外去。你知道,有的人也不能一起去,他们连单独出去都不能,因为他们的脚从工厂走到城里都很勉强。他们的日子也不轻松,总得一瘸一拐地走路,而且还是一个人,因为别人觉得跟他们一块儿走没有意思——你不要对这事大动肝火,尤拉!为了那几个蠢家伙不值得!"

她急忙反驳他的意见,因为她不想减轻自己的痛苦,也不愿放弃每个受难者都具有的那种在斗争中献身的幸福感。

"这倒并不是使我苦恼的事。让我苦恼的是整个人生。有时候我想到自己时,我自己就感到恶心。为什么我这样丑?我当然不想这样,然而我一辈子都是这样。我大概幼年时候就感觉到他们在讥笑我了,所以我从不愿意跟其他孩子一起玩,因为我怕他们,因为我妒忌他们!"

她向他倾吐了满腔痛苦,他颤抖地听着。他完全能够理解她的痛苦,因为他原以为已经全部掩埋起来了的他自己那些无以计数的忐忑不安的时刻积聚起来的痛苦,此刻又重新从睡梦中苏醒了。他早就忘了,他原本是在这里安慰她的。他完全下意识地也讲了自己的遭遇,因为他碰到了一个能够理解他的人。他开始轻声地说:

"从前也有一个人,他想跟别人一起玩儿,但是他却不能。每当他们嬉戏追逐、又跑又跳时，他总是费劲地在后面一瘸一拐地追赶，总是到得最晚，受到别人嘲笑。他总是笨手笨脚的，没有一点儿防卫能力。他的情况也许比你还要糟糕，你有两条健康的腿，整个世界就是属于你的。"

她越来越激动。她觉得她生活的痛苦从心灵深处迸发出来了。

"没有比我更糟糕的人了。我从未见过母亲，没有人对我说过一句好话。每当别的女孩子跟她们的情人一起散步时，我就是孤零零的一个人。要是你也像其他人一样这么感觉的话，那我觉得，这种境况还将一成不变地保持下去，肯定会这样保持下去的。我的天啊，我真想知道，为什么会这样！"

他们从来没有告诉过别人的事，连对自己都不肯袒露的事，现在这两个几乎还很陌生的人却都向对方吐露了。他们心灵的每一声呼唤都得到了回声，因为两人同病相怜。他告诉她，他从未有过情人，因为他拖着一条瘸腿，不好向姑娘表露心曲，再说也没有一个姑娘愿意非常小心翼翼地跟他一块儿走路。他说，他能做的，就是将每周的工资扔给肮脏的妓女，所以他一天比一天变得更忧伤，更厌世。

渐渐走近的脚步声打断了他们充满痛苦的自白。有几个人从一旁走过，他们的身影模糊难认。他们过去以后，他站起身来，诚恳地请她："来吧！"

她跟他一起走了。这时天色已经全黑，他已经看不清楚她的面孔；她呢，她一点儿也没有觉察到，她的痛苦正在渐渐地消失，她的脚步已与他的相适应。他们俩一道慢慢地走着。两个寂寞的人都幸福地感到彼此能够理解。他们的话越来越亲密，声音越来越轻。走路的时候他俩一定挨得很近，否则怎能听得清彼此说的话。

突然，她怀着一种隐隐约约的幸福感觉察到，他的手搂住了她那宽宽的、畸形的腰肢，并温柔地、轻轻地抚摩着……

森林上空的那颗星
——深切思念弗朗茨·卡尔·金茨凯①

有一次,身材颀长、穿着讲究的侍者法朗索瓦从漂亮的波兰伯爵夫人奥斯特洛夫斯卡的肩头俯下身去摆放餐具时,发生了一件奇特的事情。这件事持续的时间只有一秒钟,没有引起任何颤动和惊恐,一切都纹丝未动。可是这却是千万个小时和日子都为之欢愉和怅然的一秒钟,就如簌簌作响的高大橡树连同摇晃的树枝和摆动的树冠,其巍巍气势全都安安稳稳地包藏

---

① 金茨凯(1871—1963),奥地利诗人和小说家,第一次世界大战期间曾和茨威格一起在维也纳的战争档案馆服务过。

在一粒四处飘飞的花粉之中一样。这一秒钟内,外表上看不出一丝迹象。伯爵夫人手中的餐刀正在寻找食物,法朗索瓦,这位里维埃拉①大饭店的机灵的侍者,便赶紧弯下腰去,把盘子摆好。就在这一瞬间,他的脸恰好紧贴着她一头松软而又香气四溢的卷发。他本能地睁开谦卑的下垂的眼睛,他迷醉的目光在这片黑色的发波中窥见了她白净的脖颈,其柔和、粉白的线条延伸下去,消失在鼓起的深红色衣服里。他的心里仿佛忽地升起了紫色的火焰。餐刀碰到难以察觉的颤动的盘子上,发出微微的声响。虽然在这一秒钟里他预感到了这突如其来的陶醉的种种严重后果,但他巧妙地控制住了自己的激动,仍以一个风度翩翩的年轻侍者那种有点儿讨好的热情继续侍候伯爵夫人用餐。他迈着沉着的步子,把盘子送到常同伯爵夫人一起用餐的贵族面前。这位贵族年纪比她稍长,举止温文尔雅,正在用法语讲些无关紧要的事情,其法语说得极其准确清晰,声音犹如水晶一般。送了盘子,年轻侍者就目不斜视、面无表情地从餐桌边退下。

这几秒钟乃是一种奇特的、充满沉醉的失落的开始,一种陶醉的、神魂颠倒的感受的开始,就连爱情这个郑重和骄傲的字眼也难以将它表达。这是那种盲目忠诚、毫无欲望的爱情,只有年纪很小和年纪很大的人才会有的爱情,除此之外人的一

---

① 里维埃拉:地中海沿岸地区,包括法国东南部的蓝岸地区以及意大利北部的波嫩泰和勒万特。这里风光旖旎,气候宜人,是度假胜地。沿岸地区有戛纳、尼斯、拉巴洛、莱万托等城市。

生中是根本体会不到的。这是一种毫不深思熟虑的爱情，它不加思考，只是梦想。他全然忘记了人们对侍者所持的那种虽不公正却无法消除的蔑视，这种蔑视就连聪明、潇洒的人对身穿跑堂服的人也会表露出来的。他并不去考虑种种可能性和偶然性，而是在自己的血液里培育这种奇怪的情愫，直至其隐秘的眷恋把种种嘲笑和责难统统视若敝屣。他的缱绻柔情不是表现在眨动和窥视的目光中，不是表现在突发胆大妄为时放肆的举止上，不是表现在春心荡漾失去自制时渴望的嘴唇和颤抖的手上，这柔情表现在默默地尽心侍候上和做好各项细小的服务工作中，明知这些小事不会被人注意，所以谦卑中的柔情就显得更为崇高和神圣。晚餐以后，他用那么温存、那么缠绵的手指把她座位前桌布的皱痕抚平，犹如抚摸可爱而温柔的女人之手；他倾注全部深情将她身边的每样东西都收拾得十分对称，仿佛在恭候她来参加筵席似的。他将她芳唇碰过的那些酒杯都小心翼翼地拿到他那间开有天窗、散发着霉味的小房间里，让它们像珍贵的首饰一样在明朗的月光下熠熠闪光。他常常在某个角落秘密偷听她走路或漫步的声音。他吸吮她的话语，犹如人们美滋滋地用舌头品味一种甘醇可口、香气醉人的葡萄美酒。他贪婪地抓住她的每一句话和每个吩咐，就像孩子们抓住飞来之球。就这样，他那颗沉醉的心给他可怜的、不值一提的生活带进了一束千变万化、绚丽多姿的光辉，法朗索瓦这个穷跑堂爱上了一位永远也无法企及的异国伯爵夫人，关于这件事的来龙去脉，他脑子里从来未曾有过这样聪明的愚蠢想法：用冷冰冰的毁灭性语言将它原原本本地加以表达。因为他压根儿没有觉得她是现实的人,而是觉得她很高很远,到达这里的只是她生命的反光。他喜欢她发号施令时的那副盛气凌人的傲慢,喜欢她那两道几乎相碰的颐指气使的青黛色眉毛,喜欢她薄唇周围密密的皱褶,喜欢她言谈举止的自信与优雅。对他来说,表现得卑躬屈膝是理所当然的,他觉得,能低声下气地在她身边做些低贱的侍奉工作是一种幸福,因为正是由于她,他才能进入围绕着她的那个令人着迷的圈子。

就这样,一个普通人在生活中突然做起了一个梦,这就像路边精心培育的一棵珍贵花木,往日它的萌芽全被熙攘的行人踩坏,如今却盛开了。这是一个朴实的人的沉迷,是冷酷而单调的生活中一个令人回肠荡气、飘飘欲仙的梦。这样的梦就像无舵之舟,毫无目的地漂荡在一平如镜的水上,晃晃悠悠,其乐无比,直到它猛地一下撞在一处不知晓的湖岸上。

可是现实比所有的梦境更严酷、更粗暴。一天晚上,胖门房沃州①人从他身边走过时说:"奥斯特洛夫斯卡明天晚上乘八点钟的火车走。"他接着还说了另外几个无关紧要的名字,但这些他根本就没有听见,因为听了前一句话,他脑子里嗡的一下,像翻江倒海似的,卷起阵阵汹涌澎湃的波涛。有几次,他机械地用手指抚推紧锁的额头,仿佛要把压在那里、紧紧束缚着智力的那层东西拨开。他迈了几步,脚下踉踉跄跄。他心神不定、惊慌失措地快步从一面镶着金框的大镜子前走过,镜

---

① 沃州(Waadt,法文 Vaud),在瑞士西南部,居民主要讲法语。

子里的一张苍白的陌生面孔木然地瞧着他,似乎什么思想也没有,好像统统都被禁锢在阴暗而朦胧的墙壁后面了。他几乎下意识地扶着栏杆,摸索着走下很宽的台阶,进了暮色苍茫的花园。花园里的几棵高大的伞松寂寞地耸立着,就像阴暗的思绪。他那摇晃不定的身影像只翩翩低飞的黑色大夜鸟,又往前趔趄了几步,随后便跌坐在一张长椅上,脑袋倚着冰凉的扶手。这时,四周一片岑寂。后面,大海在簇簇圆形灌木丛中闪闪发光。柔和、颤动的灯光在那里微微闪亮,在这静谧的夜晚,只有远处滚滚翻涌的波涛单调而持续地在吟唱。

突然间,一切都明白了,完全明白了。这事是如此清楚,又如此苦涩,他几乎现出了一丝微笑。一切全都完了。奥斯特洛夫斯卡伯爵夫人要回家去了,而侍者法朗索瓦仍旧干他的活儿。这事难道真那么奇怪吗?来这里住上两三个星期或三四个星期的客人不是全都走了吗?多傻呀,连这都没有想到!一切都明明白白,明白得让人笑,让人哭。各种思绪冗杂芜驳,像团乱麻。明天晚上,乘八点钟的火车去华沙。去华沙——那要好多小时,要穿过好多森林和山谷,越过好多丘陵和山岭,驶过好多草原、河流和喧嚣的城市。华沙!多么遥远的华沙!他根本不能想象,但是内心深处却能感觉到这个骄傲而带有威胁性的、严峻而遥远的字眼:华沙。而他……

刹那间,他心里还升起一星儿梦幻似的希望之光。是啊,他可以跟着去呀。他可以在那里当仆役,当抄写,当车夫,当奴隶;还可以当乞丐,冻得哆哆嗦嗦地站在华沙的街头,只要不离得那么远,只要能呼吸到同一座城市的气息,或许有时她坐车疾驶而过的时候能看见她——哪怕只能见到她的身影、她的衣服和她的黑发。于是，种种行色匆匆的梦幻闪烁而来。可是时间是残酷无情的。那事绝对办不到，这点他看得一清二楚。他算了一下自己的积蓄，顶多也只有二百法郎。这点儿钱连一半路费都不够。往后怎么办？突然，他好似透过一条撕破的面纱看到了自己的生活，感到它现在好可怜，好可悲啊。寂寞、空虚的侍者生涯已被愚蠢的渴望折磨得苦不堪言，他的未来大概就是这样可笑。他全身一阵寒战。突然，所有的思想之链都势不可挡地汇集在一起。现在只有一种可能——

树梢在难以觉察的微风中轻轻摇曳。他面前阴森的黑夜令人胆寒。这时，他不慌不忙、镇定自若地从椅子上站起来，踩着咯咯作响的砾石走上台阶，进了灯光通明、寂静无声的大厦，走到她窗前，停住脚步。窗户黑乎乎的，没有一星儿闪烁的、可以点燃梦幻般渴念的灯光。所以他血液流动得很平静，他迈步走去，颇似个不再被困惑、不再受欺骗的人。到了房间里，他往床上一躺，毫不激动，睡得沉沉的，一夜没有做梦，直到第二天早晨，铃声才把他叫醒。

第二天，他把自己的举止完全约束在精心琢磨过的限度之内，强自镇定。他以冷冷的漠然态度干着他的服务工作，神情中显示出无忧无虑的自信力，谁也感觉不到这副虚假的面具掩盖下的苦涩的决断。快开晚餐之前，他拿着自己的那点儿小小的积蓄跑到一家最气派的花店，买了束精心挑选的鲜花，花的色彩绚丽多姿，说明了他的心意：盛开的金红色郁金香象征热情似火，宽瓣白菊使人觉得像是充满异国情调的淡淡的梦，窄窄的兰花表示憧憬中的秀丽形象，此外还有几枝矜持、妩媚的玫瑰。接着，他又买了一只用闪光的乳白色玻璃制成的花瓶。尚剩的几个法郎，他从一个小乞儿身边走过时以极其迅速的动作毫不在乎地给了他。随后他便急忙赶回。他心情忧郁并郑重其事地将插着鲜花的花瓶摆放在他怀着身心的快感慢慢地、一丝不苟地最后一次为伯爵夫人准备的餐具之前。

接着晚餐开始了。他工作的时候仍和往常一样：冷冷的，没有声音，眼疾手快，不抬头张望。只是直到最后，他才以一道她永不知晓的没有尽头的目光盯着她整个柔软而骄傲的身躯。他觉得，她从来没有像在他这别无所求的最后的目光中所呈现的那么美。随后他便平静地从餐桌边退下，出了餐厅，未作告别，脸无表情。他像个该受到侍者躬身致意的客人一样，穿过过道，走下十分气派的迎宾台阶，朝大街而去：你定会感觉到，在这一瞬间他告别了过去。在饭店门口，他犹豫不决地停了一秒钟，接着便顺着闪光的别墅和宽大的花园拐向一条林荫道，边沉思边漫步向前，自己也不知道要往何处去。

他就这样心神不定地怀着梦一般的失落感漫无目的地走着，一直走到晚上。他什么也不再去思考，不去思考过去的事情，也不去思考那不可避免的事情。他不再考虑死的问题了，就像人们在最后的瞬间举起闪闪发亮、令人胆寒的手枪，用深深的目光打量了一番并在手里掂量了一阵之后，又重新将枪放下一样。他早已给自己作了判决。① 只不过种种画面依然纷至沓来，匆匆浮现，旋即飞去，犹如迁徙的飞燕。先是青春岁月，直到一堂倒霉的课为止。在这堂课上，他为诱人的前途所惑，干了一桩愚蠢的事，因而一头栽进了纷乱的世界，随后便无休止地奔波，为挣钱糊口而卖力，所作的种种尝试又一再碰壁，直到人们称为命运的黑乎乎的巨浪把他的骄矜击得粉碎，并将他抛在一个低声下气的岗位上。许多色彩绚丽的回忆卷起阵阵旋涡而去。末了，这些天的温柔影像还从清醒的梦境中闪闪发光；可是这些梦猛地一下又撞开了他不得不通过的现实的阴暗大门。他思忖，还不如今天就死了好。

　　他思索了片刻，考虑了通向死亡的各条道路，并将其痛苦和快捷程度作了一番比较。突然，他生出一个念头，为此他浑身一阵战栗。他神情沮丧，一下想到了一个阴森的象征：既然她从他的命运之上飞驶而过，毁了他的命运而毫不知晓，那么就让她把他的身体也碾碎吧。这件事要让她亲自来做，要让她亲自完成她的作品。就这样，这个想法便迅速形成了，而且毫不踌躇。不到一小时了，特别快车八点开，它就要从他身边把她劫走。他要扑在火车的车轮下，让夺走他梦中情人的同一股狂暴的力量把自己碾成齑粉。他要将血流在她的脚下。这些念头纷纷袭来，仿佛彼此在欢呼。他也想好了那个殉情的地点：就在上面林木密布的山坡上，就在那沙沙作响的树梢挡住鸟瞰近处海湾的视线的地方。他看了看表：秒针和他突突直跳的心

---

① 意为：他早就决定了自己的命运。

脏几乎打着同样的节拍。已经到动身的时候了。他疲软的脚步竟一下有了弹性和坚定不移的目标，出现了坚毅而急促的节奏，向前迈步的时候把梦想都一个个加以扼杀。在南方傍晚五彩缤纷的暮色中，他心神不宁地朝那个地方奔去。那儿，在远处森林茂密的山峦间，天上好似嵌着一条紫带。他急忙往前跑去，一直跑到铺着轨道的地方，那里，两条银线在他面前闪亮，为他指路。铁轨引导他蜿蜒向上，穿过吐着芳香的深谷，淡淡的月光透过披在山谷上的朦胧面纱，将世界染成一派银色；铁轨引导他爬上一条坡道，来到山冈上，从那里可以看到远处黑黝黝的浩淼的海洋在海滩灯光的映照下闪闪发光。他终于看到了幽深的、不安地沙沙作响的森林，铁轨在它投下的阴影中延伸。

他喘着粗气站在黑暗的林坡上，这时天色已晚。他的四周树木一棵挨一棵，黑黝黝的，令人不寒而栗。只有高处，在微光闪烁的树冠中，树枝间才有一抹苍白而颤抖的月光洒落，每当晚风微拂，树枝就发出阵阵呻吟。有时，在这阴郁的静谧中还传来远处夜鸟奇怪的啼鸣。在这令人心悸的寂寞中，他的思绪凝固了。他只是等待着，等待着，注视着第一个陡峻的 S 形曲线的弯道处是否有列车的红灯出现。有时他又心神不宁地看看表，一秒一秒地数着。随后他就专心致志地倾听机车在远处的鸣叫。但这是错觉。一切又都变得寂静无声。时间似乎凝固了。

终于，远处山下灯光闪亮了。这一瞬间，他觉得心里撞了一下，但并不清楚这是恐惧还是高兴。他突然扑倒在铁轨上。

起初，片刻间他只感到太阳穴上铁轨惬意的凉爽，接着他便凝神谛听。火车还很远，还要几分钟才会到这里。除了风中树木的簌簌低语，别的什么也听不见。各种思绪纷繁杂乱，一齐涌上心头。突然，有一种思绪无法排遣，像是利剑穿心，痛不堪言：他为她而死，而她却永远不明就里。他的生活里激起了汹涌的波涛，但是连一个细微的泡沫也未曾触到过她生活的浪花。她永远不会知道，一个素不相识的生命曾眷恋过她，并为她而肝脑涂地。

万籁俱寂的空气中，从远处传来机车有节奏地爬坡时发出的微弱的喘息声。但是他那个思绪还在灼燃，其势依然一丝未减，在最后的几分钟里还在折磨这个行将命赴黄泉的人。隆隆的列车越来越近。这时，他再次睁开眼睛。他上面青黑色的天空默默无语，几处树冠簌簌作响。森林上空有一颗闪闪发光的白色星星。森林上空的一颗孤独的星星……他头枕着的铁轨开始轻轻震动，低声歌唱了。可是那个思绪像火一样在他心里，在他目光中灼燃，目光里饱含着他爱情的全部炽热和绝望。所有的憧憬以及那最后的痛苦的问题全部都涌溢而出，注入那颗闪闪发亮的温柔地俯视着他的白色星星。这个行将殒命的人再次以他最后的、无法言说的目光拥抱了那颗闪亮的星星，森林上空的那颗星星。随后他闭上眼睛。轨道颤抖了，摇晃了，飞驰的列车隆隆地越来越近，森林里也轰隆隆地响个不停，像是敲响了无数口巨钟。大地像在摇晃。风驰电掣般的一声呼啸震耳欲聋，嗖的一下卷起一阵轰响，紧接着便是刺耳的"呜——吱——"的声音，这是汽笛发出的野兽般的惊叫以及列车一下没有刹住而发出的尖厉呻吟……

美丽的伯爵夫人奥斯特洛夫斯卡订了一个包厢。开车以来她一直在读一本法国小说，火车的颠簸使她微微摇晃。在这狭窄的空间里空气闷热，充满了许多正在枯萎的花儿所散发的令人窒息的香味。临别时人家送的豪华的花篮里白丁香的花簇好似熟透的果子，疲倦地耷拉着脑袋，花朵软绵绵地倚着花茎，而又沉又宽的玫瑰花萼在这醉人的浮香热云中像要枯萎了。令人窒息的闷热给这沉沉的香气之波加了温，使得它们即使在列车呼啸飞驶时也在懒洋洋地往下浮垂。

突然，书从她虚弱的手指中掉下。她自己也不明就里。使她松开手的是一种隐秘的感情。她感到一种昏昏沉沉的痛苦的压迫。一阵不可理喻的、揪心的痛苦突然袭上心头。她想，在这闷热的、令人眩晕的花香中非窒息不可。那令人忧惧的痛苦还未消退，她感觉，疾驰的车轮的每次震动，不假思索地滚滚向前的隆隆声把她折磨得心力交瘁。突然间她心里升起一种渴望，要把飞奔的列车刹住，把正朝着难以理喻的痛苦疾驰的列车拉回来。她一生中还从未像这几秒钟那样感到自己的心被那种不可理喻的痛苦和莫名的恐惧紧紧钳住过，无论是碰到可怕的事、看不见的事还是残酷的事都未曾体验过类似此刻的那种恐惧。这种难以言表的感觉越来越强烈，喉咙被卡得越来越紧。但愿列车停下，像祷告一样，她在心里呻吟着这个想法。

这时突然响起了尖厉的汽笛声，机车发出狂叫示警，制动闸"咔嚓咔嚓"吐出凄惨的呻吟。飞滚的车轮放慢了节奏，而且越来越慢,随后"嘎吱"一声,"哐啷"一声就停了下来……

她拖着笨重的脚步,费力地摸索到窗户边去呼吸清凉的空气。窗户的玻璃乒乒乓乓掉落下来,外面有人影在奔跑……几个声音飞快地说了几个字:一人自杀……压在轮下了……死了……在野外……

她吓得心惊胆战。她本能地用目光注视着高高的、默默无言的天空,以及那边黑黝黝的、簌簌作响的树木。树木上面是森林上空一颗孤独的星星。她觉得,星星的目光犹如一颗晶莹的泪珠。她凝视着这颗星星,突然感到一种从未有过的哀伤。这是一种充满激情和渴望的哀伤,她一生中还从未体验过……

列车开始缓慢地继续行驶。她倚在一角,感到眼泪从脸颊上轻轻滴落。难以理喻的恐惧消退了,只是还感到一种深沉而奇怪的痛苦,她努力思索这痛苦的踪迹,但是没有找到。她心里充满痛苦,就像孩子在漆黑的深夜突然惊恐地醒来,感到自己十分孤独时的那种痛苦……

朦胧夜

　　我们房间里突然变得十分昏暗。是大风又把淫雨吹到了城市上空？不是，空气澄澈明净，沉寂安谧，这样好的天气今年是少见的。现在已经很晚了，但我们竟毫无察觉。只有对面的天窗还闪着微光，山顶上面的天空已经蒙上一层金色的烟雾。再过一小时天就黑了。这是奇妙的一小时，因为这时的色彩比什么都好看：色彩渐渐消退、昏暗，从地上升起的黑暗随之笼罩房间，最后，这黑黝黝的波浪毫无声息地在墙上激荡，把我们也冲进了沉沉的黑夜。这时若有人相对而坐，相视无言，定会觉得，在这一小时里，黑影之中对方那张亲切的面孔显得更苍老、更生疏、更遥远，仿佛过去从未见过这副模样，仿佛此刻两人在隔着辽阔的空间和悠悠岁月遥相凝望。但是你说，你现在不愿沉默，要不然听到钟表把时间敲成上百个小碎片的嘀嗒声，听见寂静中病人似的呼吸，心里就会感到压抑。你要我现在把事情讲给你听，好的。当然不是讲我自己，因为我们始终都生活在城市里，不是在这些城市，就是在那些城市，所以生活经历贫乏，或者说我们觉得很贫乏，因为我们还不知道真正属于我们的究竟是什么。此刻本来最好是默不作声，可是我却要给你讲个故事，但愿这个故事会像一片轻纱似的浮动在我们窗前的朦胧的光，温暖、柔和、溢泻的朦胧的光。

　　我不知道，我是怎么想起这个故事的。我记得，那天下午，时间还早，我在这里坐了很久，看了一会儿书，后来就迷迷糊糊地进了梦乡，或许已经微微睡着了，书掉在了地上。突然，我看见一些人影沿着墙壁忽闪而过，我能听见他们的谈话，看见他们的活动。可是正待我目送这些快要消失的人影时，我就醒了，只是孤零零一人。那本书掉在了我脚下。于是我捡起书，想在书中去寻觅方才那些人影的踪迹，可是我在书里再也找不到那个故事了，仿佛那个故事从书中落到了我手里，或者书里压根儿就没有那个故事。那个故事也许我是梦到的，或者是在一片彩云中读到的。这是从遥远的国家飘到我们城市上空的彩云，它带走了久久压抑着我们的淫雨，要不然是我从手摇风琴忧伤地在我窗下嘎吱嘎吱地拉的那首朴素的古老歌曲中听到的，或者是多年以前有人讲给我听的？我搞不清了。那样的故事常常来到我跟前，我就像手里捧着水在玩，让故事里的事情从我的手指中间流掉，而不将它们抓住，犹如我们从谷穗和高秆儿鲜花旁走过，只是抚摸一下而不折摘一样。我只是梦到过这个故事，先是突然出现一幅色彩缤纷的图像，其结局倒是比较温和，可是我并未将它抓住。不过你今天要我讲个故事，那么此刻，在这朦胧的夜色中我们的眼睛越来越看不清，而我们渴望见到的色彩斑斓、活跃生动的东西却在我们眼前熠熠闪耀的时候，我就来给你讲这个故事。

怎么开始呢？我觉得，我得从黑暗中突出一个瞬间，突出一个画面和一个形象，因为那些稀奇古怪的梦也是这样在我心里开始的。现在我想起来了。我看见一个瘦长的男孩子正从一座王府宽阔的台阶上走下来。这时已是夜晚，一个月色朦胧的夜晚，可是我像拿着一面明亮的镜子把他灵活的身体照得轮廓分明，把他的面容看得清清楚楚。他简直美得出奇。他的头梳得有点儿孩子气，黑黑的头发垂下来，贴在显得过高的额头上。他的一双手娇嫩而高贵，在黑暗中摸索着伸向前面，以感受浸透了阳光的空气的温暖。他的脚步犹豫不决。他梦幻般地走下台阶，来到这座大花园。花园里，许多粗壮的树木在簌簌作响，贯通花园的仅有的一条宽阔的大道像一个白色的跳板在闪闪发光。

我不知道，这一切是何时发生的，或许是昨天，或许是五十年前，我也不知道是何处发生的，但是我想，大概是发生在英格兰或者苏格兰，因为只在那里我才见到过那么高大的、用宽大的方石砌成的王府。从远处看，它宛如碉堡，桀骜不驯，有点儿吓人，细细观看才会发现，那些王府都热情地俯视着下面阳光明媚、花团锦簇的花园。嗯，现在我完全确定，故事发生在苏格兰高原，因为只有在那里夏夜才这么明亮，天空像蛋白石似的闪着乳白色的光，田野也通宵不黑，仿佛万物都在从内部发出微微的光亮，只有像黑色的鲲鹏似的影子垂落在片片明亮的平地上。是在苏格兰，噢，这一点现在我完全、完全能肯定，要是好好想一想，我或许会想起那座伯爵府的名字和那个男孩儿的姓名来呢，因为梦幻中那张黑色的皮正在迅速脱落，一切我都能够如此清晰地感觉得到，仿佛这不是回忆，而是亲身经历。这年夏天，男孩儿在他已经出嫁的姐姐家做客，按照英国体面家庭的热情方式。他并不孤单。晚上，一大批狩猎的朋友和他们的夫人在一起进餐，还有几位姑娘，全都是高贵的、如花似玉的佳丽，她们洋溢着青春活力的欢声笑语在古老的围墙上发出阵阵回音，然而却并不让人感到嘈杂喧闹；白天，骏马来回奔驰，猎犬系着皮带，那边河上则有两三条小船在闪亮：一派忙而不乱的景象使得生活有一种快速而适意的节奏。

现在已是黄昏，宴席已散。先生们都在客厅里坐着，抽烟玩牌；午夜时分，从明亮的窗户里射出来的、边上颤动着的光束投在了花园里，有时还传出阵阵响亮而风趣的笑声。女士们大多已经回到自己房里，或许有一两位还在前厅聊天。所以到了晚上，这位男孩儿便孤单了，还不允许他到先生们那儿去，或是只允许他在那儿待一会儿。到夫人们跟前去吧，他又腼腆，不好意思，因为往往他去拧太太们的房门把手的时候，她们就突然压低说话的声音，他感到，她们在谈他不该听的事情。其实，他不喜欢同她们凑在一起，因为她们问他问题的时候，像是问小孩儿似的，对他的回答只是漫不经心地听一听，她们仅仅是让他干各种各样的小事，完了就谢谢他，说他是乖孩子。所以他想上床睡觉去了，而且已经从盘曲的楼梯上了楼；可是房间里太热，憋得让人喘不过气来。白天忘了把窗户关上，所以阳光把屋子晒了个够：桌子灼热，床上像是用火烤过，四壁暑气熏蒸，房角里和窗帘上闷热的暑气还在颤颤悠悠地蒸腾。随后他想，天气还早——外面，夏夜像白蜡烛在闪亮，是那么宁静，一丝儿风都没有，静得消去了胡思乱想。现在，男孩儿又走下这座王府的高高的台阶，走进花园。黑黝黝的花园上空，苍穹闪着微弱的光亮，像圣徒头上的祥光，许多看不见的鲜花竞吐芬芳，阵阵浓郁的香气诱惑地向他袭来。他心里有种奇怪的感觉。这个十五岁男孩儿心情十分紊乱，他自己也不知道怎么会这样，但是他的嘴唇翕动着，仿佛要对黑夜倾吐些什么，他举起双手，或者久久闭上眼睛，仿佛他与这宁静的夏夜之间有什么神秘而知心的事儿似的，想说话或做个问候的手势。

男孩儿慢慢地从宽阔的、没有什么遮挡的大道上拐进一条狭窄的小路，两旁是高大的树木，顶上闪着银光的树冠像是在互相拥抱一样，而树底下却是黑黝黝的。这时万籁俱寂，只有静谧的花园里那种无法描述的声息，那种宛如细雨落进草里或草茎互相抚摩时所发出的窸窣声颤动着向这个沉浸在甜蜜的、不可捉摸的伤感中信步前行的男孩子飘来。有时，他轻轻摸一摸树，或者停下来聆听这微微的声息。帽子压着他的额头，于是他把帽子摘了下来，好让裸露的、血液扑腾的太阳穴感受一下睡意蒙眬的微风的抚摸。

正当他往黑暗处走近一些的时候,突然发生了一件匪夷所思的事情。他背后的砾石发出嚓嚓的响声。他吓了一跳,转过身去,看见一个修长的白色身影朝他翩翩而来,并且已经挨近了他。他胆战心惊,感觉自己已被一个女人紧紧地、可又无丝毫强制地搂住。一个温暖、酥软的身体紧贴着他的身体,一只娇嫩的手迅速地、战战栗栗地抚摸着他的头发,并使他的头朝后仰。他心醉神迷地感到嘴上沾着一颗陌生的、开了口的仙果——两片颤抖的芳唇在使劲地吮吸他的嘴唇。这张脸离他的脸那么近,近得他连对方的面容都无法看清。再说他也不敢看,因为一阵寒战向他袭来,他心里感到隐隐作痛,不得不闭上眼睛,服服帖帖地任凭自己成为这两片灼烫的芳唇的猎物;他的两条胳膊迟疑不定、犹豫不决地搂住这个陌生的佳丽,如痴如醉地将这个陌生的身体使劲地贴在自己身上,他的两只手贪婪地顺着柔软的曲线游移,歇了一会儿,又哆哆嗦嗦地继续蠕动,越来越火热,越来越疯狂。她将他箍得越来越紧,身子已经弓了起来。现在,她躯体的全部重量都压在他那任凭摆布的胸脯上,虽然很重,但他却感到美不胜收。她喘着粗气,紧紧地贴着他,他感到自己在往下坠,双膝已经支持不住。他什么也不去想,既不去想这个女人是怎么到他身边来的,也不去想她叫什么名字,他只是闭上眼睛,从这陌生而湿润的双唇上贪婪地吮吸玉液琼浆,直饮得酩酊大醉,情不自禁,毫无理智地驱向一股无比强烈的激情之中。他觉得,天上的星星突然坠落了,眼前光芒闪烁,他触及的东西全都像火花似的在颤动,在灼燃。他不知道,这一切持续了多久。他这样被柔软的链子拥锁着是否有几个小时,还是只有数秒钟:在这疯狂的感觉中,在这场心摇神荡的搏斗中,他感到身上的每一根神经都在熊熊燃烧,他正在朝一种妙不可言的眩晕状态蹒跚而行。

后来,突然间,这条火烫的链子一下子断了。紧紧抱着他的那双手猛地、几乎是愤怒地松开了,陌生女人站起来,一阵风似的跑了,一道白光从树旁一闪而过,在他伸手去拽住她之前,早就不见了踪影。

这是谁?方才持续了多久?他忐忑不安、魂不守舍地倚着一棵树站立起来。他滚烫的太阳穴慢慢冷却下来,他又能冷静地思考了:他觉得,他的一生似乎往前挪了上千个小时。他过去曾迷迷糊糊地梦到过女人和情欲,难道突然之间竟梦想成真了?或者说,这确实只是一个梦?他摸了摸自己的头,抓了抓自己的头发。怦怦跳动的太阳穴周围确实又湿又凉,这是因为方才他俩跌进草丛,沾了露水的缘故。现在这一切又在他眼前一闪而过,他感到嘴唇又在灼燃,又吮吸到了从她窸窣作响的衣服里散发出来的荡气回肠的馨香,他竭力想回忆起她说的每一句话,可是一句也想不起来。

现在他一下想起来,她什么话也没有说,连他的名字也没叫,他心里感到好生吃惊;他只听到她嘴里漾出来的阵阵呻吟,拼命屏住的销魂荡魄的狂喜的啜泣,只闻到她散乱的头发散发的幽香,只感觉到她那对压着他的滚烫的乳房以及她光滑的肌肤。她把她的娇躯、她的呼吸、她颤抖着的全部感情都给了他,而他却并不知道这个女人是谁,这个在黑暗中以其爱情来袭击他的女人是谁。他一定得要她说出一个名字来，以便解开他的惊愕和幸福之谜。

这时他觉得，方才他同一位女人所经历的那件闻所未闻的事，对于以诱惑的目光凝视着他的那个闪闪发光的秘密来说，实在是贫乏，极其贫乏和微不足道。这个女人是谁呢？他飞快地把每个可能的人都想了个遍，将住在这个王府里的所有女人的形象统统集合在他眼前；他回想着每个不寻常的时刻，从记忆中挖出同她们的每次谈话，重温有可能卷入这个谜里的五六个女人的每次微笑。也许是年轻的伯爵夫人 E，她常常那么厉害地叱责她渐渐衰老的丈夫；或许是他表叔的年轻夫人，她那双眸子显得出奇地温柔和彩虹般美丽；或许是——想到这点他吓了一跳——他三位表姐中的一个？她们三人彼此长得很相像，个个都是一副文雅、矜持的神情。不是她们，她们全都是冷若冰霜、谨言慎行的。近几年来，他常常觉得自己是个被驱逐的人，是个病人，自隐秘的烈焰在他心里熊熊燃烧，并且闪闪烁烁地落入他的梦境以来，他是多么羡慕三位表姐啊，她们个个都那么安然恬静，不晕头晕脑，没有欲念，或者说看起来是这样，而对自己正在苏醒的情欲则感到惶恐不安，就像害怕残疾似的。那么现在呢……是谁，她们之中谁善于如此掩人耳目呢？

经过这个问题的一番折腾，他慢慢地从心醉神迷的状态中清醒过来了。时间已晚，牌厅里的灯光已经熄灭，王府里只有他一人还醒着，就只有他——也许还有那一个，那个他不知其名字的女人。疲倦微微向他袭来。还去想它干什么？明天早晨目光一瞥，眼睛一眨，心照不宣地握一下手就会向他透露这一切的。他精神恍惚地走上台阶，就像他精神恍惚地走下台阶一样，不过两者之间可有天壤之别啊。他的血液仍然微微地激动着，白天太阳晒热的房间他现在似乎觉得凉快多了。

他第二天早晨醒来时，楼下的马匹已在用蹄子蹬地刨土了，欢声笑语传进他的耳朵，中间还夹杂着他的名字。他飞快地从床上一蹦而起——早餐是已经耽误了，急忙穿上衣服，奔下楼去，受到大家兴高采烈的迎接。"爱睡懒觉的人。"伯爵夫人朝他笑着说，两只明亮的眼睛里闪着笑意。他贪婪的目光在她脸上搜寻着。不是她，不会是她，她笑得过于没有拘束。"做了个甜蜜的梦吧？"这位年轻夫人戏谑道。他觉得她的娇躯好像过于瘦削。他飞快地将她们的脸逐一扫视一遍，想为他的疑问找到答案，可哪一张脸也没有以嫣然一笑来向他回传心曲。

他们骑马到乡下去。他用心谛听每个人的声音，眼睛紧紧注视着女士们骑在奔马上身体扭动时的每根线条和每个起伏的姿势，窥视着她们弯腰抬臂的神态。中午在餐桌旁坐着闲聊的时候，他故意弯着身子，挨近她们，以便闻一闻她们双唇上的芬芳或者秀发上散发出来的馥郁的香味。但是一无所获，他没有得到信号，没有得到些微可以供他发烫的思想去跟踪追击的踪影。漫长的白昼已尽，天色渐近黄昏。他本想看看书，但是一行行的字都从书页边上溜出去，突然进了花园。黑夜，奇怪的黑夜又降临了，他感觉到那不知名的女人的一双手臂又将他紧紧抱住了。他的手哆嗦着把书放下，想到池塘那边去。突然间，他已经站在老地方的砾石路上了，对此他自己也大为吃惊。晚餐时，他心里忐忑不安，一双手不知所措，不停地来回摸索，无处摆放。好像被人注视着一样，他的眼睛怯生生地缩在眼帘之下。终于，其他人都挪开椅子起身了，直到这时他才喜形于色，马上从往房间去的路上逃进花园，在白色小路上来回踱步。小路好似一条乳白色的雾带在他脚下闪着微光，他在这条路上不停地踯躅，徘徊了千百次。客厅里的灯点亮了吗？点亮了，灯终于全都点亮了，二楼上几个黑乎乎的窗户里终于也透出了灯光。夫人、小姐们都回各自的卧室去了。她若是来，只要再过几分钟就可以到了，可是现在每一分钟都在膨胀，膨胀到爆裂的程度，他心急如焚。他又在踯躅了，像是被一条看不见的绳子拴着，他只好这样走来走去。

  这时，一个白色的人影一闪，下了台阶，动作飞快，快得他无法认出来。她像一缕月光，或者像遗失在树丛中的一条随风飘舞的纱巾，被一阵急风刮了过来，现在，现在刮进了他的怀抱。他伸开爪子似的双臂，贪婪地将这个因为急速奔跑而发热的、充满野性的身子抱住，感觉得到她的心脏在怦怦直跳。这股热浪出其不意地袭在他的身上，在热浪甜蜜的冲击下，他以为自己要晕倒了，一心只想随波流去，在暧昧的快乐和满足的波涛中浮沉。同昨天一样，这次又只是一瞬间。接着，他从陶醉中猛然清醒过来，抑制住内心的欲火。女人的娇躯此刻在他身上贴得那么紧，他觉得这颗怦怦作响的陌生的心是在他自己胸中跳动。但是不行，绝不能沉迷在这销魂荡魄的温柔乡里，在知道这个女人的名字之前，绝不能任凭这两片正在吮吸的芳唇来摆布！她吻他的时候，他把头往后一撤，想看清她的脸。可是，这里落着一片树影，在黯淡的月光中和黑发交织在一起，难以分辨。树丛太密，浮云遮掩的月亮光线又太弱。他只看见一双晶莹的眼睛，像是两颗红似烈焰的宝石，像是藏在色泽黯淡的大理石深层的两颗宝石。

他一心想听她说一句话，即使只听到她吐出的一星半点儿声音也好。"你是谁？告诉我，你是谁？"他要求道。但是这两片柔软、湿润的芳唇只是一味亲吻而不出一声。于是他想，把她弄痛，她一叫喊，不就逼出声来了。于是，他抓住她的胳膊，用指甲戳她的肉，可是他在她紧紧屏住的胸口听到的只是喘息声、火辣辣的呼吸和硬不出声的嘴唇上的春情。她的双唇只是间或吐出微弱的呻吟，他不明白，这声音是由于疼痛还是由于销魂之乐而发出的。面对这固执的意志，他感到无能为力，从黑暗中出来的这个女人征服了他而没有暴露自己，他具有无限的力量来战胜这个欲壑难填的娇躯，却无法得知她的名字——这一切弄得他快要发疯了。他不由得怒火中烧，想竭力脱出她的缠绕；可是她呢，她感觉到他胳膊上的劲儿渐渐小了，觉察到他心里惴惴不安，就用她激动的手抚摸他的头发，既是安慰，又是挑逗。她的玉指在他头发上摩挲时，他感觉到额上有种轻微的叮当声，那是松松地垂挂于她手镯上的一块金属牌牌——一枚硬币——在摆动。这时，他突然产生一个想法。他像是沉溺于最最野性的情欲中似的，把她的手拉过来压在自己身上，同时把这块硬币深深压进自己半裸的胳膊，直到硬币的一面在皮肤上留下一个印记。现在他已经得到了一个记号,因为记号就在他身上,所以这时他便乐得顺从自己方才被抑制的激情。于是他便紧紧贴近她的身体,吮吸她芳唇上醉人的快乐,默不作声地搂抱着她,跃入神秘、恣肆的欲火之中。

后来,同昨天一样,她又安然地一跃而起,逃之夭夭。不过他也没有想要拦住她,因为他急于想看清那个记号,这种好奇心使他的血都烫了。他奔回自己的房间,把黯淡的灯火拨得雪亮,迫不及待地低头查看那枚硬币印在他臂上的记号。

这个印记正在消去,已经不很清楚,圆周已不完整,但是有一角还很清晰,留下的红色印痕还历历可见。印记的角上棱角分明,这枚硬币大概是八角形,中等大小,大体上像是一便士币,只是更有立体感,因为图案上与山丘相应的低洼还刻得更深。这印记像火一样烫人。他贪婪地细细观看时,感到手突然像伤口一样作疼,直到他把手浸在冷水里,火辣辣的疼痛才消去。这枚金属牌牌是八角形,现在他感到有了十足的把握。他的眼里闪着胜利之光。明天,一切他都将知晓。

翌日早晨,他是最早来到餐桌旁的一个。已经来到餐厅的夫人、小姐中只有一位年纪较大的小姐,还有他姐姐和伯爵夫人。她们个个满面春风,兴之所至,谈笑风生,谁也没有去理他。这倒正中他的下怀,他可以更好地观察她们。他的目光迅速扫过伯爵夫人纤细的手腕:她没有戴手镯。他这才泰然自若地同她说话,但是他的眼睛却总是焦躁不安地往门口探望。他的三位表姐这时正一同进来。他心里又惴惴不安了。他看见她们手腕上的饰物都缩在衣袖里,隐隐约约的,看不清楚。可是她们转眼就落了座,恰好在他对面:吉蒂,栗色头发;玛尔戈特是一头金发；伊丽莎白的头发很亮，亮得像白银在黑暗中闪光，像金色的瀑布在阳光中飞泻。这三位都像往常一样冷淡、沉静和矜持，摆出一副端庄的样子。他最恨的就是她们身上的这副神气，因为她们并不比他大多少，前几年还跟他一起玩呢。现在就缺他表叔的年轻妻子了。少年的心变得越来越忐忑不安，因为他感到马上就要水落石出了，一下子他几乎反倒喜欢上这秘密给予他的谜一般的折磨了。不过，他的目光老是好奇地在餐桌边飞快地游弋，女士们的手或是静静地放在洁白雪亮的桌布上，或是像轻舟在波光粼粼的港湾里缓缓地荡漾。他看到的只是一双双纤手，他突然觉得，一只只手犹如一个个古怪的人，犹如舞台上的人物，每个都有自己的生命和灵魂。他太阳穴为什么跳得这么厉害？他的三位表姐都戴了手镯，这一发现使他大吃一惊。从儿童时期起他就一直知道，她们三人脾气倔强，性格内向，可是他要加以证实的，肯定就是这三位高傲的、外表上无可挑剔的姑娘中的一位，这事使他感到困惑。那么究竟是哪一位呢？是年纪最大也是他最不熟悉的吉蒂，是态度生硬的玛尔戈特，还是小伊丽莎白？她们之中无论哪一位，他都不敢企望。他心里暗暗希望，但愿她们都不是，或者说他不愿知道那个人。可是现在他心里充满了强烈的渴望，非要弄个水落石出不可。

"可以再给我一杯茶吗，吉蒂？"他的声音听起来像喉咙里有沙子似的。他把杯子递了过去，这么着她就得抬起手臂，伸过桌子，将茶递到他面前。现在——他看见她的手镯上垂挂的一块雕牌颤动着，一瞬间他的手僵住了。但不是，这是块镶嵌的圆形绿宝石，碰在瓷餐具上发出微微的响声。他的目光满怀感激地掠过吉蒂的褐发，像是给了她一个吻。

片刻间，他喘了口气。

"能劳驾你递给我一块方糖吗，玛尔戈特？"对面餐桌上抬起一只纤手，伸出去拿起银盒，递了过来。这时——他的手微微哆嗦了一下——他看见她藏在袖子里的手腕上戴着一个精巧的手镯，上面垂着的一枚古银币在摆动，银币是八角形，一便士大小，显然是件传家之宝。这可是八角形的呀，每个角都很锐利，昨天在他肉里扎下了一块印记。他的手握得不太稳，夹糖的夹子两次都夹偏了，最后夹起的一块方糖才掉进茶里，不过他忘了喝。

玛尔戈特！这个名字在他嘴唇上灼燃，这是一个前所未有的惊异，他差点儿叫喊起来，不过他还是咬紧了牙齿。这时他听见她在说话——他觉得她的声音好陌生，仿佛有人在讲台上向台下讲话——冷冰冰的，字斟句酌，轻轻开个玩笑，神色从容、泰然自若，她的这种肆无忌惮的谎言真让他感到心惊胆战。这真是昨天晚上像猛兽似的向他扑来并被他压得气喘吁吁、两片芳唇任他狂吸猛饮的那位姑娘吗？他又一次怔怔地谛视着她的嘴唇。是的，那固执劲儿、那内向的性格，只可能隐藏在这两片轮廓鲜明的嘴唇上，可是那烈焰熊熊的欲火又向他泄露了什么呢？

他更加仔细地凝视着她的脸，仿佛是第一次见到她。他狂喜、震颤、幸福得差点儿大哭起来，他第一次感到，她摆出这副高傲的神态时有多美，她心怀这个秘密时诱惑力有多大。她的两道秀眉呈弧形曲线，形成一个锐角之后就突然往上一挑，她那春情激荡的目光精心描摹着这两道眉毛的线条，深深钻入她那双灰绿色的眸子中清凉的宝石红玉髓之中，吻着她脸庞上苍白的、微微透着光泽的皮肤，将她此刻轮廓鲜明的紧绷着的嘴唇软软地隆成拱形来亲吻，又在她那浅色的秀发中搜寻了一番，随后迅速往下移去，销魂地将她整个身躯拥入怀里。直到此刻他才算认识她。这时，他从餐桌边站起来，但两膝哆嗦不已。他被她的外貌弄得酩酊大醉，仿佛饮了浓郁的玉液琼浆。

　　这时，他姐姐已经在楼下喊他了。已经备好做晨骑用的马匹嘴嚼轻勒，都在那儿焦躁地踏着舞步，显得很不耐烦。他们一个个迅速坐上马鞍，随即便像一队色彩缤纷的骑兵上了花园林荫道。起初马匹是慢步小跑，这男孩儿觉得这种懒洋洋的均匀的马步同他血液涌流的急速节拍很不协调。然而一出大门，大家就纵马飞奔，从道路的左右两侧驰进还在蒸腾着薄薄的晓岚的草地。夜里的露水一定很重，因为在轻纱般袅袅升腾的烟雾中不时闪烁着晶莹的水珠，空气格外清凉，好似近处有道瀑布在飞泻。完整的一队人马立刻就分散开来，链条扯成了五颜六色的几截。有几位已经连人带马消失在山间的树林里了。

　　玛尔戈特是骑在最前面的人中的一个。她喜欢恣肆驰骋，喜欢劲吹的疾风戏弄她的长发，喜欢策马奔驰中听到耳际嗖嗖风声时的那种无法描述的感觉。在她身后，那男孩儿在纵马狂奔；他看见她那高高端坐马上的骄傲的身躯随着剧烈的起伏动作，弓成一条美丽的弧线，间或还看到她泛着一抹淡淡红晕的脸颊和炯炯有神的眼睛。此刻，在她如此热情地展示自己的精力时,他又认出了她。他极其强烈地感觉到了她突如其来的爱情,她的欲望。他心里突然升起猛烈的欲望:现在猛地将她抓住,从马上拉下来,搂在怀里,再次吮吸她那难以驯服的芳唇,承受她那颗激动的心颤颤巍巍地对他胸口的冲撞。他向马的腹部抽了一鞭,马便嘶鸣着奔到前面。现在他到了她身边,几乎同她膝盖擦膝盖,马镫相碰发出轻微的声响。现在他非得把事情揭开,非得揭开。"玛尔戈特。"他结结巴巴地说。她转过头来,两道剑眉往上一挑。"什么事,波普?"她冷冷地问,眼睛冷淡而晶莹。他打了一个寒战,一直传到膝盖上。他该说些什么呢?他可找不到词儿了。他支支吾吾地说出了往回走的意思。"你累了?"她问,他觉得这话里带有嘲弄的意味。"不累,可是他们远远落在后面了。"他更加吃力地说。他感到,再有片刻,他恐怕就要干出荒唐事来了:猛地朝她伸出胳膊,或者放声大哭,或者用像带了电似的、在他手里颤抖的鞭子抽她。他猛然一拉缰绳,将马往回一带,弄得奔马立起了后脚,而她却继续往前疾驰,高挺的身子端坐马上,一副骄傲、拒人于千里之外的神态。

其余的人很快就赶上了他。他周围响起一阵叽叽喳喳的说话声,但是这些欢声笑语回响在他耳畔,就同嘚嘚的马蹄声一样,没有一点儿意义。他没有勇气向她诉说他的爱情,逼她说出事实真相,为此他感到十分苦恼;他想驯服她的欲望变得越来越强烈,像一片红色的天穹在他眼前坠落在地上。为什么他不将她嘲弄一番,就像她犟着性子将他嘲弄一样?他下意识地策马向前,直到坐骑风驰电掣般跑开了,他心里才感到轻松一些。这时大家都在喊他往回骑。太阳已经爬上山峦,高悬中天。田野上飘来一阵柔和弥散的芳香,色彩耀眼,像熔化的黄金闪入他的眼帘。湿热和浓香在大地上蒸腾,汗水涔涔的马匹已经懒洋洋地开始小跑,身上冒着热气,不住地喘息着。队伍又慢慢地聚集在一起,欢笑声显得有气无力,大家的话也少了。

玛尔戈特也重新出现了。她的马的嘴里吐着白沫,有的落在她衣服上微微颤动,头发绾的圆髻眼看就要散开,现在只有发卡松松地别着。这男孩儿着了魔似的紧盯着这头金色的发辫,他思忖,这头金发说不定会突然松开,披落下来,长发飘洒。这个想法使他兴奋异常,几乎发狂。大路尽头处,花园的拱形大门已经在光灿灿地闪耀,后面是通往王府的宽阔的大道。他把缰绳一带,小心翼翼地纵马从别人身边跑过,第一个到达花园。他跳下马,把缰绳交给跑来的仆人,自己则在那里等着大队人马到来。玛尔戈特是最后到达的几位之一。她缓缓策马而来,身体软绵绵地往后靠着,像是一次销魂之后全身酥瘫了一般。他觉得,她在心醉神迷之后准是这副样子。想起这事,他心里便激情翻涌,狂飙顿生。他挤到她跟前,气喘吁吁地扶她下马。

他扶着马镫,一只手急切不安地就势抱住她娇嫩的脚腕。"玛尔戈特。"他呻吟着喃喃地低声喊道。听到他喊她,她连眼皮都没抬一抬,泰然自若地握着他伸过来的手,从马上一跃而下。

"玛尔戈特,你真是妙极了。"他再次结结巴巴地说。她狠狠地盯着他,又把眉毛高高地挑到额头上。"我认为你喝醉了,波普!你在这里胡说些什么?"他对她的装模作样感到愤怒,出于盲目的激情,他把还一直握着的那只手紧紧压在自己胸口,仿佛要将这只手戳进自己胸腔里去似的。玛尔戈特大为恼火,脸气得绯红,她狠狠地把他一推,推得他一个趔趄,她自己则迅速从他身边走过。这一切发生得非常迅速,只在一闪之间,所以谁也没有发现,就连他自己也以为,这不过是一个令人心悸的梦。

他的脸色十分苍白,整天激动不已,以至那位金发伯爵夫人走过时还拊着他的头发问,他是否哪儿不舒服。他怒不可遏,将那条汪汪吠叫的狗一脚踢到边上,玩牌的时候也是笨头笨脑的,惹得姑娘们都取笑他。他想,今晚她不会来了。这个想法害了他,弄得他闷闷不乐,无名火起。他们大家一起在外面花园里坐着喝茶,玛尔戈特在他对面,但是她连看都不看他。他的眼睛一直望着她的眼睛,像被磁铁吸引似的,可是她的眼睛冷冷的,就像两块灰色的石头,没有一点儿反应。受她这般耍弄,他不禁心头火起。她转过脸,不去看他。见她这副狂妄神气,他便捏紧拳头,他觉得,他简直会一拳把她打趴下。

"到底怎么啦,波普?你的脸色很苍白呢。"这时突然有个声音问道。那是小伊丽莎白,玛尔戈特的妹妹。她的眼里闪烁着一道温暖、柔和的光,然而他却没有觉察到。他感到像是被人抓住了什么把柄似的,怒气冲冲地说:"让我安静一会儿吧,别拿你那该死的担心来折磨人!"说完这话,他便后悔不已，因为伊丽莎白的脸"唰"地一下变得十分苍白，马上转过头去，眼含泪水说："你这个人可真怪。"大家都愤愤不平地、几乎是威逼性地望着他，他自己也感到理亏。然而，他还没有来得及道歉，那边桌上便传来一个生硬的声音，那是玛尔戈特的声音，锋利、冷峻犹如刀刃："我压根儿就觉得，波普那么大了还这么不懂礼貌。把他当绅士，或者仅仅把他当成年人看待，都不对。"这话是玛尔戈特说的，就是昨天晚上还把双唇赐予他的玛尔戈特说的。他感到周围的一切都在旋转，眼前一片模糊，不禁怒火中烧。"想必是你，恰恰是你，对于这件事该是一清二楚的！"他不怀好意地强调说，并且站起身来。由于他动作过猛，碰倒了身后的椅子，可是他头也不回，就拂袖而去。

不过，他自己也觉得这太荒唐。晚上，他又站在楼下的花园里，向上帝祷告，愿她能来。或许她的态度也只不过是故作姿态和桀骜不驯的表现吧。不，他不想再问她，不想再折磨她了，只要她来，只要允许他在自己嘴上能重新感觉她柔软、湿润的双唇那强烈的欲望，那么所有的问题就都无须解答了。时间似乎已经沉入梦乡，像头行动迟钝、有气无力的野兽匍匐在王府前面：时间真是长得出奇。他觉得，四周草丛中发出的轻微的唏唏声就像是嘲笑人的声音，轻轻摇曳的枝丫在戏耍着自己的影子和微微闪耀的灯光，像是爱捉弄人的手在晃动。各种声音纷乱杂沓，而且陌生，比沉寂更让人感到肝肠寸断。那边乡村里间或有犬吠声传来，有时一颗流星"嗖"的一下划过夜空，坠落在王府后面的什么地方。黑夜似乎变得越来越亮了，投在路上的树影则变得越来越浓，那些微弱的声响也越来越纷乱杂沓。后来，飘动的浮云又遮住了天穹，朦胧、抑郁的昏暗笼罩着大地。这份寂寞一下袭上他滚烫的心头，令他感到隐隐作痛。

少年不住地踯躅徘徊，步子越来越急，越来越快。有时候，他朝树木怒击一拳，或者用手指把树皮抠得粉碎，他怀着满腔怒火使劲地抠，把手指都抠出了血。唉，她不会来了，他本来预料到了，然而他却不愿相信，因为她要是不来，那就永远、永远不会再来了。这是他一生中最痛苦的一刻。他还年轻，正值青春年华，想到这里，他便狠狠地扑倒在潮湿的苔藓地上，双手在土里乱抓，泪流满面，轻声啜泣着。他长这么大还从来没有这么哭过，将来也不会再这样哭。

这时，树丛中突然传出轻轻的咔嚓一声，把他从绝望中唤醒。他一跃而起，双手朝前瞎摸，一个热乎乎的东西朝他胸口猛地一撞，真是妙不可言——他又将那个梦寐以求的娇躯搂在了怀里。他喉咙里涌起一阵抽泣，全身剧烈地发抖。他将这个高高的丰腴身体紧紧搂住，搂得那陌生而又缄默不语的嘴里发出一声呻吟。他感觉到，她在他的牛劲之下呻吟着，于是他第一次知道，他主宰了她，而不像昨天，也不像前天，他成了她忽阴忽晴的脾气的猎物；他心里升起一股欲望，要为他在上百个小时所受的痛苦而折磨她，要为她的桀骜不驯，为今天晚上她当着大家的面所说的那些鄙薄的话，为她生活中撒谎的花招而治治她。仇恨已经同炽热的爱情融为一体，因而这拥抱与其说是柔情缱绻的亲昵，还不如说是一场搏斗。他紧紧钳住她纤细的手腕，她气喘吁吁，身体也随之扭动，战栗不已。随后，他又将她拉进怀里，使劲搂住，搂得她动弹不得，只好一个劲儿低沉地呻吟，他不知道，这呻吟是出于快乐还是出于痛苦。尽管这样，他却依然无法逼她说出一个字来。现在，他把自己的嘴唇贴在她的双唇上不住地吮吸，还想把这低沉的呻吟也封住。这时，他感到她的唇上湿乎乎的，是血，是正在流淌的血，是她用牙齿使劲咬着嘴唇咬出来的血。他就这般折磨着她，直到他突然感到自己的精力也已消耗殆尽，一股情欲的热浪涌上心头，两人这才胸贴着胸，喘息不止。熊熊烈焰一下就熄灭了，星星仿佛在他们眼前闪烁，一切都神经错乱了，他的思想转得更加疯狂，万物就只有一个名字：玛尔戈特。他心里烈焰升腾，终于从心灵深处低沉地吐出了一个声音——是欢呼也是绝望，是渴望、仇恨、愤怒，也是爱情，这一切凝成一句话，一声呼喊，抑制着三天的痛苦的呼喊：玛尔戈特，玛尔戈特。对他来说，这几个字音里回荡着世间的音乐。

她全身像是遭了重重的一击。狂热的拥抱一下子僵住了，她拼命将他一推，她的喉咙里迸出一声哽咽，一声哭泣，她的动作又变得异常猛烈，不过只是为了脱出身来，好摆脱这可恨的接触。他想出其不意地将她抓住，但她与他相搏。他俯首将脸挨近她的时候，感觉到愤怒的泪水正战战栗栗地从她脸颊上直往下流，她那窈窕的身体像蛇一样扭动着。突然，她使劲将他往后一推，然后顺势逃之夭夭。树木间，她的衣服白光闪烁，随即便在黑暗中消失。

他又孤零零地站在那里，神色慌张，茫然若失，就像第一次那温暖的娇躯和狂热的春情猛地冲出他的怀抱一样。他的眼前，星星也像眼泪汪汪似的，热血自里往外在他的额头上钻出一些细小的火星。他究竟出了什么事？他摸索着走过由一棵棵分散的树木组成的行列，进入花园深处，他知道，那里有一口水流飞溅的小喷泉。他让喷泉的水抚摸着他的手，银白色的泉水向他喃喃细语。这时，月亮正慢慢从云层中露出来，在月光的反射下，清泉在奇妙地熠熠闪亮。现在他的目光清晰多了，这时，突然有一阵极度的哀伤向他袭来，多么奇妙啊，仿佛是温煦的微风从树丛中把这哀伤吹落下来的。滚滚热泪喷涌而出，此时他比哆哆嗦嗦地搂抱的时刻更加强烈、更加清晰地感到，他是多么爱玛尔戈特啊！迄今所有的一切——占有的迷醉、战栗和痉挛以及探秘无果的愤怒全都烟消云散，只有那忧伤而甜蜜的爱情，那几乎没有一点儿渴望却无比强烈的爱情将他完完全全拥抱在怀里。

他为什么要这般折磨她？这三夜她给予他的东西不是多得不可悉数吗？自从她教他品味了绸缪的情意和剧烈震颤的爱情以来，他的人生不是突然从黯淡的朦胧中进到危险的、熠熠闪亮的光耀中去了吗？她是带着眼泪、怀着愤怒离开他的呀！这时，他心里涌起一个无法抗拒的、温存的心愿，希望同她握手言欢，希望她说句温柔、熨帖的话，这个要求有点儿类似于一个欲望：将她静静地拥在怀里，不求任何索取，并对她说，他是多么感激她。是的，他甚至愿意到她那儿去，并低声下气地对她说，他对她的爱是多么纯洁，他永远不再叫她的名字，永远不再逼她回答她不愿启齿的问题。

泉水银光粼粼，汩汩流去，他不由得想起她的泪水。也许她现在一个人在独守空房，他继续思忖着，或许只有这絮絮低语的黑夜，这专门谛听大家的秘密而不给任何人安慰的黑夜听从她的话，他离她是咫尺天涯，看不到她秀发上的一丝闪光，也听不到她随风飘去的芳音所剩下的只言片语，可是两颗心却相互偎依，紧紧相缠——这一切对他来说都是难以忍受的痛苦。他渴望待在她身边，哪怕是像条狗似的躺在她的门口或者像乞丐似的站在她的窗下，这种渴望现在已经变得无法抗拒。

他怯生生地从黝黑的树林中蹑手蹑脚地走了出来，看见二楼的窗户里还亮着灯光。光线幽微，黄色的微光几乎连那棵大枫树的叶子都没有照亮。那棵枫树的枝丫像想轻轻叩击窗户的手一样，在微风中朝前一伸，又往后一缩，简直是个在窃听的、黑黑的彪形大汉，伫立在那扇明亮的小玻璃窗前，谛听别人的隐秘。一想到玛尔戈特在那扇明亮的玻璃窗后尚未就寝，或许还在哭泣或者在想念他，这男孩儿就无比兴奋，以致他不得不倚在这棵大树上，免得身体摇晃，站立不住。

他像着了魔，呆呆地凝视着楼上的窗户。白色的窗帘晃来摆去，随风戏耍，一旦飘出暗处，在室内温暖的灯光映照下，就成了暗金色，如果吹出窗外，染上从圆形树叶之间透出并晶晶闪耀的月光，马上就变成了银白色。朝里开的玻璃窗反映出光与影不平静的流动，宛如在描绘一块光线明暗相间的织物。这位热昏了头的男孩儿用火辣辣的眼睛呆呆地凝视着楼上，对他来说，这些天所发生的种种事情仿佛都用黑色的日耳曼古文字书写在玻璃板上了。那流动的暗影，银色的闪光，像柔曼的烟云飘浮在锃亮的玻璃窗上。这些匆匆捕捉到的感觉激发起他的遐想,幻化成无数闪烁不定的图像。他看见了她,玛尔戈特,袅袅婷婷,俏丽动人,长发披散,噢,那头浓密的金发,她正怀着内心的躁动不安,在屋里走来走去,她因情欲而发烧,因愤怒而抽泣。此刻,他透过巍巍高墙犹如透过玻璃一样,看到她每个最最细小的动作:双手颤抖,跌坐在沙发椅上,默默地、绝望地凝视着星光惨淡的夜空。有一会儿玻璃窗变得亮堂了,他甚至觉得认出了她的脸庞,她正怯生生地把脸探向窗前,俯视正在沉睡的花园,搜索他的踪影。这时,他被强烈的感情所控驭,既克制又急切地向楼上呼唤她的名字:玛尔戈特! ……玛尔戈特!

不是有个影子像白色轻纱一样忽闪一下飞快地从玻璃窗上越过吗?他觉得看得清清楚楚的。他凝神谛听,可是毫无动静。身后,酣睡的树木在轻声呼吸,无精打采的风儿拂过,草丛中发出轻微的、绸缎似的窸窣声,这些声音变得越来越远,越来越响,汇成一个温暖的波涛,随后渐渐轻轻地平息下来。黑夜在静静地呼吸,窗户依然默默无声,银色的镜框里嵌着一幅加深颜色的画像。难道她没有听到他的呼唤,还是她不愿再听到他的声音?窗户上颤颤悠悠的亮光弄得他心烦意乱。他心里的欲望从胸口里跳了出来,往树皮上重重摔去,由于这股激情来得凶猛,树皮似乎也哆嗦起来了。他只知道,他现在必须见她,必须听到她说话,哪怕是大声喊她的名字,喊得大家循声跑来,喊得大家从梦中惊醒,他也毫不后悔。此刻,他预感到会出点儿什么事,最最荒唐的事对他来说正是他热切企求的，就好像在梦里什么事都易如反掌、唾手可得一样。这时，他再次抬头往楼上的窗户张望，一下发现靠窗的那棵树伸出的枝丫像路标一样。刚一闪念，他的手就已经更加使劲地把树干抓住。突然间，他脑子开了窍：树干虽然粗大，但是摸着却柔软而有韧性，他得爬上去，爬到树上再喊她，那儿离她窗户只有一步之遥；他要在挨她很近的地方同她说话，不得到她的原谅他就不下来。他未作丝毫考虑，觉得窗户微微闪亮，在引诱他，感到身边这棵树又粗又大，在支托着他。他很快地攀了几下，又往上一纵，双手攀住一根枝丫，并将身子使劲往上拽。现在，他攀到了树上，几乎到了树顶茂密的树叶中，下面的枝叶大为惊愕，便一起剧烈地晃动起来。每片树叶都窸窣作响，汇成一片波浪起伏、令人胆寒的哗哗声，伸出的那根枝丫弯得更加厉害，都碰到了窗户，仿佛要给那位一无所知的姑娘发出警告似的。爬到树上的男孩儿现在已经看见房里白色的屋顶及其正中灯火映照出来的金光灿灿的光圈。他激动得微微发抖，他知道，一会儿他就将见到她本人了，他不是痛哭流涕就是默默抽泣，再不就是身体陷于强烈的情欲之中难以自持。他的胳膊快没力气了，但是他又振作起精神。他慢慢地从那根伸向她窗户的枝丫上往前爬，膝盖磨出了血，手也划破了，但是他还在继续往前爬，几乎被近处窗户里的灯光照个正着。一大簇浓密的树叶还挡着他的视线，挡着他梦寐以求的最后一眼，于是他举起手，想去拨开这簇叶子。这时，灯光正好把他身上照得雪亮，他身体朝前一弯，一阵颤抖，身子一晃，失去平衡，一个旋转摔了下来。

他摔在了草地上，落地的声音轻微而低沉，犹如掉下一颗沉沉的果子。有个身影从楼上窗户里探出身来，惊惶不安地俯视窗下，但是黑暗纹丝未动，寂静无声，就像将溺水者冲入深水之中的池塘。不一会儿，楼上的灯熄灭了，在闪忽不定的朦胧月色下，花园里那些沉默不语的黑影中，似乎有许多影影绰绰的魑魅魍魉在大显神通。

几分钟以后，从树上摔到地上的男孩儿从昏迷中苏醒。他的目光陌生地朝上仰望片刻。黯淡的天空挂着的几颗模糊的星星在冷冰冰地凝视着他。随后，他感到右脚非常之疼，疼得他猛一抽搐，他现在稍微一动，就痛得几乎要大声叫喊。这时，他突然意识到自己摔伤了。他也意识到他不能在这里——玛尔戈特的窗下躺着，不能请人帮助，不能呼喊，也不能动得发出声响来。他的额头上滴着血，准是他摔下来的时候碰在草地上的石块或者木头上了。他用手拭了一下血，以免它流到眼睛里去。接着，他把身子完全往左侧蜷缩着，试着用两只手深深地抠进泥土，慢慢往前移动。每次一碰到那条摔断的腿，或者只是震动一下，就会痛得一阵抽搐，他担心再次晕厥过去。然而他还是慢慢地把身子一拖一拖地往前挪动，几乎花了半个小时才到台阶那儿，他感到两只胳膊已经麻木了。额头上的冷汗同直往下滴的鲜血流在了一起。他现在还必须克服最后的困难——那道台阶。他忍着剧烈的疼痛，咬紧牙关，十分缓慢地往上爬去。现在他到了上面，哆哆嗦嗦地抓住了扶手，累得哼哧哼哧喘个不停。他又往上爬了几步，到了牌厅门口，听到了里面说话的声音，看见了亮着的灯光。他扶着门把手，拼命地站了起来。突然,像是被人摔了出去似的,他随着打开的门栽进灯火通明的大厅。

他看起来一定很吓人,他跌进来的时候,满脸是血,浑身是土,像一团黏黏糊糊的东西"啪"的一声立即摔倒在地。先生们"嚯"的一下都跳了起来,乱成一团,椅子碰得砰砰直响,大家争先恐后地跑去救他,小心翼翼地把他抬到长沙发上。这时,他还能含含糊糊地喃喃说话。他说,他本想到花园里去,没想到从台阶上摔了下去,接着他眼前突然落下一条条黑色披纱,来回颤动,把他缠得严严实实,动弹不得,随后他失去知觉,不省人事。

马匹立即备好,有人骑马到最近的地方去请医生。王府里的人全被惊动了,直闹得天翻地覆:走廊里点起了像萤火虫似的、颤颤悠悠的灯火,有人从房门里朝外小声打听伤情,仆人畏畏缩缩、睡意蒙眬地来了,七手八脚地把昏迷不醒的男孩儿抬进他楼上的卧室。

医生检查后,说他的一条腿骨折,让大家放心,并说伤者不会有危险,只不过得打上绷带,长期卧床静养。大家把医生的话告诉男孩儿,他听了只是无力地一笑。这样对他来说并不难受,因为他觉得,这样躺着倒很惬意:独自一人长期躺着,没有喧闹,没人打搅,躺在一间明亮、宽敞的房间里,要是想梦见自己心爱的姑娘,树梢就会轻轻把窗子摩挲得沙沙作响。这样安安静静地把什么事都仔细思考一遍,在梦中与心上人邂逅,不受任何琐事俗务的干扰,独自同一个个情意脉脉的幻影亲密地待在一起,只要合上眼帘片刻,幻影就会来到床边,这种感觉该是何等的甜美！恋爱的时光恐怕也不会比这些苍白朦胧的梦境时刻更宁静、更美丽。

头几天他还疼得非常厉害。然而他觉得，这疼痛中掺进了种种独特的销魂荡魄的快乐。他觉得，他是为了玛尔戈特，为了这位心爱的人而忍受痛苦的，想到这点，这男孩儿就有一种极其浪漫的、几乎是过甚其词的自信心。他暗自思忖，他真该脸上来个流着鲜血的伤口，这样他就可以经常露着这个伤口，就像骑士身上染着他所爱慕的贵妇人的颜色一样；再不就干脆别醒过来，摔得缺胳膊断腿地躺在楼底下她的窗前，这倒也很绝妙。想到这里，他就又做起梦来了，梦见她第二天早晨醒来，听见自己窗户底下人声嘈杂，彼此呼喊，她便好奇地探身朝下张望，看见了他，看见他肢残体碎地躺在她的窗下，为了她而命赴黄泉。他看见，她呼叫一声，栽倒在地；他听到了这声尖叫，接着就看见她那绝望和苦闷的神态，看见她身穿黑色丧服，阴郁而严肃地度过她整个惘然若失的一生，若是有人问起她的痛苦，她嘴唇上便闪过一丝微微的抽搐。

就这样，他整天都沉迷在梦境中，起先只是在黑暗中才做梦，后来睁着眼睛也照样做梦，不久他就习惯于愉快地回忆那个可爱的形象，而且乐此不疲。对他来说已经不存在太亮太吵的时候了：光线最亮他也能够看见一个影子从墙边忽闪而过，她的形象就来到他的跟前；外面再吵，在他耳朵里，她的声音也绝不会被水滴从树叶上流下来的淅沥声和沙砾在烈日暴晒下发出的咝咝声所消解。他就这样同玛尔戈特说话，一说就是几个小时，要不就是梦见同她一起去旅行，一起乘车度过美妙的时光。但是有时他从梦中醒来,现出一副惊慌失措的样子。她果真会哀悼他吗?她会永远记着他吗?

当然,她有时候也来探望这位病人。往往是正当他在想象中同她说话,她亮丽的形象好似站在他面前的时候,正巧房门就开了,她走进屋,亭亭玉立,光彩照人,不过却同他梦中邂逅的那位姑娘判若两人。因为她并不脉脉含情,俯身亲他额头的时候也不像梦中的玛尔戈特那么激动,她只是坐在他的沙发椅里,问他身体怎么样,疼不疼,并讲一两件有趣的小事给他听。只要她在,他总感到甜甜的,心慌意乱,手足无措,连看都不敢看她;他往往合上眼皮,以便更好地聆听她的声音,将她说话的声调深深地吸进自己心灵中。这音调是他自己的音乐,它还将连着几小时在他周围回响和飘荡。对于她的问题,他总是回答得犹犹豫豫,因为他太喜欢沉默了,在沉默中他可以只听见她的呼吸,在心灵深处感受到是单独同她相处在这宇宙空间里。每当她起身往房门走去的时候,他就不顾疼痛,费劲地撑起身子,好再次将她灵巧的身段的每根线条描画在自己心里,好在她重新坠入他虚无缥缈的梦幻中去之前,再次活生生地将她拥抱。

玛尔戈特几乎每天都来看他。不过吉蒂和伊丽莎白——那位小伊丽莎白,不是也每天来吗?伊丽莎白甚至总是那么惊恐地望着他,用极为温柔体贴的声音问他,是否觉得好些。他姐姐和别的夫人不也是天天都来看他吗?她们大家难道不是同样对他极其关切吗?她们不是也待在他身边,给他讲述各种各样的故事吗?但他总觉得她们在他那儿待的时间太长,因为她们总是将他的奇思遐想吓跑,把他从清静的沉思冥想中唤醒,让他跟她们东拉西扯,谈天说地。他真希望她们大家都别来,只想让玛尔戈特一个人来,只待一小时,哪怕仅仅几分钟,然后他又独自一人待着,与她在梦里相会,无人打搅,不受骚扰,轻松愉快,像驾着几片柔云,完全遁入自己的内心,与令人欣慰的他的爱情偶像欢会。

因此,有时他听到有人转门把手的时候,就闭上眼睛,假装熟睡。于是,来探视的人就踮着脚尖儿,蹑手蹑脚地走出房间。他听见门犹犹豫豫地关上了,就知道,现在他又可以重新跳进他温暖的梦幻之海中去游泳,让梦幻温柔地将他带向最迷人的远方。

有一次,发生了这么件事:玛尔戈特来看他,但只待了一会儿就走了,然而她的头发却给他带来了花园里浓郁的芳香、盛开的茉莉散发的醉人的香味,以及她眼睛里喷出的八月骄阳的白色的烈焰。他明白,今天不能指望她再来了,这个下午将是漫长而明亮的,他将欢快地在甜蜜的梦境中度过,因为大家都骑马出去了,所以没有人会再来打搅他。这时,有人迟疑不决地推开门,他便闭上眼睛,装出熟睡的样子。但是进来的那位并没有退出去,而是没有一点儿声响地关上门,以免把他吵醒。在这寂静无声的房间里,这一切他听得十分清楚。然后,进来的人小心翼翼、蹑手蹑脚、几乎脚不沾地地走到他跟前。他听到衣裙微微的窸窣声并听到她坐在了他床边。他浑身发烫,透过紧闭的双眼,他感觉到她的目光在他脸上游移。

他的心开始惶恐不安地怦怦直跳。这是玛尔戈特吗?肯定是。他感觉到是她，可是并没有睁开眼睛，只是凭感觉知道她在自己身边，这种刺激就更加甜蜜，更加剧烈，更加激动人心，也更加隐秘，更加撩人。她要干什么？他觉得，这几秒钟长得无穷无尽。她只是一直看着他，仔细观察他的睡眠。他现在毫无防卫能力，只好闭着眼睛由她去观察。他知道，若是他现在睁开眼睛，他的眼睛就会像一件大衣将玛尔戈特大惊失色的脸裹进他温情脉脉的眼神里。这种感觉虽不舒服，却令他陶醉。它像电流一样通过他全身的毛孔，让他奇痒难当，但是他一动不动，只是压低由于胸口憋气而变得急躁不安、粗声喘气的呼吸，一门心思地等着，等着。

什么事情都没有发生。他只是觉得，她似乎更低地朝他俯下身子，他似乎感觉到了那股清香，觉得他熟悉的她双唇上溢出的那股湿润的紫丁香的清香离他的脸庞更近了。现在，她把自己的手放在他的床上——他的血像一股热浪从他脸上流到全身——隔着被子顺着他的手臂轻轻抚摸，动作不急不躁，小心翼翼，使他有种被磁铁吸引的感觉，她的手摸到哪里，他的血便剧烈地流向哪里。这种被轻轻爱抚的感觉真是妙不可言，既令人陶醉，又使人振奋。

她的手还一直顺着他的手臂在抚摸，动作缓慢，几乎颇有韵律。这时他贪婪的眼睛一眯，从眼皮缝中往上窥视。起初，他的眼前朦朦胧胧，一片紫红，只看到摇曳不定的灯火映出的一片云雾，接着，他看见了身上盖的那条有深色斑点儿的被子，然后察觉到了那只正在抚摸的手，它仿佛来自非常遥远的地方；他非常朦胧地看见了那只手，只是一束窄窄的白色光亮，像一片明亮的白云，飘过来，又缩回去。他将眼帘的缝隙不断张大，这时他清楚地辨认出了她像瓷器般洁白、鲜亮的手指，看到她的手指微曲，向前摩挲，接着又往回移动，虽有引逗调弄的意味，却充满了内在的活力。她的手指像触角似的爬过来，又缩回去，在这一瞬间，他感到这手也是某种特殊的东西，活的东西，就像一只依偎着衣服的猫，像一只缩着爪子、娇态十足、呼噜呼噜地挨近他的小白猫。倘若猫的眼睛突然开始炯炯发亮，他并不感到惊讶。这只白洁的手抚摸过来时，眼睛不是在熠熠闪光吗？不，那只是金属的光泽，是黄金的闪光。现在，这只手又在往前摩挲，他看清了这光泽，那是一块垂挂在手镯上微微颤动的金属牌牌，那块神秘的、露了行迹的牌牌，八角形，一便士硬币大小。这是玛尔戈特的手，正在亲热地抚摸他的胳膊。顿时，他心里升起一股欲望，想把这只柔白、未戴戒指的裸手抓住，放在自己唇上狂吻猛吮。但是这时，他感觉到了她的呼吸，感觉玛尔戈特的脸挨他的脸很近，他再也不想继续低垂着眼帘了，他喜出望外，满面春风，睁开眼睛盯着这张挨得很近的脸庞。这一下吓得她魂飞魄散，猛地把脸缩回。

现在，那张低俯的脸投下的影子已经消失，亮光洒向那激动的花容，他认出了伊丽莎白，玛尔戈特的妹妹，这位不同凡响的小伊丽莎白。这一发现使他全身猛然一震，犹如遭到重重的一击。是在做梦吗？不是，他凝视着那张"唰"的一下变得绯红的脸庞，她只好怯生生地把眼睛移开：这是伊丽莎白。他一下子就意识到了那个可怕的误会，急不可待地将目光往下移动,集中在她的手上。果真,她的手上挂着那块牌牌。

他眼前,轻纱开始飞旋。他同当时的感觉完全一样,同他那次晕倒在地时的感觉完全一样,不过他咬紧牙齿,他不愿失去知觉。往事统统压缩在一分钟内,闪电似的从他眼前飞过:玛尔戈特的惊讶和高傲,伊丽莎白的微笑,这奇怪的目光,那像缄默不语的手抚摸他的目光——不,这不可能发生误会。

他心里升起唯一的一线希望。他注视着那块牌牌,心想,说不定是玛尔戈特送给她的呢?今天或是昨天或是以前所送。

这时,伊丽莎白已经在跟他说话了。准是他方才那阵超强度的回忆把他的面容弄得很难看,因为她惶恐不安地在问他:"你身上很痛是吗,波普?"

她俩的声音何其相似啊,他想。而对于她的所问,他只是心不在焉地回答道:"啊,是啊……这叫作,不……我觉得很好!"

又是一阵沉默。可是那个想法像热浪一样在不断地涌来:这块牌牌也许只不过是玛尔戈特送给她的。他知道,这不可能是真的,可是他还是非问不可。

"你这是块什么牌牌?"

"噢,这是一个美洲国家的一枚钱币,我也不知道是哪个国家的。这是罗伯特叔叔有次给我们带来的。"

"给我们?"

他屏住呼吸。现在她不得不说了。

"给玛尔戈特和我。吉蒂没有要。我不知道她为什么不要。"

他感到，他的眼睛一湿，眼泪快要涌出来了。他小心地将头扭到一边，使伊丽莎白看不见他的眼泪。现在泪水一定已到眼皮底下，逼不回去了，正在慢慢地、慢慢地从面颊上滚落下来。他想说点儿什么，但是又怕自己的声音由于啜泣得越来越厉害而变样。俩人都沉默着，互相惴惴不安地窥视着对方。后来，伊丽莎白站起来，说："我现在走了，波普。愿你早日康复。"他闭上眼睛。接着轻轻一响，门被带上了。

现在，他和各种思绪像一群受惊的鸽子，纷纷飞向高空。此时他才认识到这次误解所造成的严重后果，他对自己所干的蠢事感到羞愧和懊恼，但同时也感到剧烈的痛苦。他明白，他永远失去了玛尔戈特，但是他觉得，他对她的爱丝毫未变，这种爱现在也许还不是绝望的渴念，不是对于不可企及的东西所抱的那种绝望的渴念。而伊丽莎白呢——他像是在火头上，把她的形象从身边推开，因为她的倾心奉献也罢，她现在抑制着的情欲的烈焰也好，对于他来说，都远不及玛尔戈特的莞尔一笑或者她的纤手曾经与他的轻轻相触。假如伊丽莎白当时让他看到了她的真容，他是会爱她的，因为在那些时刻里他的激情还是天真无邪的，但是在经历了千万次梦境之后，玛尔戈特的名字现在已经深深地烙在他的心里，他已无法将这个名字从他的生活中抹掉。

他感到眼前一片昏暗，连续不断的思绪在泪水中渐渐模糊起来。他竭力想用魔法把玛尔戈特的身影变到他眼前来，就像他在因受伤卧床的那些日子里，在那些漫长的寂寞时刻里所做的那样，但是这次没有成功：伊丽莎白总是睁着一双深深渴望的眼睛，像影子一样挤进来。这么一来就全乱了套，他又得重新把事情的来龙去脉痛苦地回想一遍。每当他想起，他曾站在玛尔戈特的窗前呼唤她的名字，他就感到汗颜无地。对于伊丽莎白这位文静的金发姑娘，他又深表同情，在那些日子里他从来没对她说过一句好听的话，也从来没有正眼看过她，那时，他对她的感激之情本该像火一样喷发出来。

第二天早晨，玛尔戈特到他床边来待了一会儿。有她在旁边，他浑身打起了寒战，也不敢看她的眼睛。她在跟他说什么，他几乎没有听见，他太阳穴里嗡嗡的响声比她的声音还大。直到她离去的时候，他才又以眷恋的目光将她整个身影紧紧搂抱。

下午，伊丽莎白来了。有时她轻轻摸摸他的手，这时她的手上就传达出一种细微的亲密柔情，她的声音很轻，有点儿忧郁。说话的时候她心里总有点儿害怕，尽谈些无关紧要的事，好像她怕谈到自己或是谈到他的时候会把秘密泄露出来似的。他也说不清楚，他对她抱着什么感情。对于她，他心里有时像是同情，有时又像是对她的爱怀有感激，但是他什么也不好对她说。他几乎不敢看她，生怕欺骗她。

现在她每天都来，待的时间也长了些。仿佛从他们之间的秘密揭开的那一刻起，那种忐忑不安的感觉也无影无踪了。可是他们还从来不敢谈起那件事以及在昏暗的花园中的那些时刻。

有一次，伊丽莎白又坐在他的靠背椅旁。外面是灿烂的阳光，摇曳的树梢投进屋里的一抹绿色的反光在墙壁上微微抖动。此时此刻，她的头发红得像燃烧的云彩，她的肌肤白皙而透明，她整个人儿显得亮丽娇媚，轻盈飘逸。他的枕头那儿有一片阴影，从那里看到她面露微笑，近在咫尺，但是这张脸看起来又好似远在天边，因为她脸上有阳光照着，而这阳光却照不到他。见她出落得这般仪态万方，种种往事也就忘得一干二净了。她朝他俯下身子的时候，她的眼睛似乎变得更加深沉，好似两个黑陀螺在转进里面去。就在她身子往前倾的时候，他的胳膊就势将她身子一搂，让她的头俯在自己面前，吻着她那小巧、湿润的双唇。她浑身哆嗦得很厉害，但并未反抗，只是带着一丝淡淡的哀怨用手捋着他的头发，接着，她以极其微弱的声音说："你可是只爱玛尔戈特呀！"声音里含着柔情脉脉的哀伤。他感到这无私奉献的声调，这毫不反抗的淡漠的绝望一直铭记在他的心头，而使他深受震撼的名字则一直烙刻在他的灵魂里。可是此刻他却不敢撒谎。他沉默着。

她再次轻轻地、几乎是姐妹般地吻他的嘴唇，随即便一声不吭地走出房间。

这是他们谈起这件事的唯一一次。几天以后，她们把这位康复的男孩儿领到楼下的花园里。最早掉落的黄树叶已经在花园的路上互相追逐，早来的黄昏已经让人想起秋天的哀愁。又过了几天，他独自一人费劲地在枝丫交错、色彩艳丽的树丛中漫步，也是今年最后一次到花园里来散步。阵阵秋风刮得树木在那里絮絮叨叨，声音比那三个温暖的夏夜里的声音更大，更不乐意。男孩儿忧伤地向那个地方走去。他觉得，这里似乎立起了一堵看不见的黑墙，墙的后面在朦胧中已经模糊不清，那儿是他的童年，他的前面则是另一片土地，既陌生又危险的土地。

晚上，他去辞行。他再次细细谛视了玛尔戈特的脸庞，仿佛他要将这张脸终身饮吮似的。他忐忑不安地把手伸给伊丽莎白，她的手热情而急切地握住他的手。他的眼光从吉蒂，从朋友们，从他姐姐脸上几乎只是一晃而过。他知道，他爱上了一位姑娘，而另一位姑娘却爱慕着他。现在，他的心灵里就满满地装着这种感觉。他的脸色非常苍白，他脸上的那种苦涩的特征使他看上去不再像个孩子。他第一次看起来像男子汉了。

可是，马拉着车子一启动，他就看见玛尔戈特淡漠地转身往台阶上走去，而伊丽莎白的眼睛里则突然闪过一道湿润的光亮，她紧紧地抓住台阶的扶手。这时，新近的种种经验一齐涌上心头，他像孩子一样放声大哭，哭得泪如雨下。

离王府越来越远了，马车一路扬起高高的尘土，透过滚滚黄尘，那昏暗的花园变得越来越小，原野的景色时时跃入他的眼帘，最后，他经历的一切都消失在他的视线之外，剩下的只有那些你争我夺、争先恐后的回忆。马车经过两小时的路程将他带到附近的火车站。第二天早晨他就到了伦敦。

又过了几年。现在他已不是孩子了，可是那个初次经历铭刻在他心里的印象太强烈，任何时候都不会消退。玛尔戈特和伊丽莎白都已结婚，但是他不愿再见到她们，因为有时回想起那些时刻就有排山倒海的力量向他袭来，使得他觉得，他后来全部的生活同这段回忆的现实相比，好似仅仅成了梦幻和假象。他变成了与女人的爱情再也无缘的那种人；因为他在自己生活的一个瞬间把爱和被爱这两种感觉如此天衣无缝地合二为一，所以任何欲望都不会再促使他去寻找那么早就落入他那哆哆嗦嗦、惊惶不安和任凭摆布的孩子之手的东西了。他到过许多国家，是一个无可指责、文质彬彬的英国人，许多人认为，这种人毫无感情，因为他们如此沉默寡言，他们的目光对于女人的脸庞和她们的微笑总是视而不见，显得十分冷淡和无动于衷。谁能想到，他们内心都深藏着那些时刻吸住他们目光的形象，这些形象融进了他们的血液，他们的血液永远围着她们熊熊燃烧，像圣母玛利亚像前的一盏长明灯一样。现在我也知道了，我是怎么想起这个故事来的。我今天下午看的那本书里夹着一张明信片，是一位朋友从加拿大寄给我的。那是我有次在旅途中认识的一位年轻的英国人，在漫漫长夜里，我常常同他一起聊天。他的话里对两个女人的回忆有时会神秘莫测地突然闪亮，犹如远方的立像，在一瞬间她们就永远同他们的青春联系在一起了。我同他的聊天已经是很久很久以前的事了，当时的谈话我大概也已经忘记。但是今天，当我看到这张明信片的时候，这个回忆又从我心里升起，并且同我自己的种种经历梦幻般地融合在一起。我觉得，这个故事仿佛是我在从我手里滑落的那本书里看到的，要不就是在梦里发现的。

　　但是现在屋里变得多么黝暗，在这深沉朦胧的夜里你离我多么遥远呀！我猜想，你的面容就在那里，但我只看到一片柔和、明亮的闪光，我不知道，你是在微笑还是在悲伤。我为那些只有点头之交的人编造了一些奇异的故事，梦想出各种不同的命运，然后再让他们重新安然回到他们的生活和他们的世界里去。你是为此而笑？那男孩儿与爱情失之交臂，他由于一时的沉迷便永远离开了这座带着这个甜蜜的梦的花园。或者你是因为这个男孩儿而悲伤？看，我并不希望这个故事染上忧郁而低沉的情调，我只想给你讲一个突然之间受到爱情袭击的男孩儿的故事——他自己的爱和另一位姑娘对他的爱。但是人们晚上讲的故事都是会走这条淡淡的忧郁之路的。朦胧的夜色降临在这些故事之上，给它们披上轻纱，栖息于晚间的种种悲伤汇成一个没有星星的穹隆，笼罩着这些故事，让黑暗渗进故事的血液，于是故事所具有的那些明快光亮、色彩斑斓的话语就带上了一种浑厚而沉重的音调，仿佛这些故事都来自我们自己亲身经历过的生活似的。

家庭女教师

此刻，只有这两个孩子在自己房间里。灯已经关了，她们之间是一片黑暗，只有两张床隐隐约约地有些发白。她们两人的呼吸非常轻微，别人还真以为她们已经睡着了呢。

"嘿！"一个孩子发声道。这是那个十二岁的女孩儿。她怯生生地在黑暗中轻声唤另一个。

"什么事？"另一张床上的姐姐答道。她也只不过比妹妹大一岁。

"你还醒着哪，这太好了。我……想跟你说点儿事……"

另外一个没有反应。只听到床上窸窸窣窣的声音。姐姐坐了起来，望着这边床上，期待着妹妹要说什么事，可以看到她的眼睛亮晶晶地闪着。

"你知道吗……我想跟你说……不过还是你先告诉我，你不觉得最近几天我们的小姐跟往常有点儿不一样吗？"

姐姐犹豫起来，在思索。"对，"她说，"不过我不知道到底是怎么回事。她不像以前那么严厉了。最近我有两天没做作业，她也没说什么。另外，她有点儿那样，我不知道怎么说。我觉得，她好像不管我们了。她总是在一边坐着，也不像以前那样跟我们玩了。"

"我觉得，她很伤心，又不想让人知道。现在她钢琴也不弹了。"

又是一阵沉默。

接着，姐姐提醒妹妹说："你刚才想告诉我什么事？"

"是的，不过你对谁也不能说，真的，不能对任何人说，不能对妈妈说，也不能对你的好朋友说。"

"不说，我不说！"姐姐已经有些不耐烦了，"到底是什么事呀？"

"好吧……就在刚才，我们回来睡觉的时候，我突然想到，我还没有向小姐道'晚安'呢。这时我已脱鞋了，可我还是到那边她的房间去了。你知道？我是轻轻地、蹑手蹑脚地过去的，想吓唬她一下。我小心翼翼地打开房门，开始我还以为她不在房间里呢。灯开着，可是我没有看见她。突然——我吓了一大跳——我听见有人在哭。这下我发现，她躺在床上，没脱衣服，脑袋埋在枕头里。她哭得全身抽搐，吓得我恨不得缩成一团。可是她没有发现我。于是我又把门轻轻关上。我哆嗦得太厉害了，得在外面站一会儿，定定神。在门外我还能清楚地听见她的哭声，我就赶紧跑了回来。"

她们两人又不吱声了。随后，其中一个非常小声地说："可怜的小姐！"这颤抖的声音在屋里回旋，像一个正在消逝的低沉的音符。又是一片寂静。

"我真想知道，她为什么要哭。"妹妹开口说，"这些天，她没跟别人吵架，妈妈也没再没完没了地数落她，而我们俩肯定没有惹她生气。那她干吗哭得那么伤心呢？"

"我倒是有点儿明白。"姐姐说。

"那是为什么，告诉我，为什么？"

姐姐犹豫了一下，最后说："我想，她在恋爱了。"

"恋爱？"妹妹惊讶得跳了起来，"恋爱？爱上谁了？"

"难道你一点儿都没发现？"

"该不会是奥拓吧？"

"不会？难道他没爱上她吗？他上大学以来，在咱们家已经住了三年了，以前从来没有陪过我们，而这几个月他突然天天来，那是为什么？小姐来我们家之前，他不论对我还是对你有过一点儿亲切的表示吗？可是现在，他整天围着你我转。我们老是与他巧遇，在人民公园，或者在城市公园，或者在普拉特，凡是小姐带我们去的地方，总是会与他巧遇。你真的从来没有觉得这有点儿奇怪吗？"

妹妹听了大吃一惊，结结巴巴地说：

"对……对，这些我当然也注意到了。不过我总是想，这……"

她的声音变调了，没有再往下说。

"起先我也是这么想的。我们女孩子总是那么傻。不过我总算还是及时觉察到了，他不过是拿我们做挡箭牌而已。"

现在两人都沉默了。这次对话似乎已经结束。两人都陷入了沉思，或者已经进入梦乡了。

这时，妹妹又在黑暗中无可奈何地说了句："那她为什么还要哭呢？他是喜欢她的呀。过去我一直以为，恋爱肯定是非常美好的。"

"我不知道。"姐姐十分茫然地说，"我原先也是这么想的，恋爱准是一件非常美好的事。"

然后，从疲倦困乏的嘴里又一次轻轻地、遗憾地飘出一句："可怜的小姐！"屋里终于寂静无声了。

第二天早上，她们不再谈论这件事了，但是两人都相互感觉得到，她们的思想都在围着同一件事情转。她们两人互不搭理，都想回避对方。但是，当她们两人从侧面打量她们的女教师的时候，两人的目光又不由自主地相遇了。在饭桌上，她们观察奥拓时觉得，这位在她们家住了多年的表哥竟像是陌生人似的。她们并不和他说话，不过，在低垂的眼帘下，她们老是斜着眼睛，留神他是不是对小姐有所暗示。两个女孩儿的心都难以平静。今天她们也不去玩了，精神非常紧张，为了想对这个秘密探出个究竟，都心不在焉地摆弄着一些东西。晚上，她们中的一个只是淡淡地问了句,好似她自己并没把这件事放在心上:"你又发现什么了吗?""没有。"另一个回了一句,接着便转过身去。她们两人都有点儿怕谈这件事似的。这样持续了几天。在默默的观察中,在拐弯抹角的侦探中,两个孩子不安地感觉到,她们已在不知不觉中接近了那个闪烁不定的秘密。

几天之后,一个孩子终于在饭桌边发现,女教师悄悄向奥拓挤了挤眼,而他则点了下头作为回应。女孩儿激动得发抖了。她的手在桌子底下悄悄摸了下姐姐的手。当姐姐转脸看她时,她冲着姐姐眨了一下眼睛。姐姐马上明白了这个暗示,也立即变得不安起来。

她们正要从饭桌边站起身来,女教师对姑娘们说:"到你们自己的屋子去吧,去玩一会儿。我有点儿头疼,想休息半小时。"

两个孩子垂着眼睛,小心翼翼地相互碰了下手,好似在相互提醒。女教师刚走开,妹妹就蹦到姐姐跟前说:"注意,这会儿奥拓要到她房里去了。"

"当然,所以她才将我们支开!"

"我们应当到她门口去偷听!"

"要是有人来呢?"

"谁会来呀?"

"妈妈呗。"

妹妹吓了一跳:"对呀,那……"

"我有办法了!我呢,在门口偷听,你留在外面走廊上,要是有人来，就给我一个信号。这样，我就保险了。"

妹妹一脸的不高兴！"到时候你什么都不会告诉我！"

"一定全都告诉你！"

"真的，全都告诉我？……可别忘了，是全部呀！"

"肯定，人格担保。你听见有人来，就咳一声。"

两人哆哆嗦嗦地，在走廊上等着，心情十分激动，心跳也加速了。会发生什么事呢？两个孩子紧紧地挨在一起。

听见脚步声了，姐妹俩马上闪开，躲进暗处。一点儿不错，果然是奥拓。他抓着门把手，进屋后就把房门关上了。这时，姐姐一个箭步跟了上去，耳朵紧贴门上，屏住呼吸，窃听屋里的动静。妹妹望着她，好眼馋。好奇心使她惴惴不安，她擅自离开了指定的岗位，悄悄溜了过来，可是被姐姐生气地赶了回去。她只好又在外面等着。两分钟，三分钟，她觉得简直像是一个世纪。她难以按捺住焦躁情绪，像是热锅上的蚂蚁来回转动。姐姐什么都能听到，而她却什么都不知道。她又气又急，都快要哭了。这时，那边第三个房间里有扇门关上了。她咳了一声，两人赶忙走开，进了自己的房间，气喘吁吁地站了一会儿，心跳得很厉害。

接着，迫不及待的妹妹催促说："好啦……快告诉我吧！"

姐姐脸上现出严肃的神情，最后终于十分不解地、像是自言自语地说："我真不明白这是怎么回事！"

"什么事？"

"这事真奇怪。"

"什么……是什么呀？"妹妹急匆匆地吐出这几个字。

这时，姐姐试着回忆所听到的东西。妹妹过来，紧挨着她，生怕听漏一个字。

"这事非常奇怪……和我想象的完全不一样。我猜，他进房后一定是想拥抱她或者吻她，因为她对他说：'别这样，我有很要紧的事和你谈。'由于钥匙插在里面的钥匙孔里，我什么也看不见，不过倒可以听得十分清楚。奥拓接着说：'出什么事啦？'真的，我从来没有听见过他这么说话，你知道，他平时说话声音总是很大，一副大大咧咧的样子。这回他却有些低声下气，所以我马上就觉得，他好像有些害怕。她肯定也察觉到了他在撒谎，因为接着小姐就很小声地说了句：'这事你早就知道了？'——'不，我什么都不知道。'——'真的吗？'小姐问道——她是这么伤心，伤心极了。——'那你为什么突然回避我？这八天来你没跟我说过一句话，你尽可能地躲着我，你也不跟孩子们一起走了，也不去公园了。对于你，难道我一下子变得这么陌生了吗？噢，你早就知道，因此才突然离我远远的。'他沉默了一会儿，然后说：'我快要考试了，功课很忙，没时间再做别的，不这样不行。'这时候，她又开始哭泣了，然后边哭边对他说，不过语气非常温和，并且怀着善意：'奥拓，你干吗要撒谎呢？你还是说实话吧，你实在不该对我撒谎呀！我对你并没有提出任何要求，不过关于这件事，我们两人总应当说清楚吧。你知道我要对你说什么，从你的眼睛里我已经看出来了。'——'说……什么呀？'他结结巴巴地说，语气非常软弱。这时她就说……"

由于过分激动，姑娘一下子浑身战栗，再也说不下去了。

妹妹更紧地挨着她。"什么呀……她又说什么了?"

"小姐说:'我已经有了你的孩子!'"

妹妹像闪电似的,一下跳了起来,说:"孩子!孩子!这不可能呀!"

"可是小姐是这么说的。"

"你肯定没有听清楚。"

"没错,绝对没错!奥拓还把这句话重复了一遍。他也跳了起来,还喊着:'孩子!'小姐沉默了好长时间之后,问道:'现在该怎么办?'后来……"

"后来怎么样?"

"后来你就咳了一声,我只好走开了。"

妹妹非常不安,两眼直愣愣地说:"孩子!这是不可能的。她的这个孩子在哪儿呢?"

"我也不知道。这也正是我不明白的问题。"

"也许在家里……在来我们这里之前。为了我们,妈妈当然不会允许她把孩子带来的。所以她才这么伤心。"

"得了吧,那时候她还根本不认识奥拓呢!"

两人又沉默了,一筹莫展,苦苦地左思右想,希望能弄明白。为此,两人都很苦恼。妹妹终于又说话了:"有个孩子,这完全不可能!她怎么会有孩子呢?她还没有结婚,只有结过婚的人才会有孩子,这点我是知道的。"

"也许小姐是结过婚的。"

"你别傻帽儿了好不好?总不会是和奥拓吧?"

"为什么……"

姐妹俩面面相觑，不知所措。

"我们可怜的小姐。"其中一个悲伤地说。她们两人不断地重复着这句话，最后变成了一声同情的叹息。这期间，她们两人的好奇心像火苗似的，在不断蹿升。

"不知道是女孩儿还是男孩儿？"

"谁知道呢！"

"你觉得怎么样……要是我去问问她……非常非常地……小心……"

"你疯了？！"

"为什么？她跟我们很好呀。"

"你想到哪儿去了！这种事她是不会对我们说的。在我们面前她什么都不会说。每次我们进了她屋里，他们总是立即中止谈话，在我们面前换个话题，胡扯一通，好像我们还是小孩儿似的。我今年都十三岁了。你没必要去问她，对我们她总是撒谎。"

"可是，我实在很想知道这件事。"

"你以为我不想知道？"

"你知道吗？其实我最不理解的是，奥拓竟然不知道这件事。要是自己有个孩子，自己总应该知道的吧，就像人人都知道自己有父母一样。"

"他是装的，这个流氓，他老是装蒜。"

"不过这件事他总不会装吧？就是……就是……只是他想耍弄我们的时候才装假……"

正在这时候，女教师进来了。姐妹俩立即打住，装出在做作业的样子。但是，她们两人都从旁边窥察她。她的眼睛好像哭红了，声音也比平时低沉，而且有些颤抖。两个孩子非常安静。突然，她俩以十分敬畏的目光怯生生地抬头看着女教师。她们心里老在想着这件事："她有个孩子，因此才如此悲伤。"想着想着，她们自己也伤感起来了。

第二天在饭桌上，她们十分意外地听到一个消息：奥拓要离开她们家了。他对舅父解释说，考试临近了，他要加紧复习功课，在这里干扰太多。他想到外面租一间房子，住一两个月，考完以后再回来。

姐妹俩听到这么一番话，内心万分激动。她们料想，这一切与昨天她们听到的那番谈话之间肯定有着某种秘密的联系。凭自己敏锐的本能，她们感觉到，这是他胆怯的表现，是逃避行为。当奥拓向她们两人告别的时候，她们竟很没有礼貌地转过身去。可是，她们两人十分注意观察他站在女教师面前时的神情。小姐的嘴唇抽搐了一下，却安详地一语不发，把手伸给他。

这几天，两个孩子完全变了。她们不玩，也不笑，眼睛里也失去了往日那种活泼欢快、无忧无虑的光彩。她们的内心十分不安，无所适从，对周围所有的人她们都抱着极其不信任的态度。她们不再相信别人对她们说的话，在别人的每句话后面她们都能洞察到谎言和阴谋。她们成天睁大眼睛，察言观色，注意周围的一举一动，捕捉人们的表情、脸上的抽搐、说话的语调。她们像影子似的猫在人家后面，或者在门外窃听，总想抓住点儿什么。她们竭力想从肩上摆脱这些秘密织成的黑暗罗网，或者至少可以从一个网眼里往这个现实世界瞥上一眼。过去的那种幼稚的信念，那种快快乐乐、无忧无虑的盲目轻信，从此已从她们身上掉落。随后，她们从被这些秘密压得又闷又憋的气氛中预感到山雨欲来的征兆，她们生怕错过这一瞬间。自从她们知道，周围充满谎言，自己也就变得坚韧，工于心计，甚至变得狡诈和善于说谎了。在父母面前，她们装得稚气天真，转眼就变得极其机智灵活。她们全部天性都化作了神经质的骚动不安，过去温顺柔和的眼睛现在变得火辣辣的，深沉莫测。她们一直在不停地侦察和窥视，但孤立无援，因此她们相互之间便更加相亲相爱。有时候，由于对感情的无知，仅仅为了满足烈火灼燃时对柔情蜜意的渴望，突然间她们会相互狂热地拥抱或者泪流满面。她们的生活中看似无缘无故的突然之间充满危机。

现在她们才知道有种种折磨人的事，对其中的一件她们感受最深。她们默默地、不言不语地打定主意，一定要让这位伤心至极的女教师快活一点儿。她们极为用功，认真做作业，互相帮助，安安静静，不发怨言，对老师可能提出的愿望和要求都事先做到。可是小姐对此毫无察觉，这使她们非常难过。在最近这段时间里，小姐完全变了。有时候，两姐妹中的一个和她说话，她竟会一阵战栗，仿佛是从梦里惊醒。她的目光总要先搜索一会儿才从远处收回来。她一坐就是几小时，似梦似幻地凝视着前方出神。姑娘们走路蹑手蹑脚，以免惊扰她。她们朦胧而神秘地感觉到，她此刻正在思念她那不知远在何方的孩子呢！她们内心深处日益萌发的女性的柔情，使她们越发喜欢这位现在变得如此温和、如此柔情的小姐了。她往日那种轻快、自信的脚步现在变得犹豫、谨慎了，她的动作也小心翼翼，拘谨稳重。从这一切变化中，她们感到她有一种隐蔽的悲伤。她们从未见她哭过，但是她的眼睑老是红红的。她们知道，小姐不愿意在她们面前流露自己的痛苦，因此她们也无法帮助她，这使她们两人感到一筹莫展。

有一次，当小姐将脸转向窗外，拿起手绢擦眼睛的时候，妹妹突然鼓起勇气，抓住她的手说："小姐，最近您总是那么伤心，该不会是我们惹您生气了吧？是吗？"

小姐感动地看着她，用手抚摸她柔软的头发。"不，孩子，不是，"她说，"绝对不是你们。"说着，她温柔地吻了一下孩子的额头。

两个孩子的静观和洞察细致入微，凡在她们视线范围内发生的事情无一遗漏。就在这几天，她们中的一个有次突然闯进屋去，听见一句话，仅仅只有一句，因为父母立即就缄口不语了，但是现在每一个字都会在姐妹俩心里引起千百个猜测。"我也已经发现有些反常，"妈妈说，"我要找她来问问。"起先，这孩子以为是说她自己呢，几乎有点儿担心害怕，就赶忙跑去找姐姐商量对策，请求援助。可是，中午的时候她们发现，父母一直以审视的目光盯着小姐那张恍惚迷离、魂不守舍的脸，然后又相互交换了眼色。

吃完饭,母亲随口对小姐说:"请您一会儿到我房里来一下,我有话和您说。"小姐点了一下头。姑娘们吓得直打战,她们觉得,可能要出事了。

小姐一进房间,两个姑娘随即跟了过去。把耳朵贴在门上,查看各个角落,偷听和窥视,这些行为,对她们来说现在已经成为理所当然的事了。她们根本不再觉得这样做有什么不光彩,有什么放肆,她们只有一个想法:要掌握别人不让她们知道的一切秘密。于是她们便肆意偷听。但是,她们只能听到窃窃私语的声音,而她们自己却神经质地浑身直打战,她们生怕什么都听不见了。

这会儿,屋里有一个声音变得越来越大,这是她们母亲的声音,听起来恶狠狠的,像吵架一样。

"您以为大家都是瞎子,都没有觉察到这样的事吗?我可以想象,以您这样的思想和品德,您是怎样来完成您的职责的。我竟相信了这样一个人,将孩子委托于她。天知道,您是怎样耽误我的女儿的……"

小姐好像回辩了几句,但是她说得太轻,孩子们什么也听不见。

"借口,借口!任何一个轻浮女人总是能找到借口的。碰上一个男人就委身,什么都不加考虑。其余的事就等老天爷来帮忙。这样的人还想当教师,来教育人家的姑娘,这简直是恬不知耻。您总不会以为,在这种情况下我还会将您继续留在家里吧?"

孩子们在门外偷听,身上一阵阵打着寒噤。她们什么也没听懂，但是听到她们母亲怒气冲冲的声音，她们感到很害怕。此刻，小姐剧烈的低声抽泣就是唯一的回答。泪水涌出了孩子们的眼眶，而她们的母亲似乎火气越来越大。

"现在您只知道哭了，不过我不会因此而心软。对像您这样一号人，我绝不同情。您现在怎么办与我毫无关系。您自己肯定知道，您该去找谁。对此我也不屑一问。我只知道，一个这么卑劣的毫无责任心的人在我家就是多待一天，我也不能容忍。"

"妈妈这样和她说话太卑鄙了。"姐姐咬牙切齿地说。

妹妹被这句大胆的批评吓了一跳："可是，我们一点儿也不知道，小姐到底干了些什么事。"她结结巴巴地抱怨说。

"肯定没干什么坏事。小姐不会做坏事的。妈妈不了解她。"

"是啊，看她哭成这样，真让我害怕。"

"是的，这真可怕。不过，妈妈对她那样吼叫，真是卑鄙，我告诉你，这很卑鄙。"

她跺着脚，眼里充满泪水。这时，小姐进屋来了，她显得十分疲惫。

"孩子们，今天下午我有点儿事，你们两人自己待着。我可以信得过你们吧？晚上我再来看你们。"

她一点儿没有觉察到孩子们激动的神情，说完就走了。

"你看见了吗？她眼睛都哭肿了。我真不明白，妈妈怎么能这样对待她。"

"可怜的小姐！"

这句充满同情、令人落泪的话又在屋里回旋。两个孩子愣愣地站在屋里。这时，妈妈进屋来了，问她们是不是愿意同她一起坐车出去转转。孩子们搪塞着，她们怕妈妈。可是，同时她们又非常生气，要辞退小姐的事妈妈对她们竟然只字不提。她们宁愿单独留在家里。她们像两只燕子，在这个窄小的笼子里飞来飞去，谎言和沉默的气氛真会让她们窒息。她们反复思考着，是否应当到小姐房里去，问问她，和她谈谈这件事，告诉她，妈妈冤枉她了，劝她留下来。可是，她们怕小姐又会因此而难受。何况，她们自己也感到害羞，因为她们所知道的这一切，都是她们悄悄地躲在一边偷听来的。她们必须装傻，装得和两三个星期之前一样傻。所以，她们只能自个儿待在房里，度过整个长得好像没有边际的下午，含着眼泪思索，耳边始终回荡着那些可怕的声音：母亲那么凶狠、残忍、气鼓鼓的申斥声和女教师悲恸欲绝的哭泣声……

晚上，小姐匆匆地到她们房里向她们道了晚安。孩子们看见，她走出去时难过得直哆嗦，她们多么想再同她说点儿什么啊！可是现在小姐已经走到门口。没想到，她又突然转过身来——好像是被孩子们无声的愿望拉回来的——她眼里含着泪水，湿润而忧郁。她抱住两个孩子，孩子们猛烈地抽泣起来。她再一次吻了她们，便匆匆地走了出去。孩子们站在那儿，泪如雨下。她们感到，这是诀别。

"我们再也看不到她了！"一个孩子哭着说。

"瞧着吧，明天我们放学回来她就不在这儿了。"

"也许我们以后能去看看她。那时候，她一定也会让我们看她的孩子的。"

"肯定，她多好啊！"

"可怜的小姐！"这一次是她们对自身命运的叹息。

"你能想象没有她会怎样吗？"

"我绝不会再喜欢别的小姐了。"

"我也是。"

"谁也不会对我们这么好，而且……"

她不敢再说下去了。自从她们知道女教师有一个孩子之后，一种下意识的女性柔情使她们对女教师格外敬重。她们两人总是想着这件事，但现在已经不再是出于孩子气的好奇心，而是出于深切的感动和同情。

"咳，你听着！"一个孩子说。

"什么事？"

"我非常想在小姐走之前再让她高兴一下，这样也好让她知道，我们是非常喜欢她的，我们不像妈妈。你愿意吗？"

"那还用问！"

"我想了一下。她不是非常喜欢白玫瑰吗？所以我想，你觉得怎么样，明天早上我们上学之前就去买几枝花来，稍后放到她屋里去。"

"那什么时候放呢？"

"吃午饭的时候。"

"中午吧。"

"那时候她肯定已经走了。这样吧，我一早就出去，很快把花买回来,不让别人知道,然后送到她房间里去。"

"好,我们明天早早起床。"她们取来存钱罐,将所有的钱都倒了出来,一分不留。此时此刻,想到还有机会向小姐表示默默的、无私的爱意,她们心里倍感欣慰。

第二天,她们起得很早。当她们用微微颤抖的手拿着盛开的美丽的玫瑰去敲小姐房门时,屋里却无人答应。她们以为小姐还睡着呢,便轻手轻脚地溜进屋去。屋里空无一人,床上的被子叠得整整齐齐,显然无人睡过。屋里的东西十分凌乱,在深色桌布上放着几封信。

两个孩子大为吃惊。出什么事了?"我去找妈妈。"姐姐果断地说。她倔犟地站在母亲面前,目光阴沉、毫不畏惧地责问道:"我们的小姐在哪里?"

"她该在她自己的房间里吧!"母亲十分诧异地说。

"她的房间是空的,床没有睡过,她肯定昨天晚上就走了。为什么谁都不告诉我们?"

母亲根本没有注意到孩子说话时的那种凶狠、挑战的口气。她吓得脸色煞白,立即走到父亲的房里。父亲迅速走进小姐的房间。

他一个人在屋里待了很久。来报信儿的这个孩子一直用愤懑的目光盯着母亲。母亲看起来很激动,但她的眼睛却不敢与孩子的目光对视。父亲从小姐的房里出来了,脸色灰白,手中拿着一封信。他和母亲回到自己房里,并且用极小的声音在与母亲说话。孩子们站在门外,突然,她们不敢偷听了。她们怕父亲发怒。她们从来没有见过他现在的这副样子。

这时，母亲从房里出来了，眼睛哭得红红的，显得六神无主的样子。孩子们好像是受了恐惧的驱使，下意识地向她走去，想问个明白。母亲却很严厉地说："快上学去吧，已经不早了。"

这时，孩子们不得不走了。她们在学校里坐了四五个小时，像做梦似的夹在其他孩子中间，什么也没有听进去。一放学，她们就拼命地往家跑。

家中一切照旧，只是大家似乎心里都有个可怕的念头。没有一个人说话，不过所有的人，甚至连用人的目光都很奇特。母亲向孩子们迎过来，看来，她准备跟她们说点儿什么。她开口说："孩子们，你们的那位女教师不再回来了，她……"

她最终没敢把话说完。两个孩子的目光如此闪亮，如此咄咄逼人，如此可怕，直逼她们母亲的眼睛，以致她竟不敢再向她们撒谎了。她转身就走，急急忙忙逃回自己的房间。

下午，奥拓突然出现了。他是被人叫来的，因为有一封信是给他的。他的脸色十分苍白，魂不守舍地在屋里时走时站。谁都不肯跟他说话，大家都在回避他。这时，他看见两姐妹蹲在墙角，便走过去，想跟她们打招呼。

"别碰我！"一个姑娘说，并对他感到万分厌恶。另一位则冲他啐了一口唾沫。他狼狈不堪，不知所措，又在屋里转了一会儿便走了。

没有人跟孩子说话，她们相互间也不交谈。她们像是笼中的动物，苍白，不安，一筹莫展。她们在各个房间里走来走去，两人常碰到一起，相互看着对方哭肿的眼睛，相对无语。现在她们什么都知道了。她们知道，别人都在欺骗她们，卑鄙无耻，谎话连篇。她们也不再爱自己的父母了，她们不再相信他们。她们明白，以后对谁都不能信任，可怕的生活的全部重担今后都将落在她们自己瘦弱的肩上。她们仿佛从舒适欢乐的童年一下子掉进了深渊。她们至今都不能理解发生在她们身边的这件可怕的事，但她们的思想恰恰就卡在这当口上，几乎将她们窒息而死。她们的面颊烧得通红，她们的目光充满凶狠和愤怒。她们走来走去，在寂寞中，她们的心冷得像结了冰似的。谁也不敢跟她们说话，甚至连她们的父母也不例外，她们看人的样子非常可怕。她们不停地走来走去，这正是她们内心焦躁和骚动的反映。她们彼此不说话，两人心里却有和衷共济、休戚与共的感觉。沉默，这戳不破、猜不透的沉默，以及这没有呐喊和眼泪的痛楚是如此深沉，以致她们对每个人都感到陌生和危险。无人亲近她们，通向她们心灵的道路已经中断，也许好多年都不会通畅。她们周围的人都觉得她们是敌人，是坚定的、绝不原谅别人的敌人，因为从那天起，她们已经不再是孩子了。

就在这天下午，她们长大了好几岁。只是到了晚上，当她们单独待在黑暗的房间里时，才会再度产生儿童的恐惧：对孤独的恐惧、对死者画像的恐惧以及对许多说不清的事物充满预感的恐惧。全家人一片慌张和忙乱，竟然没人想起给她们的房间生火。她们两人冷得爬到一张床上，用瘦弱的胳膊互相紧紧抱住，两个修长的尚未发育成熟的身体依偎在一起，好似在恐惧中寻找救援。可是，她们依然都不敢开口，但是妹妹后来终于哭了，姐姐立即跟着猛烈地抽泣起来。她们紧紧地抱在一起哭，两人脸上热泪滚滚，从缓缓滴落到畅快直流。她们胸贴着胸，紧紧搂在一起，一声高一声低，彼此应和着对方的悲泣。她们两人有着相同的痛苦，成了同一个在黑暗中哭泣的身体。她们现在已经不再是为那个不幸的女教师而哭泣，也不是为她们即将失去父母而哭泣，而是因为一种剧烈的恐惧感震撼了她们，尤其是因为对这个陌生世界可能发生的一切感到恐惧，对于这个世界今天她们才向它投去可怕的一瞥。她们对自己正在进入的生活感到恐惧。这生活就像一片幽暗的树林耸立在她们面前，阴森可怕，令人望而生畏，可是她们又必须去穿越。渐渐地，她们两人混乱的恐惧变得越来越朦胧，像梦幻一样；她们的哭泣声也越来越微弱；她们两人的呼吸也缓缓地汇到一起，如同方才的眼泪一样。就这样，她们终于进入了梦乡。

夏天的故事

去年夏天的八月,我是在卡德纳比亚度过的,那是科莫湖①畔的一个小地方,白色的别墅和黝暗的森林相互掩映,景色宜人。在热闹的春日,贝拉焦和梅纳焦的旅行者熙熙攘攘挤满了狭窄的湖滨,而卡德纳比亚这座小镇却仍旧宁静和安谧。在这几个星期,它沉浸在芳香弥漫、风和日丽之中。这家旅馆

---

① 科莫湖(Comersee,意大利原文为 Lago di Como),在意大利北部阿尔卑斯山上,面积146平方公里。这里气候温暖,风景优美,是疗养胜地。小说中提到的贝拉焦、梅纳焦等地,是湖畔著名的风景区、疗养地。

几乎是孤零零的:稀稀拉拉的几个客人,每人都对别人居然也选择这么个偏僻地方来消夏感到有点儿奇怪,而每天早晨竟发现别人还没有走,大家都对此惊讶不已。最使我感到惊奇的,是一位高雅的、修养有素的年岁较大的先生。从外表看,他是介于得体的英国政治家和巴黎的好色之徒之间的一种类型;他并不从事任何水上运动来打发时间,而是整天若有所思地凝视着香烟的烟雾在空中飘散,或者间或翻一翻书。下了两天雨,寂寞难当,外加他又随和热情,所以我们一认识马上就很亲密,年龄上的差别也就不成为障碍了。论籍贯,他是利服尼亚人①,先在法国,后来又在英国受的教育,从未有过职业,这些年来一直没有固定的住地,是高雅意义上的无家可归的人,像威金人②和掠夺美女的海盗,积攒了世界各地的许多奇珍异宝。他对各种艺术都一鳞半爪地懂得一点儿,他对献身于艺术的鄙视远远超过了对艺术的爱好:他以千百个美好的小时欣赏艺术,却没有下过一个小时的苦功来搞搞创作。他的生活显得闲散,因为不受任何集体的约束,生活中由千百种宝贵的经历所积聚起来的财富,等到咽下最后一口气时也就烟消云散、无影无踪了。

  一天黄昏,晚餐之后,我们坐在旅馆门前,望着明亮的科莫湖在我们眼前渐渐变得朦胧起来,这时,我向他谈起了前面

---

① 利服尼亚在波罗的海地区。
② 威金人(Widinger),即诺曼人(Normannen),8—11世纪时经常劫掠欧洲西海岸的日耳曼航海者。

这些想法。他笑着说:"也许您并非没有道理,虽然我不相信回忆:经历过的事情,在它离开我们的瞬间就结束了。再说诗吧:二十年、五十年、一百年之后不同样也是烟消云散吗?但是今天我要告诉您一件事,我相信这是一篇很好的小说的素材。您来!这事最好边走边谈。"

于是我们就沿着美丽的湖滨小路漫步。古老的柏树和枝繁叶茂的栗树把它们的阴影投在小路上,树木的枝丫侧映在湖里,湖水不安地闪烁着。湖那边的贝拉焦一片雪白,像飘浮的白云,已经下山的太阳给它染上了柔和的艳丽色彩。在那高高的、黝暗的山冈上,塞贝尼别墅的围墙顶上抹着金刚石般的落日余晖,熠熠闪光。天气有点儿闷热,但并不使人感到憋气;温暖的空气像女人温柔的胳膊,温存地偎依在树影身上,她的呼吸里充满看不见的鲜花的芳香。

他开始说:"开头就得坦白。我去年就已经来过这里,来过卡德纳比亚了,是和现在同一时节,住在同一旅馆,这我一直没有告诉您。我对您说过,我这个人一向不愿意生活的重复,因此您对我今年又到这家旅馆来这件事一定会更加感到奇怪吧?那就请您听我说!那次当然也和这次一样寂寞。那位米兰来的先生去年也在这里,他整天抓鱼,晚上又把鱼放掉,第二天早晨再抓;去年还有两位英国老太太,她们默默无闻的生活几乎引不起任何人的注意。此外还有一位漂亮的小伙子带了一位可爱而苍白的姑娘,我至今仍不相信她是他的妻子,因为他俩显得过分亲昵。最后还有一家德国人,是典型的德国北方人,一位年纪大些的妇人,头发淡黄,骨骼突兀,动作笨拙而难看，她的眼睛像钢钎一样，显得咄咄逼人，她那张爱吵架的嘴像是用刀削过的，十分锋利。跟她一起的是她的一个妹妹，这绝不会认错，因为她们两人的相貌完全一样，只不过妹妹的面容要舒展些，松软的脸上布满了皱纹。姊妹俩成天在一起，可是从不交谈，时时刻刻都在织东西，在编织她们空虚的思想，像是无情的命运女神①在编织这百无聊赖、狭隘短浅的世界。她俩中间坐着一位年轻姑娘，十六岁左右，是她们俩之中某一位的女儿；我不知道她母亲是哪一位，她的脸颊尚未成熟，但已经呈现出些许女性的圆润。她并不算好看，体形太纤细，尚未成熟，此外穿着打扮也显得土气，但是她那茫然的神韵中却有着某种动人的东西。她的眸子很大，充满蒙蒙之光，但是她的眼睛总是困惑地躲开别人的视线，一阵眨巴就掩饰了眼睛的光芒。她也老是带着编织活儿，但她两只手的动作却常常很缓慢，手指头不时停下来，静静地坐在那里，以一种梦幻般的、纹丝不动的目光凝视着湖面。不知为什么，我一见此景，就似乎有什么东西奇怪地把我攫住了。攫住我的难道是看到那位容貌凋谢的母亲和她青春焕发的女儿，看到身躯后面的影子而产生的庸俗的却是不可避免的遐想，是想到每张脸庞上已经悄悄爬上了皱纹，笑声里默默显出了疲惫，梦境里已悄悄藏着因失望而产生的伤感吗？还是在姑娘身上处处显露出来的那种狂热的、突发性的、毫无目的的憧憬，是她们生活中那绝

---

① 希腊罗马神话中的命运女神共有三位，第一位纺织生命之线；第二位决定生命之线的长短；第三位负责切断生命之线。

无仅有的、奇妙的瞬间？这一瞬间她们的目光热切地注视着宇宙，因为她们还没有得到那独一无二的东西，还没有可以紧紧抓住的东西，可以终身依附其上，就像藻类依附于漂浮在水面的木头一样。观察着姑娘，望着她那梦幻般的、湿润的目光，看着她对每一只猫和狗所表现出来的狂热而激烈的爱抚的姿态，瞧着她干干这，干干那，但什么事也不能做到头的不安神情，我心里充满了难以言状的激动。再就是晚上她心绪不定地浏览旅馆图书室里的几本不怎么像样的书，或者翻阅她自带的两本翻烂了的歌德和鲍姆巴赫①的诗集的匆忙神态……您干吗笑呀？"

我向他表示抱歉："把歌德和鲍姆巴赫凑在一起了。"

"噢，是这样！当然这是可笑的。却又不可笑。您可以相信，年轻姑娘到这年龄，无论读的是好诗还是歪诗，是感情纯真的诗还是骗人的诗，她们都不在乎。对她们来说，诗只不过是解渴之杯罢了，她们根本不注意酒的本身，酒还没喝，她们的心就已经醉了。这位姑娘就是这种情景，她的憧憬已经装满了杯子，使她的眼睛也发出了光彩，指尖在桌上微颤，走起路来步履显得奇特、笨拙却又很轻快，带着一种飞跑和恐惧的风韵。看来她渴望同人说话，倾诉她充溢胸中的一切。但是这里没有人，只有寂寞，只有毛衣针互相碰击的单调声音，只有这两位妇人冷冰冰的、多疑的目光。一种无限同情之心在我身上

---

① 鲍姆巴赫（Rudolf Baumbach，1840—1905），德国诗人，以写作学生饮酒歌和叙事诗著名。

油然而生。可是我又不能接近她,这是因为,首先,在女孩子此刻的心目中一个上了年纪的人是没有吸引力的;其次,我讨厌跟全家人结交,尤其讨厌跟上了年纪的家庭妇女结交,这就排除了我去接近这位姑娘的任何可能性。于是我就试着做了一件奇怪的事。我想,这位年轻姑娘还没有开始独立生活,阅历不深,大概是初次到意大利。在德国,意大利被看作浪漫的爱情之国,是那些罗密欧之国,那里,背地里在谈情说爱,还有落在地上的扇子、寒光闪闪的匕首、假面具、少女的伴娘和温存多情的书信。那是由于受了英国人莎士比亚的影响,其实莎翁自己从未到过意大利。她一定在做着风流艳梦,但又有谁懂得少女的梦呢?这些梦如飘浮的白云,毫无目的地在蔚蓝的苍穹里浮移。这些如云的梦,黄昏时分总是染上灼热的色彩,先是紫色,随后又燃成火红。她觉得,在这里任何事情都可能发生,都不会使她感到意外。于是我就决定给她虚构一个神秘莫测的情侣。

"当天晚上我就写了一封缠绵的长信,既谦恭又尊敬,用了许多奇特的暗示,信没有签名。信里没有提什么要求,也没有做什么许诺,既热情奔放,又含蓄有度,一句话,像是从诗剧里抄来的一封浪漫的情书。我知道,她因为心潮激荡,所以每天总是第一个去吃早饭,于是我就把这封信叠在餐巾里。到了第二天早晨,我从花园里对她进行观察:只见她猛吃一惊,大为诧异,她那苍白的脸颊上泛起了红晕,一直红到脖子。她困惑地环顾四周,全身震颤,以小偷似的动作把信藏了起来,随后就神情不安、激动烦躁地坐着,早点几乎连碰都没有碰就走了出去，走到外面那浓荫覆盖的、很少有人涉足的小路上揣摩这封神秘莫测的信去了……您想说什么？"

刚才我下意识地做了一个动作，因此得解释一下。"我觉得这很冒失。您难道没有想过，她可能会去查问或者——这最简单——去问跑堂的，餐巾里怎么会有封信？或者她不会把信交给她妈妈吗？"

"这我当然想过。可是假若您见过这位姑娘，这位怯懦而可爱的尤物，连说话声音大了点儿都要怯生生地向周围瞧瞧，那么您就什么顾忌也没有了。有的少女很害羞，您可以对她们大胆妄为，因为她们束手无策，宁愿吃哑巴亏也不去告诉别人。我笑嘻嘻地从后面看着她，为自己开的这个玩笑取得了成功而暗自欣喜。这时，她又回来了，我突然感到血液在太阳穴里怦怦直跳：这姑娘完全变了，脚步也变了。她方寸纷乱，思绪不宁地走来了，脸上泛着红晕，一种甜蜜的窘态使她显出笨手笨脚的样子。一整天她都是这样。她的视线射向每一扇窗户，仿佛在那里可以把这个秘密抓获似的；她的目光盘绕在每个过往行人的身上，有一次也落到了我的身上，我小心翼翼地避开了它，免得眼睛一眨露出马脚。但是就在这飞逝的瞬间，我感到她的疑问像一团火，这使我大吃一惊。多年以来我又感觉到，往一个少女的眼睛里洒进第一个火星，这比开什么玩笑都更加危险，更加诱人，更会毁掉一个人。后来，我见她坐在两位德国太太中间，没精打采地织着毛线活儿，有时匆匆地往衣服上触摸一下，我肯定，那里准藏着那封信。这场游戏吸引着我。当天晚上我给她写了第二封信，后来又接连几天给她写了信：在我这些信里体会一个恋火中烧的青年男子的感受，并虚构出越烧越炽烈的恋火，这成了吸引我的一种奇特而激动的神奇力量，成了令我着迷的癖好，仿佛猎人在安放圈套或把野兽诱到他的枪口上来的时候所具有的那股劲头。我取得的成果简直无法描述，几乎是可怕的，要不是这场游戏使我如此着迷的话，我早想停止了。她走路的步子变得轻快而杂乱，像跳舞一样，她的脸庞微微发烧，显出一种奇特的美丽；她夜里准是睡不着，在期待着早晨的情书，因为一大早她的眼眶发黑，眼睛里闪烁着一团火。她开始注意自己的打扮了，头发上插着花，她的手轻轻抚摸着一切东西，显出无比温柔；她的眼光里总含着一个疑问，这是因为从我这些信里所提到的千百件生活琐事里，她感觉到，写信人一定就在她的近处，像是缥缈的精灵爱丽尔[①]，奏着音乐，在她身边飘荡，窥视着她最最隐秘的活动，但又不愿让人看见。她显得如此之快乐，这个变化就连那两位迟钝的太太的眼睛都没有逃过，她们有时用慈祥而好奇的目光盯着她那匆匆走过的身影和花朵般绽开的面颊，然后就含着隐隐的微笑打量着。她的声音变得优美动听，变得响亮、清脆而大胆，她的喉咙常常有点儿发抖、发胀，仿佛突然要用升高的颤音欢呼般地唱出来，仿佛……但您又在笑了！"

"没有，没有，请您继续讲下去。我觉得您讲得非常好，

[①] 爱丽尔（Ariel），传说中的气精，虚无缥缈，无影无踪。在有些作家笔下，爱丽尔是个善于变化、神通广大的精灵。莎士比亚在《暴风雨》中、歌德在《浮士德》中都写过它。

您很有——请原谅——天才,您一定可以把这故事讲得很好,同我们的小说家不相上下。"

"您这话其实是在客气而婉转地说,我讲得同你们德国的小说家一样,就是说过分抒情,铺枝蔓叶,多愁善感,索然无味。好,我现在讲得简短一点儿!木偶在跳舞,而我用手提着线,早已胸有成竹。为了转移她对我的任何怀疑——因为有时候我感觉到,她的目光在盯着我的视线打量——我就让她感到,可能写信人不在这里,而是住在附近的一处疗养地,是每天坐小船或汽艇过湖来的。此后,每当驶来的船只靠岸响起铃声的时候,我就见她找个借口,摆脱母亲的守护,猛冲出去,在码头的一角屏住呼吸,打量着每一个到来的人。

"有一次——这是一个阴沉的下午,对她进行观察真是妙不可言的事——一件奇怪的事情发生了。旅客中有一位漂亮的年轻人,穿着意大利青年极其讲究的服装,他的目光探寻地朝此地扫视着。这时,这位姑娘无望地搜寻的、探询的、干渴的目光引起了他的注意。姑娘脉脉含笑,脸上立即泛起一阵羞涩的红晕。年轻人愣住了,注意起来了——一个人要是触到别人投来这么热烈的、含有千层意味的目光,这是容易理解的——含笑跟她走去。姑娘逃开了,心里断定,这就是自己找了很久的人;她又往前跑去,但又回过头来看看,这就是那种又乐意又害怕、又渴求又害臊的永恒的游戏,这场游戏中姑娘终归还是乐意让他追上的。他虽然感到有点儿诧异,但显然受到了鼓励,于是就在后面追赶,眼看快追上她了。这时,我吓了一跳,以为这一下可要乱套了——这时两位太太正顺路走来。姑娘像一只惊弓之鸟朝她们奔了过去，这位年轻人则谨慎地退了回来。但是他们又回头对视了一回，彼此热烈地吮吸着对方的目光。这件事首先提醒我，该结束这场游戏了，但是诱惑力又过于强大，我决定随心所欲地利用这次巧合，当晚就给她写了一封特别长的信，要让她的推测得到证实。现在要同时摆弄两个人，这事对我有着强烈的诱惑力。

"第二天早晨，姑娘脸上笼罩着一层颤抖的迷惘神情，我感到大为吃惊。她荡漾着的美丽风韵消失了，脸上挂着一种令我感到莫名其妙的愠怒神色，她的眼睛哭红了，还噙着泪水，显然她的内心深处感到极度痛楚。她的沉默不语似乎是在渴求一阵狂喊乱叫，她的额头上积聚着一片愁云，目光里露出忧郁而辛酸的绝望，而我这回却正期待着看到她很开心的样子。我心里有点儿胆怯。从未有过的事第一次出现了，木偶不听摆布了，我要它这样跳，它却偏偏那样舞。我苦思冥想，始终找不出一个办法来。我对我的游戏开始感到恐惧了，为了避开她眼神里的那种悲戚的怨诉，天黑以前我没有回旅馆去。待我回来以后，一切全明白了。那张餐桌空了，这一家人走了。她不得不离去，连一句话都没能对他说。她的心此刻深深地牵萦着那唯一的一天，牵萦着那珍贵的一刻，但她不能对她的亲人们吐露：她被人从一个甜蜜的梦境里拖走，拖到一座鄙陋的小城镇去了。这件事我已经忘了，但我现在还能感觉到她那最后的、如怨如诉的目光，感觉到我投进她生活里去的——有谁能知道她心灵的创伤多么深重——愤怒、折磨、绝望和最最辛酸的痛苦具有多么可怕的威力啊。"

他沉默了。在我们散步之际,夜渐渐深沉。云层挡着的月亮发出一种奇特的、颤动的光华。树丛中间像挂满了月光和星星,湖面呈现一片苍白色。我们一言不发,继续朝前走。后来,我同行的伙伴终于打破了沉寂。"这就是那个故事。这是不是一篇小说?"

"我不知道,但无论如何我要把这个故事同其他故事一起牢记心间。您给我讲了这故事,我得谢谢您。一篇小说?也许这是一个能够吸引我的美丽的序篇。因为这几个人还闪忽不定,他们还没有完全把握住自己,他们的命运才开了个头,还并不是命运的本身,得把这个开头写到结束才好。"

"我懂得您的意思。您是说,这位年轻姑娘的生活,她回到了小镇,碌碌生活的可怕的悲剧……"

"不,不完全是这个。这位姑娘以后的事我不感兴趣。年轻女子无论她们自以为如何古怪,也总是索然无味的,因为她们的经历全都是消极的,所以太过于相似了。我们谈的那位姑娘,只要时机一到,就会嫁给一个诚实的男人,在这里的那次艳遇就将永远成为她回忆中最美丽的一页。这位姑娘以后的事我不感兴趣。"

"这倒很奇怪。我不知道,您在那位年轻人身上能够发现些什么。那样的目光,像一时喷射出来的一团烈火,这是每个人在青春时期都会捕捉到的,不过大多数人压根儿没有觉察而已,有的人则很快就把这样的目光忘了。人老了才会懂得,这恰恰是一个能够获得的最珍贵、最深沉的东西,青春的最神圣的特权。"

"我感兴趣的也根本不是那个年轻人……"

"而是?"

"我倒想把那位年纪较大的先生,那位写信的人,拿来加加工,把他的事写到头。我认为,一个人无论年纪多大,他要是写出这么炽热的信,在梦境里进入爱情之中,那他绝不会不受惩罚,绝不会无动于衷。我倒想写一写事情是如何弄假成真的,写出他如何以为掌握着这场游戏,而实际上却是游戏掌握了他。他误认为姑娘蓓蕾绽开的美貌只是他以观察者的身份看到的,但实际上这美貌却深深地吸引和攫住了他。突然,这一切都从他手里滑掉了,这一瞬间他心里产生了一种强烈的渴望,感到需要这场游戏和玩具。吸引我的是爱情翻了个个儿,把一个老人的情火撩拨得跟一个男孩子的情火差不多,因为这一点双方都没有充分感受到。我要让老人忧虑和期待,我要让他心神不定,让他为了要见到她而跟着追到她那里去,但最后一瞬间又使他不敢去接近她。我要让他重新回到原地来,心里怀着再见到她的希望,怀着有神灵助他创造一次巧遇的希望,而这次巧遇后来又是十分残酷的。我的小说想要顺着这条线去构思,后来小说会是……"

"骗人,胡说,不可能!"

我吃惊地抬起头来。他打断了我的话,声音僵硬、嘶哑、颤抖,带有威胁的意味。我还从来没见他那么激动过。一闪念我感觉到,我刚才不小心触到了他的痛处。他急忙站住了,弄得我很狼狈,我见他的白发在闪亮。

我想马上转个话题,但是他又在说了,现在,他的声音平静、亲切、低沉而柔和,略微有点儿伤感,因而显得很优美。
"或许您是有道理的。这事确实很有意思。我记得巴尔扎克把他最最动人的故事中的一篇叫作《L'amour coute cher aux vieillards》①,用这个题目还可以写许多故事。但是那些最最谙悉其中隐秘的老人,他们只愿讲自己的成功,不愿讲他们的弱点。有些事情只不过类似不断摆动的钟摆罢了,但他们却很害怕,在这些事情上显得极其可笑。您当真相信卡萨诺伐②的回忆录恰巧'丢失'了那些写他年迈时期的章节是偶然的吗?那时这只公鸡已经成了戴绿帽子的乌龟,骗子成了受骗的人。也许他觉得手太沉重了,心太狭窄了吧。"他向我伸出了手。这时,他的声音又变得冷淡、平静,安之若素。"晚安!我看,夏夜给年轻人讲故事是很危险的,这很容易使他们产生许多愚蠢的想法和做着各种各样不必要的梦。晚安!"他迈着灵活的但是由于年岁关系已经变得缓慢的步子回到黑暗中去了。时间已经很晚了。通常,在这样软绵绵的温暖的夜晚,困乏早就向我袭来了,而今天,倦意却被血液里翻腾的激动驱散了。当一个人遇到一件怪事,或者一刹那之间像自己的事一样经历着别人的事的时候,这样的激动是常常会有的。于是,我就沿着寂静黝黑的道路一直走到卡尔洛塔别墅。大理石台阶从别墅一直通到下面的湖里,我在冰凉的石阶上坐下。夜,多么奇妙

---

① 法文,意为:老年人的爱情更珍贵。
② 卡萨诺伐(Casanova,1725—1798),意大利教士、作家、间谍、冒险家和外交官,他的生活放荡不羁,以冒险家和"浪荡公子"而为世人所知。他最主要的著作是六卷自传《我的生平》。

的夜！贝拉焦的灯火先前像萤火虫一样在近处的树林里闪烁，现在则闪射在水上，显得遥远无垠。这些灯火慢慢地、一个接一个熄灭了，大地笼罩在一片沉重的黑暗里。科莫湖默默地躺着，光洁得宛如一块乌黑的宝石，可是边上闪烁着纷乱的火光。微波一上一下地轻轻地击拍着石阶，像是白嫩的手在轻按闪亮的琴键。远处的天穹显得高远无垠，天空中的千万颗星星在闪烁。它们眨巴着眼睛，宁静而沉默，只是不时就有一颗星星猛然离开金刚石似的牢固的规范，坠进夏天的夜空，坠进黑暗之中，坠到山沟、峡谷里，坠到山上或远处的水里，不知不觉中被盲目的力量甩了出来，就像一个生命被甩进莫名的命运的深渊。

雨润心田[1]

那年夏天,天气奇热,久旱未雨,致使全国庄稼歉收,多年以后人们对此还记忆犹新,心有余悸。六七月里,只有个别干旱地区的地里下了点儿阵雨,八月以来就滴雨未见。我和别人一样,原以为在蒂罗尔[2]的山谷里会凉快些,哪晓得就连这里高山上的空气也被火焰和尘埃染成了番红花般的颜色,热得灼人。一大早,黄色的太阳像高烧病人的眼睛,从空漠的苍穹

---

[1] 本篇原名《女人和景物》。
[2] 蒂罗尔,奥地利的一个州,首府在因斯布鲁克。

里迟钝地盯着毫无生气的原野。几小时以后,晌午的黄铜蒸锅里缓缓腾起一片淡白的、闷热的蒸汽,弥漫在整个山谷里。远方,白云石山①巍然耸立,上面白雪皑皑,纯洁明净,但只有眼睛才能从中感觉到白雪闪耀的清凉,而在这蒸锅似的山谷里,白天黑夜都弥漫着一股热气,它那千百片嘴唇贪婪地把人们身上的一点儿水分吮干吸尽。这种时候,要是眷恋地望着白云石山,想着白云石山上此刻也许正在呼呼吹拂的清风,那是很让人痛苦的。在这正在沉沦的世界上,植物枯萎,树叶凋零,溪流干涸,就是在人的内心,一切有生气的运动也渐渐停滞了,时间变得无聊而懒散。我和别人一样,这些没尽头的日子几乎都是在房间里打发过去的,半裸着身子,拉上窗帘,无可奈何地等待天气的变化,等待凉气的降临,没精打采、软绵绵地做着下雨的梦,做着下大雨的梦。不久,连这个愿望和这种思绪,也变得模糊郁闷和无可奈何了,就像热切盼望雨水的小草的心愿和默然不动、雾气弥漫的树林的压抑的梦一样。

  天气一天比一天热,而雨还一直没有下。从早到晚太阳晒得大地灼热如焚,它那折磨人的黄色目光还渐渐染上了神经病人的那种迟钝的执拗。整个生命仿佛都要停滞了,一切都是静悄悄的,连牲畜也不叫了,从白闪闪的地里传来的只有浮荡着的暑气的轻声歌唱——这沸热的世界的嗡嗡的蒸腾声,除此之外什么声音也没有。我本想到树林里去,躺在绿叶颤动的阴影

---

① 白云石山,即多洛米蒂山,是意大利北部阿尔卑斯山脉东段的群山,山体由浅色白云质石灰岩构成,其最高峰马莫拉塔山海拔3342米。

里,以躲避那太阳的执拗的黄色的目光。可是就连这几步路我也懒得走,于是我就在旅馆门前找了把藤椅坐下。华盖似的屋檐在沙砾上投下一条细长的阴影,我躲进阴影里,一坐就是一两个小时。薄薄的四角形阴影渐渐缩小,太阳爬到了我的手了,我挪动了一下位置,随后又往椅子上一靠,呆呆地望着迟钝的阳光出神,没有时间感觉,没有期待,没有意愿。时间在这可怕的闷热中熔化了,在沸烫的、失去理智的梦里煮烂了,溶解了。在外面,空气灼烫着我的毛孔,在我体内,扑腾扑腾跳动着的血液在猛烈地捶打,我能感觉到的就是这些。

突然,大自然里仿佛飘过一丝呼吸,很轻很轻,仿佛是从某处发出来的热切的、憧憬的叹息。我当即一跃而起。这不是风?当时的情景我已经记不得了。枯萎的肺叶已经许久没有饮过这种清凉剂了,所以我并没有感觉到风已经挨近了我,我还蜷缩在那屋顶投下的一隅阴影之中;但是那边山坡上的树一定感到某种异常的东西来到了,因为它们一下子都轻轻地晃了起来,似乎彼此在喁喁细语。树之间的影子也晃荡起来了,像是一种活的、激动的东西来回忽闪。突然,远方响起了一个低沉而震荡的声音。果然,起风了,习习的、哗哗的风声俄而变成了低沉的呼啸,现在则是狂风咆哮了。突然间,一团团烟雾似的尘土惊恐万状,越街穿巷,都朝同一方向席卷而去;原先栖息在浓荫深处的小鸟,现在也飞在空中,吱吱乱叫,马在那里鼻喷白沫,远处的山谷里牛羊在咩咩直叫。一定是什么威力无比的东西苏醒了,而且临近了,大地已经知道,树林和动物也已经感觉到了,天空已经蒙上了一层灰色的轻纱。

我兴奋得浑身颤抖。我的血液受了酷暑的刺激在涌流，我的神经绷得紧紧的，在吱吱作响；对于风的欢乐和雷雨的怡然的喜悦，我过去了解得从来没有像现在这样深切。雷雨快来了，已经临近了，天空中，乌云密布，雷声隆隆。风把一团团白云慢慢推了过来，山的背后气喘吁吁，仿佛有人在滚动着千斤重的东西。有时，吁吁的喘气声似乎倦了，暂时停歇下来。随后，枞树颤动得越来越轻了，似乎它们也想谛听一下，我的心也在跟着颤动。极目望去，各处的大自然同我的心情一样，也都在盼雨。地上那些长长的龟裂，犹如张开的一张张干渴的小嘴巴。我感觉到自己身上的毛孔也一个个张开了，在紧张地寻找凉爽，寻找雨水带来的凉冰冰的、让人哆嗦的欢快。我的手下意识地紧紧握了起来，好像要把云层抓住并迅速扯到这干旱的世界上来。

云层真来了，懒散地、黑压压地来了，像许多圆圆的、鼓鼓囊囊的口袋，被无形的手推了过来。这都是些沉甸甸的、带雨的乌云，它们互相碰撞的时候，像坚硬的东西发出隆隆巨响，有时从乌云的表面划过一道微弱的闪电，像是"嚓"的一下划亮一根火柴。后来，云层现出了蓝色的亮光，显得异常险峻。云层越堆越厚，越来越黑。铅灰色的天空像剧院的防火帷幕在徐徐下垂。现在，整个天穹都蒙了一层乌黑，闷人的溽热空气都被压缩在一起，最后的一次期待现在默默地、可怖地开始了。一切都被从天穹上垂下来的沉甸甸的乌云窒息了，鸟儿也不再吱吱鸣叫，树木站立着，气都不吭一声，就连小草也不敢颤动一下；天穹像一口金属棺材罩着这炎热的世界，世界上的一切都因为盼着第一道闪电而凝固起来。我屏住呼吸在这里站着，双手互相交叉套扣着，浑身紧缩，感到一种奇特的、甜蜜的恐怖，因此我一动也不动。我听到身后的人们在四处奔跑，他们从树林里、从旅馆的大门里出来，四面八方都有人在奔跑躲避；侍女放下卷帘式百叶窗，吱吱咯咯地关上窗户。突然间，一切都呈现出忙乱、兴奋，人们都在搬东西，做准备，时间紧迫。只有我纹丝不动地站着，神经极其兴奋，缄口不语，我整个身心都憋着一声呼喊，见到第一次闪电时的一声喜悦的呼喊，这声呼喊已经升到我的嗓子眼儿了。

这时，我突然听到紧挨我身后发出了一声叹息。那是从痛苦的内心里突发出来的。在这声叹息里还交织着一句热切的话，好似在哀求："但愿马上就下雨吧！"这声音是如此强烈粗犷，威力无比，它是从压抑的感情里迸发出来的，仿佛是干旱的土地，是在铅一般沉重的天穹的压力下被折磨、被窒息的原野，用它裂开的嘴唇自己喊出的。我转过身。背后站着一位姑娘，这话显然出自她之口，因为她的嘴唇，她那苍白的、微微噘起的嘴唇，还干渴地张启着，她倚在门上的胳膊在微微颤动。她的话不是对我说的，也不是对其他任何人说的。她俯着身子，好像在深渊之上，她的眼睛毫无光泽，呆呆地望着外边垂挂在枞树上的暗影出神。她的目光黑而空，像无底深渊，呆板地朝深远的天空凝望。她贪婪的目光聚精会神地注视着高空，注视着团团云层以及悬在云层上面的雷阵雨。她的目光根本就没有触到我的身上，因此我可以从容不迫地打量这位陌生的女子。我看见她那隆起的胸脯，看见梗塞着她咽喉的东西在往上挪动，看见她敞开的衣服里裸露着的柔嫩的脖子在打战，最后连嘴唇也动了，干渴得张开了，又说了这句话："但愿马上就下雨吧！"我又一次感到，这是整个郁热的世界发出来的叹息。她那雕像般的体态上和她那松弛的眼光里有种夜游症和梦幻般的神情。她站在那里，白色的衣服衬托着铅灰色的天空，我觉得她本身就是干渴的化身，体现了整个干旱的大自然的期望。

　　我身旁的草丛里发出了轻轻的窸窣声。屋子的飞檐上有什么东西在敲打。滚烫的沙砾上响起了轻微的沙沙声。突然间，到处都响起了窸窸窣窣的声音。我突然意识到，感觉到，这是沉甸甸地落到地上的雨点儿，初下的、落下就蒸发的雨点儿，是一场清凉的倾盆大雨的幸运的使者。啊，下了！已经下了。我幸福地陶醉了，失去了自制。我还从来没有像现在这样精神振奋过。我跳到前面，用手接了一个雨点儿。雨点儿沉甸甸、凉冰冰地打在我的手指上。我摘掉帽子，要好好体验一下雨点儿打在头发上的乐趣。我焦急得发抖了，我要让雨水把我淋个透，我要在我灼热的、窸窣干裂的皮肤上，在张开的毛孔里，一直到兴奋的血液中来感受一下雨水的滋味。噼噼啪啪的雨点儿还很稀疏，但我已经预感到倾盆大雨将要到来，我仿佛已经听到了雨水哗哗而降，像开了闸一样，仿佛已经感觉到老天爷在把幸福的甘露往树林上，往这郁闷的、烤焦的世界上倾泼。

　　可奇怪的是雨点儿没有更快地落下来。掉下的几个雨点儿寥寥可数。雨一滴、一滴、一滴地下着，发出噼噼啪啪的声音，丝丝的声音，周围还有微微的呼啸声，但是这些声音并不愿合在一起，奏出一个雨水哗哗的大型乐章。雨怯生生地下着，节奏非但没有加速，反而放慢了，而且越来越慢，最后居然一下子停止了。这就像钟的秒针突然停止了嘀嗒声一样，时间凝固了。我这颗因焦急而燃烧起来的心一下子就冷了下来。我等啊，等啊，但是雨并没有下。天空中飘着灰黑色的云团，黑黝黝、呆愣愣地朝下凝望着，几分钟之内万籁俱寂，但随后天幕上仿佛划过一道微弱的、讥讽的光亮。天空先从西边开朗起来，云墙慢慢散去，但云层继续滚动着，发出微微的隆隆声。深厚莫测的乌云越来越浅，越来越薄，正在悉心倾听的原野看到地平线上正在发亮，于是陷入一种无能为力的、没有得到满足的失望之中。树木怒火中烧，气得发着最后的、微微的颤抖，它们俯下曲枝，刚才还在贪婪地伸长脖子的树叶又有气无力地缩了回去，像死了一样。云层越来越透明，毫无防御能力的世界上空，现出了凶恶而危险的明亮。雨没有下来，雷阵雨消散了。

  我浑身颤抖。我感到愤怒，感到一种无意义的、束手无策的愤怒，失望的愤怒，被出卖的愤怒。我真想狂呼怒骂一阵。这时，我心里产生了一种砸东西的欲望，一种做坏事和冒险的欲望，一种想报复的、无意义的冲动。我在自己心里体验了整个被出卖了的大自然的痛苦，感觉到小草的热切的期望，马路的炽热，树林蒸发的雾气，石灰石的灼烫，整个被欺骗的世界的干渴。我的神经像铁丝一样烧红了：我的神经像通了电似的颤了一下，一直传到带电的空气里，在我绷紧的皮肤下，神经像许许多多小火苗儿在燃烧。一切都使我感到痛苦，所有的响声都像长了锋利的尖尖，锥刺着我，一切都好像被细小的火焰围了起来，极目所见，一切的一切都在燃烧。我内心深处十分激动，我觉得许多意识往常都默默地在郁闷的脑子里沉睡，现在像许许多多小鼻孔，一个个都张开了，我感到每个鼻孔里都有一团烈火。我也弄不清楚，这里面哪些激动是属于我自己的，哪些是属于世界的。世界与我之间存在的一层感情的薄膜业已撕破，一切东西都激起了共同的失望。我晕晕乎乎地凝视着。下面山谷里慢慢亮起了灯光，我觉得每一盏灯都照进了我的心扉，每一颗星星都在我的血液里燃烧。外部世界和内心世界都充满了同样极度狂热的激动，在痛苦的魔术中，我觉得，在我周围膨胀起来的一切东西都好像压进了我的心里，并在那里生长、燃烧。我觉得，那个包含在千姿百态之中的神秘莫测、生气勃勃的内核，仿佛在我的内心深处燃烧起来了，我感觉到一切，在神奇的真实意识中，我感觉到每一片树叶的愤怒，感觉到那只耷拉着尾巴绕着几扇门窜来窜去的狗的迟钝的目光，一切我都感觉到了，而我所感觉到的一切都使我痛苦。我的身体几乎也开始燃烧了，当我现在用手去抓木门的时候，手指下面像有导线，发出噼噼啪啪的声响，带着点儿干焦味。

晚餐的锣声响了。铜锣的声音深深地印在我的心上，这声音也充满了痛苦。我转过身。这里的人都到哪里去了？那些起先惊恐地、激动地从这里跑过去的人都到哪里去了呢？他们在哪里？那些怀着热切的祈望在这里站着的人在哪里呢？在失望、迷惘的几分钟里我把他们忘到九霄云外去了。一切都消失了。我孤零零地独自一人站在这沉默不语的天地里。我又用目光把高空和远方扫视了一次。天空里现在空荡荡的，但并不澄清。星星上面蒙着一层浅绿色的薄纱，正在升起的月亮闪烁着猫眼似的凶光。天空的一切都是苍白的、嘲讽式的、危险的，但在这看不见的球体下面，现在正是夜色朦胧，磷火点点，像是热带海洋，飘荡着一个失望的妇人的痛苦而淫荡的呼吸。天空中还有最后一抹亮光，明朗而带着嘲讽的意味。地上笼罩着郁闷的黑暗，感到疲惫和累赘。万物之间相互各怀敌意，天和地之间正在展开一场可怕的无声的战斗。我深深呼吸着，吸进腹中去的只是激动。我伸手抓了一把草，草像木头一样是干的，在我手指间窸窣作响。

　　锣声又响了。我真讨厌这死亡的声音。我一点儿也不饿，也不想到别人那里去凑热闹，但是这外面的寂寞又太可怕了。整个沉重的苍穹默默无语地压在我的胸口，我觉得再也经受不住铅一般沉重的苍穹的重压了。我走进餐厅。小桌旁已经坐满了。人们在轻声交谈，可我还觉得声音太响。嘴唇的轻微的呷嚅声、餐具的叮当声、碟子的嘎嘎声，每一个手势、每一次呼吸、每一道目光——这一切触着我激动的神经的东西都使我感到烦恼。这一切都震颤着我，使我感到痛苦。我抑制住自己，以免行动有失检点，因为我从自己的脉搏上感觉到，我所有的感官都烧得冒烟了。我又没法儿不看见这些人，而当我见他们恬静地坐在那里，吃得津津有味、悠闲自得的神气，我就火冒三丈，这时我恨他们每一个人。他们吃饱喝足，在那里憩歇，对世界的痛苦漠不关心。快要渴死的大地的胸腔里无声的癫狂正在激荡，而他们对此却无动于衷，因此某种嫉妒袭上我的心头。我的视线向所有的人扫了一遍,想看一看是否有人和大地有同样的感觉,但是所有的人好像都没精打采,无动于衷。这里全都是恬静安逸的人、呼吸着的人、清醒的人、没有感觉的人、健康的人,只有我一个病人,一个正在发着世界的高烧的病人。侍者给我端来了饭菜。我试着吃了一口,但又不愿下咽。一碰到饭食,就会使我讨厌。我的心里充满了郁闷、烟雾和苦痛的、患病的、备受折磨的大自然的难闻的热气。

我旁边的一张椅子挪动了一下。我怔了一下,直起身子。现在我听到任何声响都感觉好像是烧红的铁熨在我身上一样难受。我朝那边瞧了瞧,全是陌生人,是新来的,我都不认识。一位老先生及其夫人很是文静,他们来自市民阶层,眼睛圆圆的,镇定自若,面颊随咀嚼而一动一动地伸缩着。他们对面是一位年轻姑娘,半背着我,显然是这两位老人的女儿。我只看到她的颈项,白皙而细嫩,往上就是一头黑黑的几乎是黑里透蓝的头发,像是一顶钢盔。她坐着一动不动,从她那呆呆的神情,我认出她就是在下雨之前热切地张启着嘴唇,像朵干枯的白花,站在高坎上的那位姑娘。她烦躁地用小小的、过于纤细的手指摆弄着餐具,但并没有弄出叮当的响声;她周围的这片寂静使我感到很舒坦。她也一口没吃,只有一次,她的手匆匆地、贪婪地拿起杯子。啊,她也感觉到了,感觉到这世界在发烧,她那干渴地拿起杯子的动作使我感到无比欣喜,我把充满友善和同情的目光柔和地投到她的颈项上。现在我发现了一个人,唯一的一个人,她没有与大自然隔绝,在酷热如焚的世界上她也在燃烧。我想让她知道我的情谊。我真想大声对她说:

"你想想我呀！想想我呀！我也和你一样，是清醒的，我也在痛苦呀！你想想我呀！想想我呀！"我的心愿像强烈的磁场把她围了起来。我望着她的背影，远远地赞赏她的头发，我的眼睛盯着她，我用嘴唇向她呼喊，我紧紧地盯着她，我凝视着，凝视着，把我的全部热情都投了过去，好让她感觉到。但是她并没有转过身来。她呆呆地坐着，像尊雕像，冷淡而显得有点儿异常。没有人帮我的忙。她也没有感觉到我。啊，这世界在她心里也没有反应。我只是独自一人在燃烧。

啊，这外部和内心的郁闷，我简直无法再忍受了。饭菜既油腻又带点儿甜味，还冒着热气，真让人恶心。任何声响都在往我的神经里钻。我觉得浑身血液沸腾，眼冒金花，快要晕倒了。我心里盼望的是凉爽和远方。这里的人的那种亲近感，那种沉闷的亲近感，快把我憋死了。我旁边有一扇窗子，我忙把它推开，推得大开。啊，真是妙极了：外面又变得神秘莫测了，我血液里闪烁着的火焰完全融化在无垠的夜空里了。天上的月亮像一只发炎的眼睛，带着一个红红的蒸汽圈，耀着白里带黄的光华，一股淡白的热气幽灵似的在田野上空飘去。蟋蟀拼命地叽叽地叫个不停。空气里仿佛绷着许多金属的琴弦，发出刺耳的声音，其间有时还加进癞蛤蟆的一片鼓噪声；狗也叫开了，汪汪的吠声非常之响；远方，牲畜在叫。我想起，黑夜发着这样的高烧会使奶牛的奶中毒的。大自然病了，大自然也愤怒地无声地癫狂了。我从窗子里往外凝视，好像在照一面感情的镜子。我整个身心都飞了出去，我的郁闷和大自然的郁闷互相交融，默默地、湿漉漉地搂抱在一起。

我旁边的椅子又挪动了一下,我又一怔。晚餐结束了,人们喧哗着站了起来。我的邻座也站起来,打我身边走过。父亲走在最前面,吃得饱饱的,显得悠然自得,眼含愉快的微笑;其次是母亲,女儿在最后。现在我才看到她的面孔。她的面颊苍白,有点儿发黄,像外面的月亮一样,也是那种黯淡和病态的颜色,她的嘴唇和先前一样,还一直半启着。她无声地走着,可是并不轻快。她身上流露出某种松弛和疲乏的神情,这事奇怪地提醒我注意自己的感情。我感觉到她走近了,我心里忐忑不安。我很想与她搭上亲密的关系,我希望她的白色衣衫能触到我,或者在她走过的时候能闻到她头发的香味。就在这时候,她朝我望着,她暗淡的目光呆滞地、紧紧地、吮吸地盯着我,直透我的心里。我只感觉到她的视线,却看不见她白皙的面庞,我唯一感觉到的,就是面前的一片忧郁的昏暗,我像坠入万丈深渊似的跌进了这片黑暗之中。她又往前走了一步,但是视线并没有离开我,而是像长矛一样戳在我的身上。我感到她的目光在我身上越扎越深,现在矛尖儿已经碰到我的心了。周围静悄悄的。就这样,她的视线在我身上停了两三秒钟,而我呢,我屏住几秒钟的呼吸,这几秒钟里我感到软弱无力,被黑黝黝的瞳孔的磁铁吸了过去。随后,她从我身边走过。我立即感到自己的血液好像从裂口喷了出来,在全身涌动。

什么——这是怎么回事?我像死而复苏一样,这件事把我搞得那么迷糊,是我发烧了,以致身边走过的女郎匆匆一瞥就把我弄得神魂颠倒?不过当时我觉得,在她的凝视中,我仿佛感到了那种同样无声的癫狂,那憔悴的、失去理智的、快要渴死的欲望,这些现在在一切东西上都表现出来:在红月亮的目光中,在大地热切期望的嘴唇上,在牲畜痛苦的嚎叫中,它与我心里闪烁和颤动着的那种欲望完全一样。啊,在这奇妙、闷热的夜晚,一切都乱了套,一切都融化在期待和焦急的感情中了!难道是我神经错乱了?或者是这个世界神经错乱了?我很激动,希望知道这个问题的答案,于是我就随她进了前厅。在那里,她挨她父母亲坐了下来,悄悄靠在沙发椅上。她危险的目光被眼睑遮盖着,看不见了。她在看一本书,可我不信她能看得下去。可以肯定地说,如果她的感觉同我一样,如果她对这神志不清的、闷热的世界的折磨感到痛苦的话,那她就不可能在安闲的阅读中得到憩息,这不过是为了隐蔽,为了掩饰未曾有过的好奇心而已。我在她对面坐下,凝视着她,紧张地等待她那曾使我着迷的眼神。说不定它又会投过来并向我揭开其秘密呢。但她动也没动。她的手漫不经心地一页一页地翻着书,目光还一直被遮挡着。我在她对面等着,等得越来越不耐烦,全身滋生出某种谜一般的意志力,一心要把这装模作样的东西砸个粉碎。大厅里的人们安逸地聊天、抽烟、玩牌,在这些人当中,现在一场无声的搏斗开始了。我感到,她不肯,她不愿抬起头来看一看,可是她越不愿意,我却越要她抬起头来不可,而且我的力量非常之大,因为整个渴求的大地的期望和整个失望的世界干渴的炽热全在我的心里。夜晚的湿腻腻的闷热还在不停地侵袭我的毛孔,我的意志也在对她的意志步步紧逼,我知道,她马上就会向我投来一瞥,她一定会这样做的。

后厅里有人在弹钢琴。清脆悦耳的声音轻轻飘过来，有时只有几个简短的音阶；那边的一堆人被一个毫无意义的玩笑弄得哈哈大笑，这一切我都听到、感到了，一分钟也没放过。我现在在心里大声地一秒一秒地数着时间，同时我的视线在她的眼皮上移动着，吮吸着，想从远处用这种意志催眠术来使她倔强地低着的头抬起来。时间一分一分地过去——这期间清脆悦耳的琴声还在从那边飘过来——我已经感到我的力量渐渐不支了。这时，她突然忽的一下站了起来，望着我，正面直愣愣地望着我。又是那同样的、没有尽头的目光，是黑黝黝的、可怕的、吮吸的、虚无的目光，是干渴的目光，这目光在将我吮吸，没遇到一点儿抵抗。我愣愣地盯着她的瞳孔，像盯着照相机镜头的黑窟窿似的，同时我感到，这架照相机倒是先把我拉到这生疏的血液里去了，我的灵魂出窍了；地板在我脚下消失了，我体验到了眩晕突起的全部甜蜜滋味。在我的上空，我还听到不时有银铃般的琴声滚来，但是已经弄不清自己是在哪里了。我的血都流掉了，我的呼吸停止了。我感到，我的喉咙梗塞了，在这分钟或这秒钟，或是永远梗塞了——这时她的眼皮又合上了。我像个快要淹毙的人从水里浮了上来，快冻僵了，还因发烧和危险而浑身哆嗦着。

我朝自己周围看了看。我对面坐着的还是这位秀气的年轻姑娘，在人群中她埋头看书，雕像似的一动不动，只有膝盖在很薄的衣衫下轻轻地颤动着。我的手也颤抖了。我知道，期待和抗拒之间一场极其欢愉的游戏现在又要开始了，还得要等紧张的几分钟，那目光才会重新把我置于它黝黑的火焰之中。我的太阳穴有点儿湿润,我浑身血液沸腾。我无法再忍受了。我站起来,径直走了出去。

在灯光闪耀的屋子前面,黑夜广袤无垠。山谷好像沉下去了。天空湿漉漉、黑黝黝地闪着光,宛如潮湿的苔藓。这里也没有凉爽,还一直没有;这里也到处充满了干渴和醉意,我感到自己血液里也是这样。田野上笼罩着一股像是高烧病人呼出来的气味,病态而潮湿,渐渐变成乳白色的雾霭;远处,火光闪动,忽隐忽现地透过沉浊的空气;月亮周围绕着一个黄圈,使月光呈现出一副恶意。我感到非常困倦。这里有一把白天留下的藤椅,我就在椅子上坐下。我的四肢像散了架一样,我一动不动地直直地躺着。身子沉在椅子里,紧紧靠在椅背上,这时我忽然感到这郁闷非常奇妙。它不再使我感到难受了,它紧紧挨着我,温柔而淫荡,我并没推拒。我只是闭上眼睛,这样可以什么都不看,可以更强烈地感受到大自然,感受到包围着我的活生生的东西。像水蛭一样,现在有一种软绵绵、滑腻腻、吮吸着的东西聚集在我的周围,黑夜用千百张嘴唇在触着我。我躺着,任凭摆弄,把整个身心都给了那搂着我、偎着我、围着我、饮着我的血的东西;在这闷热的搂抱中我第一次得到了一种官能上的感受,像一个陶醉在温柔之乡的女人一样。我感到一阵甜蜜的恐惧,一下子就毫无反抗地把自己的身子给了世界,真是奇妙啊,这看不见的东西柔媚地触摸着我的皮肤,渐渐钻到我的皮肤底下,松开了我的四肢,我的感官任凭摆弄,我没有丝毫反抗。我让自己在新的感受中驰骋,我只是朦胧地、梦幻地感到,黑夜和先前那目光,女郎和大自然,其实是两位一体的,在这两位一体的结合中忘却自己,那是一种甜蜜。有时我觉得,这黑夜仿佛就是她,而那撩拨我四肢的炎热就是她的肉体,和我的身子一样,她的肉体也融化在黑夜里了。我在梦里感觉着她,不一会儿,我就带着官能的快感渐渐消融在忘却的黑色的热浪中了。

不知是什么东西把我惊醒了。我全神贯注地摸摸自己,但又找不到自己。后来我才看见,才明白,我靠在这里的椅子上睡着了,可能已经睡了一个小时,也许是几个小时,因为旅馆前厅里的灯光已经熄灭,大家早就睡觉去了。我的头发湿腻腻地沾在太阳穴上,这美妙的无梦的昏睡仿佛一颗灼热的露珠从我身上掉了下来。我的思绪紊乱,我站了起来,回到屋里。我心情郁闷,思绪像一团乱麻。远处传来隆隆声,有时亮光划过天穹,空气都带有火焰和电花的气味,山后不时打着闪亮,回忆和预感则像磷火似的在我心里闪烁。我待着沉思了一会儿,并享受一下这神秘的环境和气氛。时间太晚了,我走进了旅馆。

前厅里已经空无一人,只有唯一的一盏灯亮着。在苍白的灯光下,椅子被挪得七零八落。椅子没有人坐,空荡荡的,显得阴森可怕。我下意识地将一把椅子想象成那个古怪女郎的柔媚的形象。她的目光曾把我撩拨得神魂颠倒;她的目光现在还深深地印在我的心坎里。这目光拨动着我的心,在黑暗中把我照亮。我有一种神秘的预感,深信她一定在某个房间里,而且还醒着,她的目光所做的许诺,像磷火一样在我的血液中游动。天气仍然是那么闷热!一合上眼,就感到眼皮后面紫色火星直冒。灼热的白天还在我心里闪闪发光，这震颤的、湿漉漉的、闪光的、神奇的夜晚还在我心里动荡。

但是我不能待在走廊里啊，这里一切都笼罩在黑暗中，显得零落不堪。于是我就走上楼梯，但我又不想上去。我心里滋生起一种自己无法加以制服的反抗。我很疲乏，睡觉吧，又觉得太早。某种神秘莫测、明晰清新的预感使我深信一定还会碰到某种离奇的事，我全神贯注地竭力想把活生生、热乎乎的东西搜索出来。我的神思出了窍，像长了无数细小而灵敏的触角，来到楼道里，触摸每个房间。如同先前我的心完全飞进了外面的大自然一样，现在我把全部身心都放在了这座房子里。我感到人们在睡眠，感到了许多人的从容的呼吸，他们黑而稠的血液在掀着沉重的、无梦的波澜，我感到了他们单纯的宁静，但是也感到了某种吸引力。我预感到有什么东西也和我一样是清醒的。难道这就是那目光，是那搞得我迷离恍惚的大自然吗？透过墙壁我感觉到有个柔软的东西；不安的火苗在我心里颤动，在血液里引逗，还没有燃完。我勉强顺着楼梯往上走，但在每一级楼梯上都停下来谛听一会儿，不只是用耳朵，而是用全部身心。我觉得先前的事什么都不足为奇，我心里还在等待着异乎寻常的、稀奇古怪的事，因为我深知，没有奇妙的事，黑夜不会结束；没有闪电，闷热就不会消退。当我站在楼梯上倾听的时候，我再次和正处在晕厥状态中并在呼唤着暴风雨的外部世界合二为一了。但是一点儿动静也没有。只有轻微的呼吸穿过这没有一点儿风的屋子。我疲惫而失望地走上最后几级楼梯，在自己寂寞的房间前站着，就像站在一口棺材前面一样,感到恐惧不安。

  房门的把手在黑暗中隐隐地闪烁着,一抓把手就感到湿漉漉、热乎乎的。我开了门。房间后面的窗户开着,现出一块四角形的黑夜的阴影,窗户外面是树林子的密密的枞树梢,中间是一片布满云层的天空。里面和外面,世界和屋子到处一片昏暗,只有窗框旁边有个瘦长而挺直的东西,像一道孤独的月光在闪着亮。这是什么?真是蹊跷,无法解释。我惊奇地上前一步,想把在这月色朦胧的夜里闪亮的东西看个究竟。我走近些,仍然毫无动静。我感到惊异,可并不害怕,因为今夜我心里奇怪地充满了奇妙的感觉,先前一切都想到过,像梦里一样清清楚楚。无论碰到什么事我都不会感到意外,眼前的事更是微不足道。果然,那里站着的是她,是她,是我下意识地思念着的、每上一级楼梯、在这座沉睡的屋子里每走一步都思念着的她,我的官能透过过道和门窗感到她是醒着的。我只见到她的脸上有一抹闪光,白色的夜服像一抹薄雾似的围绕在她的身上。她倚着窗子,她的心灵跑到外面的大自然里去了,被楼下月色闪亮的反光所吸引,神秘莫测地漫游在自己的命运之中,很有点儿童话色彩,像奥菲利娅①在池塘上面一样。

  我走近了一些,又胆怯又激动。她一定听到响声了,所以

---

① 奥菲利娅,莎士比亚名剧《哈姆雷特》中的人物,与哈姆雷特热烈相爱。她的父亲波洛涅斯是个趋炎附势、专会阿谀奉承的人物,他出谋划策,帮助克劳狄斯毒死自己的哥哥(即哈姆雷特的父亲)从而篡夺了王位,因而被哈姆雷特杀死,奥菲利娅因此精神失常,投水自尽,参见《哈姆雷特》第四幕。

转过身来。她的脸是背亮的。我弄不清,她是否真的看见了我,是否听见了我,因为她的动作丝毫没有显出突然和惊恐,也没有一丝反抗的意味。我们的周围,一切都异常寂静。墙上的小挂钟在嘀嗒作响。周围依旧十分寂静,后来,她突然轻声地、出乎意料地说:"我真怕。"

她是对谁说的?她认出了我?她是对我说的?这声音和今天下午对着又低又近的云层哆哆嗦嗦地说话的声音一模一样,颤抖的声调也完全一样,那时她的目光还一点儿没有察觉到我呢。这事真是有点儿蹊跷,可是我并没有惊异,并没有不知所措。我走到她面前,叫她放心,并抓着她的手。她的手摸上去烫而干,我把她柔软的手指捏在我的手心里。她一声不吭地让我捏着。她身上的一切都是松弛的,没有感觉,毫无反抗。只有从她的嘴唇上又发出了悄声低语,像是从远处传来的:"我真怕!我真怕。"随后一声叹息,声音渐渐减弱,好似被窒息了一样:"啊,多闷啊!"这声音是从远处传来的,可又像我俩在轻声诉说一桩秘密。尽管如此,我还是感到,她并不是对我说的。

我抓着她的胳膊,她只是微微颤抖,就像下午雷雨之前的树木,但是并没有反抗。我紧紧地抓着她,她顺从了。她的肩膀软软地、毫无反抗地倒在我的身上,宛如一股奔泻的热流。现在我和她贴得很近,连她皮肤的闷热和头发上的湿气都能呼吸到。我一动不动,她也默不作声。这一切都很奇怪,我的好奇心油然而生。我渐渐按捺不住了。我用嘴唇贴着她的头发——她并没有拒绝。随后我就捧过她的嘴唇。她的嘴唇又干又烫，当我吻它的时候，它突然张开，来吮吸我的嘴唇，但并不是迫不及待的，也不狂热，它只是像小孩儿一样悄悄地、无力地、贪婪地吮吸着。我感到她是个正在枯萎的人，同她的嘴唇一样，她那苗条的、在薄薄的衣衫下面一起一伏的热乎乎的身体就像先前外面的黑夜，紧紧地将我吸附，虽然没有气力，但充满了悄悄的、沉醉的贪欲。我扶着她——我的方寸仍然乱成一团——觉得挨在我身上的是湿热的土地，犹如今天外面那灼热的、有气无力的大自然，渴望下场雷阵雨，好痛痛快快地舒展一下。我将她吻了又吻，仿佛在她身上享受了这巨大、闷热、期待的世界，仿佛她脸颊上散发出来的热就是地里的热气，仿佛这震颤的大地正在从她柔软、温暖的乳房里呼吸。

可是正当我的嘴唇想从她的嘴唇移到眼睛上去的时候——她眼睛里黑黝黝的火焰曾使我感到不寒而栗——正当我抬起头来看她的脸并打算尽情欣赏一会儿的时候，看见她的眼皮是紧紧合着的，这使我十分惊讶。她闭着眼睛，昏迷地躺着，宛如一尊希腊的石头面具，像是死去的奥菲利娅，漂浮在水上，从黝暗的水流里抬起她那苍白的、毫无感觉的面颊。我大吃一惊。在这次奇遇中我第一次感觉到了现实。我不禁浑身哆嗦，我知道我扶着的是一位没有知觉的女郎，喝醉的、病态的女郎；我胳膊上抱着的是一个梦游女郎，她像危险的红月亮，带给我的只是黑夜的闷热；我抱着的是一个女人，可她连自己在干什么都不知道，也许她并不喜欢我。我大吃一惊，我感到她在我胳膊上沉甸甸的。我想把这位没有知觉的姑娘轻轻放在沙发椅上，放在床上，以免因神志晕眩而贪欢，做出什么她本人也许并不愿意、而只是她身上的那个恶魔所喜欢的事来,这个恶魔主宰着她全身的血液。但是她几乎还没有感到我在把手松开,就开始低声呻吟了:"别松开!别松开!"她恳求着,她的嘴唇更加热烈地吮吸着,身子紧紧地压着我。她双眼紧闭,脸上露出痛苦的神情。我打着寒战,觉察到她想醒来,但又醒不了,她酩酊的感官想从昏迷状态中大声呼叫,想要清醒过来。在她那昏昏沉睡的面具之下有种东西在争斗,想从迷惑状态中摆脱出来,正是这东西,对我具有危险的诱惑力,使得我要将她唤醒。我的神经耐不住了,急不可待地要看看清醒时的她,说着话的她,作为真正的人的她,而不是只看到作为梦游者的她,无论如何我要在她沉睡的身上看到这个真情。我把她拉到我身上,使劲摇晃她,用牙齿紧紧卡着她的嘴唇,用手指卡着她的胳膊,想使她最终睁开眼睛,神志清醒地表现出种种风韵和妩媚,而这些,方才她的春心只是在抑郁状态下领受的。但是她只是一个劲儿地弯着身子,一边痛苦地紧紧抱着我,一边呻吟着。"再抱紧些!再抱紧些!"她以一种热情、一种没有理智的热情喃喃地说。这种热情使我激动不已,弄得我自己也失去了理智。我感到她已经快要清醒了,她紧闭的眼睛想睁开来了,因为她的眼皮已经在不安地颤动了。我抓着她,挨她更近,把脑袋深深地埋在她的身上。突然,我感觉到一颗泪珠从脸颊上滚了下来,流到嘴里,略带咸味。我贴她越紧,她的胸脯就起伏得越厉害。她呻吟着,她的四肢在抽搐,仿佛要炸掉什么可怕的东西,绷开她用昏睡裹着的一个箍似的。突然——犹如闪电划过雷声隆隆的天空——她的心碎了,全身的重量一下子又压在了我的胳膊上,她的嘴唇离开了我,双手垂下。我让她躺下,她一动不动,像死了一样。我大吃一惊。我下意识地摸摸她,触触她的胳膊和脸颊。她的胳膊和脸颊全凉了,僵硬了,变得像石头一样,只有太阳穴还在一颤一颤地微微搏动。她躺着,像一尊大理石雕像,泪水湿润了她的面颊,呼吸的时候鼻孔微微翕动着。有时她还起一阵痉挛,这是兴奋的血液渐渐平静下来的余波,可是她胸脯的起伏却越来越轻微了。她越来越像一幅画像。她的面貌变得越来越有人性,越来越孩子气,越来越明亮和轻松。痉挛过去了。她昏昏欲睡。她沉沉地睡着了。

我坐在床沿上,颤抖着朝她弯下身子。她躺着,像个恬静的孩子。她双眼紧闭,嘴露微笑,内心的梦使她脸上显得富有生气。我俯下身去,挨她很近很近,看到了她脸上的每一根线条,脸颊上感到有她的呼气。我看着她,挨她越近反而觉得离她越远、越神秘。她躺着,像石雕一样。是闷热的黑夜的炎热的气流把她驱到我这个陌生人这里来的,就像海水把一个死人冲到沙滩上。可是她的神志现在究竟在何处?躺在我手上的这位姑娘是谁?她从哪儿来的?是谁家的呢?她的情况我一点儿也不知道,只是感觉到我和她之间没有什么关系。我注视着她,这几分钟非常寂静,只有墙上的挂钟匆忙地嘀嘀嗒嗒走个不停。我想从她无言的面庞上了解她,可是对她的一切都毫无所知。我想把她从这异乎寻常的沉睡中唤醒,从我身边、从我房间里、从我生活的旁边唤醒,可是我又怕她醒来,怕她神志清醒时的第一眼。于是我就坐着,默默地坐着,俯身凝视着这个沉睡的素昧平生的女子,凝视了一小时,也许是两小时。我渐渐觉得,仿佛这并不是女人,这个奇怪地来到我身边的并不是人,而是黑夜本身,是渴望的、备受折磨的自然在我心里所显示的奥秘。我觉得,这里躺在我手上的仿佛是整个炎暑的世界,但其神志却是清爽的。我觉得,大地仿佛被煎熬得拱起了腰,而她正是从这奇异、美妙的黑夜那里派来的使者。

我背后咯噔一响。我像罪犯似的心里一怔。窗户又咯噔响了一次,仿佛有个巨大的拳头在窗户上擂动。我一跃而起。窗前和方才大不一样了:夜变了,变得险峻、黑黝和狂癫乱动。那边狂风劲吹,发出可怕的呼啸,云层在空中堆起黑色楼阁,风从黑夜里朝我迎面吹来,冷冰、湿润、势头猛烈。大风以排山倒海之势跳出黑暗,抡起拳头捶打窗户、擂打屋子。天上、地下一片黑暗,犹如可怕的深渊。云层席卷而来,转瞬之间一堵堵黑墙高耸,天地之间狂飙疾驰。这一阵气流把闷热的暑气一扫而光,一切都在奔流,都在扩展,都在激动,从天空的一头向另一头狂奔乱窜,牢牢扎根在土壤里的树木在呼啸的狂风的无形的鞭打之下痛苦地呻吟。突然,白光一闪,这一切都被撕成了两半:一道闪电从天空划到地下。闪电之后便是嘎的一声巨雷,好像整个云层都裂开了。我的后面什么东西动了一下。她已经忽地站起来了。闪电扯掉了她眼睛上的睡意。她迷惘地呆望着我。"怎么回事?"她说,"我在哪儿?"声音和先前大不一样。声音里虽然还流露出恐惧,但现在的音调听起来甚为爽朗,像新鲜空气,清晰而纯净。又是一道闪电,把大自然的镜框撕开了,我一下子看清了在狂风摇撼下的枞树的雪亮的轮廓，云层像飞奔的野兽在空中疾驰，房间被照得雪白，比她苍白的脸还白。她一跃而起，其动作一下子变得从容自如，这我还从来没有在她身上见到过。她在黑暗中凝望着我。我感到她的目光现在已经清晰了，眼里含着无边的仇恨。随着一阵雷声，黑暗又笼罩了我们。黑暗里，我想抓着她，安慰她，向她解释一下，但是没有成功，她挣脱了。又打了一道闪电，把房门给她照亮，她猛地把门推开，冲了出去。房门又自动关上了。这时，嘎的一声巨响，又打了一个雷，仿佛天整个儿掉到了地上。

接着，外面发出哗哗声响，天像开了闸的河，滂沱大雨像瀑布似的从万丈高空倾泻而下，宛如无数根湿绳子被狂风吹得噼噼啪啪地来回晃荡。有时大风把冰凉的雨水和甜丝丝、香喷喷的空气一束束地投进窗户里边我站着凝望的地方，我的头发全被打湿了，冰冷的水珠一滴一滴往下掉。但是我能感受到这纯洁的元素，心里感到幸运，我觉得这一下仿佛我的闷热也在闪电中消散了。我快活得想高声大叫。又可以呼吸了，又清新凉爽了，我简直狂喜之极，也就把一切都忘了。我像大地一样往自己体内吮吸着清凉，我感到有一种像荡秋千时的那种快乐的战栗，就像被雨水的湿鞭抽打得窸窣摆动的树木一样。天与地的欢娱的争斗真是妙不可言，像是狂喜的新婚之夜，我也分享了它的欢乐。电光一闪，天就直往下插，一声巨雷轰鸣，天就摔倒在战战兢兢的地上，在这充满了呻吟的黑暗里，天和地互相迅速沉落，插叠在一起，宛如两性之间的媾和。树木快活地喘着粗气，越来越亮的闪电把远方织合在一起，天上滚烫的血管敞开着，水珠喷洒，并掺和着一道道潺潺细流。黑夜和世界，一切都打碎了，倒塌了——一种活的生命力，混合着田野的芳香与天空火热的气息的生命力，渗进了我的身心，使我感到凉爽。持续了三个星期的酷热在这场斗争中退却了，我的心里也感到轻松。我觉得雨水仿佛哗哗地流进了我的毛孔，狂风仿佛在我胸前呼啸，令人神清气爽。我觉得，我自己和我的生活已不再是单个的了，不再是有生命的了，我是世界，是狂风，是雷雨，是生物，是显示自然本色的黑夜。后来，一切又渐渐平静下来，电光只是蓝蓝地、微微地划过天边，隆隆的雷声也变成了严父般的告诫声了。随着势头正在减弱的狂风，雨水的淅沥声也变得有节奏了。这时，困意和疲倦也在向我袭来，我感到我颤动的神经像音乐似的在奏鸣，四肢有种软绵绵的舒松感。啊，现在和大自然一起睡吧，然后再和它一起苏醒！我脱了衣服，躺到床上。床上还保留着软软的、陌生的身体压下的印窝。我感觉到了这个无声的身体的印窝。这件奇怪的韵事还会引起回味，但是我再也不能理解它了。外面还在淅淅沥沥地下着雨，雨水冲洗了我的思想。我觉得，这一切不过是个梦而已。我总还想追忆先前所发生的事，但是雨在淅淅沥沥地下着，这柔和、奏鸣的黑夜是一只奇妙的摇篮，我躺在摇篮里，在夜的催眠曲中沉入了梦乡。

第二天早晨，我走到窗边，看见世界完全变了样。在灿烂的阳光下，大地显得清新，轮廓分明，也更加辽阔；大地的上空，那天地相交的穹隆处，像一面平静光亮的镜子，显得湛蓝而遥远。无地之间界限分明，天显得高远莫测，而它昨天却低垂在田野上，把大地折磨得痛苦不堪。但是现在天非常遥远，与地没有一点儿纠缠，没有一处地方再接触到这芬芳的、呼吸着的、已经解了渴的大地——它的妻子。天地之间有一个蓝色的深渊在闪闪发光；天空和原野，它们彼此生疏地相对而望，都没有要求和愿望。

  我下楼走进大厅。大家都已在那里了。他们的心情也和那几个可怕的、闷热的星期大不一样了。大厅里气氛热烈，情绪高昂，笑声爽朗，言语悦耳、铿锵，妨碍他们的沉闷的气氛已经一扫而光，缠绕他们的郁闷的束带已经脱落。我在他们之中坐下，心里的敌意也全消了，由于某种好奇心，我也在寻找另一个人，她的形象几乎被睡眠从我手里夺了去。果真，我所寻找的她正坐在那边侧面桌子边她爸爸妈妈中间。她很快乐，肩膀很轻松。我听到她在笑，银铃般的笑声无忧无虑。我好奇地用目光盯着她。她没有觉察到我。她正在讲什么使她很高兴的事，讲的中间不时夹杂着珠落玉盘似的稚气的笑声。后来，她间或也朝我这边看看，她的视线匆匆掠过的时候，那笑声也就下意识地停止了。她的目光锐利地盯着我。好像有什么事使她感到诧异，她双眉紧蹙，她的眼睛严厉而紧张地在盘问我，她的脸上渐渐现出一种紧张而痛苦的表情，仿佛想要追思什么事可又想不起来似的。我正面与她对视着，心里满怀希望，说不定她会做个激动或羞愧的样子来向我致意呢，可是她又把视线移开了。过了一分钟，她的目光又朝我这里投了过来，好像要把事情弄个清楚。她的眼睛又一次打量着我的脸，只有一秒钟，很长的、紧张的一秒钟，我感到她的目光像坚硬、锋利的金属探针似的深深扎进了我的心房。随后，她的眼睛又安详地从我身上移开了。从她无拘无束的、明亮的目光中，从她轻快地、快乐地转动着脑袋的样子，我感觉到，她在清醒的时候已经完全记不起我来了，我们的相遇已经随着神奇的黑夜沉没了。我们彼此又像天和地那么生疏和遥远。她同爸爸妈妈说着话，无忧无虑地摇晃着她那苗条的、少女的肩膀。她笑的时候，小嘴唇下面的牙齿在快活地闪光，而就在数小时之前，我还从她的嘴唇上饮下了整个世界的干渴和闷热呢。

一个陌生女人的来信

著名小说家 R 到山上去休息了三天,今天一大清早就回到维也纳。他在车站买了一份报纸,刚刚瞥了一眼报上的日期,就记起今天是他的生日。他马上想到,已经四十一岁了。他对此并不感到高兴,也没觉得难过。他漫不经心地窸窸窣窣地翻了一会儿报纸,便叫了一辆小汽车回到寓所。仆人告诉他,在他外出期间曾有两人来访,还有他的几个电话,随后便把积攒的信件用盘子端来交给他。他随随便便地看了看,有几封信的寄信人引起他的兴趣,他就把信封拆开。有一封信的字迹很陌生，写了厚厚一沓，他就先把它推在一边。这时，茶端来了，于是他就舒舒服服地往安乐椅上一靠，再次翻了翻报纸和几份印刷品，然后点上一支雪茄，这才拿起方才搁下的那封信。

这封信有二十多页，是个陌生女人的笔迹，写得龙飞凤舞，潦潦草草，与其说是封信，还不如说是份手稿。他不由自主地再次把信封捏了捏，看看有什么附件落在里面没有。但是信封里是空的，无论信封上还是信纸上都没有寄信人的地址，也没有签名。"奇怪。"他想，又把信拿在手里。"你，与我素昧平生的你！"信的上头写了这句话作为称呼，作为标题。他的目光十分惊讶地停住了：这是指他还是指一位臆想的主人公呢？突然，他的好奇心大发，开始念道：

我的孩子昨天去世了——为挽救这个幼小娇嫩的生命，我同死神足足搏斗了三天三夜。他得了流感，可怜的身子烧得滚烫，我在他床边坐了四十个小时。我用冷水浸过的毛巾敷在他烧得灼手的额头上，白天黑夜都握着他那双抽搐的小手。第三天晚上我全垮了。我的眼睛再也抬不起来了，眼皮合上了，连我自己也不知道。我在硬椅子上坐着睡了三四个小时，就在这中间，死神夺去了他的生命。这逗人喜爱的可怜的孩子，此刻就在那儿躺着，躺在他自己的小床上，就和他死的时候一样，只是把他的眼睛，把他那聪明的黑眼睛合上了，把他的两只手交叉着放在白衬衫上，床的四个角上高高点燃着四支蜡烛。我不敢看一下，也不敢动一动，因为烛光一晃，他脸上和紧闭的嘴上就影影绰绰的，看起来就仿佛他的面颊在蠕动，我就会以为他没有死,以为他还会醒来,还会用他银铃似的声音对我说些甜蜜而稚气的话语。但是我知道他死了,我不愿意再往床上看,以免再次怀着希望,也免得再次失望。我知道,我知道,我的孩子昨天死了——在这个世界上我现在只有你,只有你了,而你对我却一无所知,此刻你完全感觉不到,正在嬉戏取闹,或者正在跟什么人寻欢作乐、调情狎昵呢。我现在只有你,只有与我素昧平生的你,我始终爱着的你。

我拿了第五支蜡烛放在这里的桌子上,我就在这张桌子上给你写信,因为我不能孤零零地一个人守着我那死去的孩子而不倾诉我的衷肠。在这可怕的时刻,要是我不对你诉说,那该对谁去诉说?你过去是我的一切,现在也是我的一切!也许我无法跟你完全讲清楚,也许你不了解我——我的脑袋现在沉甸甸的,太阳穴不停地在抽搐,像有槌子在擂打,四肢感到酸痛。我想,我发烧了,说不定也染上了流感。现在流感挨家挨户地蔓延,这倒好,这下我可以跟我的孩子一起去了,也省得我自己来了结我的残生。有时我眼前一片漆黑,也许这封信我都写不完——但是我要振作起全部精神来向你诉说一次,只诉说这一次,你,我的亲爱的,与我素昧平生的你。

我想同你单独谈谈,第一次把一切都告诉你,向你倾吐。我的整个一生都要让你知道,我的一生始终都是属于你的,而对我的一生你却始终毫无所知。可是只有当我死了,你再也不用答复我了,现在我的四肢忽冷忽热,如果这病魔真正意味着我生命的终结,这时我才让你知道我的秘密。假如我能活下来,那我就要把这封信撕掉,并且像我过去一直把它埋在心里一样，我将继续保持沉默。但是如果你手里拿到了这封信，那么你就知道，那是一个已经死了的女人在这里向你诉说她的一生，诉说她那属于你的一生，从她开始懂事的时候起，一直到她生命的最后一刻。作为一个死者，她再也别无所求了，她不要求爱情，也不要求怜悯和慰藉。我要求你的只有一件事，那就是请你相信我这颗痛苦的心匆匆向你吐露的一切。我要求你的就只有这一件事：请你相信我讲的一切，一个人在其独生子去世的时刻是不会说谎的。

我要向你吐露我的整个的一生，我的一生确实是从我认识你的那一天才开始的。在此之前我的生活郁郁寡欢、杂乱无章，它像一个蒙着灰尘、布满蛛网、散发着霉味的地窖，对它里面的人和事，我的心里早已忘却。你来的时候，我十三岁，就住在你现在住的那所房子里，现在你就在这所房子里，手里拿着这封信——我生命的最后一丝气息。我也住在那层楼上，正好在你对门。你一定记不得我们了，记不得那个贫苦的会计师的寡妇（她总是穿着孝服）和那个尚未完全发育的瘦小的孩子了——我们深居简出，不声不响地过着我们小市民的穷酸生活。你或许从来没有听到过我们的名字，因为我们房间的门上没有挂牌子，没有人来，也没有人来打听我们。何况事情已经过去很久了，过了十五六年了，不，你一定什么也不知道，我亲爱的，可是我呢，啊，我激情满怀地想起了每一件事，我第一次听说你，第一次见到你的那一天，不，是那一刻，我现在还记得很清楚，仿佛是今天的事。我怎么会不记得呢，因为对我来说世界从那时才开始。请耐心，亲爱的，我要向你从头诉说这一切，我求你听我谈一刻钟，不要疲倦。我爱了你一辈子也没有感到疲倦啊！

　　你搬进我们这所房子来以前，你的屋子里住的那家人又丑又凶，又爱吵架。他们自己穷困潦倒，却最恨邻居的贫困，也就是恨我们的穷困，因为我们不愿跟他们那种破落无产阶级的粗野行为沉瀣一气。这家的男人是个酒鬼，常打老婆。哐啷哐啷摔椅子、砸盘子的响声常常在半夜里把我们吵醒。有一回，那女人被打得头破血流，披头散发地逃到楼梯上，那个喝得酩酊大醉的男人跟在她后面狂呼乱叫，直到大家都从屋里出来，警告那汉子，再这么闹就要去叫警察了，这场戏才算收场。我母亲一开始就避免和这家人有任何交往，也不让我跟他们的孩子说话，为此，这帮孩子一有机会就对我进行报复。要是他们在街上碰见我，就跟在我后边喊脏话，有一回还用硬实的雪球砸我，打得我额头上鲜血直流。全楼的人都本能地恨这家人。突然有一次出了事——我想，那汉子因为偷东西给逮走了。那女人不得不收拾起她那点儿七零八碎的东西搬走，这下我们大家都松了口气。楼门口的墙上贴出了出租房间的条子，贴了几天就被拿掉了，消息很快从清洁工那儿传开，说是一位作家，一位文静的单身先生租了这套房子。那时我第一次听到你的名字。

　　这套房子给原住户弄得油腻不堪，几天之后，油漆工、粉刷工、清洁工、裱糊匠就来拾掇房间了，敲敲捶捶，又拖地又刮墙。但我母亲对此倒很满意，她说，对门又脏又乱的那一家终于走了。而你本人搬来的时候我还没有见到你的面：全部搬家工作都由你的仆人照料，那个个子矮小、神情严肃、头发灰白的管事的仆人，他轻声细语地、一板一眼地以居高临下的神气指挥着一切。他使我们大家都很感动，首先是因为一位管事的仆人在我们这座郊区楼房里是件很新奇的事；其次，他对所有的人都非常客气，但并不因此而降格把自己等同于一个普通仆人，和他们好朋友似的山南海北地谈天。从第一天起他就把我母亲看作太太，恭恭敬敬地向她打招呼，甚至对我这个丑丫头也总是既亲切又严肃。每逢他提到你的名字，他总带着某种崇敬，带着一种特殊的尊敬——大家马上就看出，他与你的关系远远超出了普通仆人的程度。为此我十分喜欢他，十分喜欢这个善良的老约翰，虽然我忌妒他时时可以在你身边侍候你。

我把一切都告诉你，亲爱的，把所有这些鸡毛蒜皮的、简直是可笑的小事都告诉你，为的是让你了解，从一开始你对我这个又腼腆又胆怯的孩子就具有那样的魔力。在你本人还没有闯入我的生活之前，你身上就围上了一圈灵光，一道富贵、奇特和神秘的光华——我们所有住在这幢郊区小楼里的人（这些生活天地非常狭小的人，对自己门前发生的一切新鲜事总是十分好奇），都在焦躁地等着你搬进来。一天下午，我放学回家，看到楼前停着搬家具的车，这时，对你的好奇心在我心里猛增。家具大都是笨重的大件，搬运工已经抬到楼上去了，当时正在把零星小件拿上去。我站在门口望着，对一切都感到很惊奇，因为你所有的东西都那样稀奇，我还从来没有见过，有印度神像、意大利雕塑、色彩鲜艳的巨幅绘画，最后是书，那么多么么好看的书，以前我连想都没有想到过。那些书都堆在门口,仆人在那里一本一本地拿起来,用小棍和掸帚仔仔细细地掸掉书上的灰尘。我好奇地围着那越堆越高的书堆蹑手蹑脚地走着,你的仆人并没有叫我走开,但也没有鼓励我待在那里,所以我一本书也不敢碰,虽然我很想摸一摸有些书的软皮封面。我只好从旁边怯生生地看看书名:有法文书、英文书,还有些书的文字我不认识。我当时想,我会看上几个小时的,这时我母亲把我叫进去了。

整个晚上我都没法儿不想你,而这还是在我认识你之前呀。我自己只有十来本便宜的破硬纸板装订的书,这几本书我爱不释手,一读再读。当时我在冥思苦索:这个人会是什么样子呢?他有那么多漂亮的书,而且都看过了,还懂得所有这些文字,他还那么有钱,同时又那么有学问。想到那么多书,我心里就滋生起一种超凡脱俗的敬畏之情。我在心里设想着你的模样:你是个老人,戴了副眼镜,留着长长的白胡子,有点儿像我们的地理教员,只是善良得多,漂亮得多,温和得多——我不知道,为什么我那时就肯定你是漂亮的,因为当时我还把你想象成一个老人呢。就在那天夜里,我还不认识你,我就第一次梦见了你。

第二天你搬来了,但是无论我怎么窥视,还是没能见你的面——这又更加激起了我的好奇心。终于在第三天我看见了你,我万万没有想到,你完全是另一副模样,和我孩子气的想象中的天父般的形象毫无共同之处。我梦见的是一位戴眼镜的慈祥的老人,现在你来了——你,你的样子还是和今天一样,你,岁月不知不觉地在你身上流逝,但你却丝毫没有变化!你穿了一件浅灰色的迷人的运动服，上楼梯的时候总是以你那种无比轻快的孩子般的姿态，老是一步跨两级。你手里拿着帽子，我以无法描述的惊讶望着你那表情生动的脸，脸上显得英姿勃发，一头秀美光泽的头发；真的，我惊讶得吓了一跳，你是那么年轻、那么漂亮、那么修长笔挺、那么标致潇洒。这事不是很奇怪吗？在那第一秒钟里，我就十分清楚地感觉到，你是非常独特的，我和所有别的人都意想不到地在你身上一再感觉到，你是一个具有双重人格的人，是个热情洋溢、逍遥自在、沉湎于玩乐和寻花问柳的年轻人，同时你在事业上又是一个十分严肃、责任心强、学识渊博、修养有素的人。我无意中感觉到了后来每个人都在你身上感觉到的印象，那就是你过着一种双重生活，它既有光明的、公开面向世界的一面，也有阴暗的、只有你一个人知道的一面——这个最最隐蔽的两面性，你一生的秘密，我，这个着了魔似的被你吸引住的十三岁的小姑娘，第一眼就感觉到了。

现在你明白了吧？亲爱的，当时对我这个孩子来说，你是一个多大的奇迹，一个多么诱人的谜呀！一个大家对他怀着敬畏的人，因为他写过书，因为他在那另一个大世界里颇有名气，现在突然发现他是个英俊潇洒、像孩子一样快乐的二十五岁的年轻人！我还要对你说吗？从这天起，在我们这座楼里，在我整个可怜的儿童天地里，没有什么比你更使我感兴趣的了。我把一个十三岁的姑娘的全部犟劲、全部缠住不放的执拗劲，一股脑儿都用来窥视你的生活、窥视你的起居了。我观察你，观察你的习惯，观察到你这儿来的人。这一切非但没有减少反而更增加了我对你本人的好奇心,因为来看望你的客人形形色色,三教九流,这就反映了你性格上的两重性。到你这里来的有年轻人、你的同学、一帮衣衫褴褛的大学生,你跟他们有说有笑,忘乎所以。有时又有一些坐小汽车来的太太。有一回,歌剧院的经理,那位伟大的乐队指挥来了,过去我只是怀着崇敬的心情远远地见到过他站在乐谱架前。到你这里来的人再就是些还在商业学校上学的小姑娘,她们扭扭捏捏地倏地一下就溜进了门去。总而言之,来的人里女人很多,很多。这方面我没有什么特别的想法,就是一天早晨我去上学的时候,看见一位太太头上蒙着面纱从你屋里出来,我也并不觉得有什么特别——我才十三岁呀,我以狂热的好奇心来探听和窥视你的行动,这在孩子的心中还并不知道,这种好奇心已经是爱情了。

　　但是,我亲爱的,那一天,那一刻,我整个地、永远地爱上你的那一天、那一刻,现在我还记得清清楚楚。我和一个女同学散了一会儿步,就站在大门口闲聊。这时开来一辆小汽车,车一停,你就以你那焦躁、敏捷的姿态——这姿态至今还使我对你倾心——从踏板上跳了下来,要进门去。一种下意识逼着我自己为你打开了门,这样我就挡了你的道,我们两人差点儿撞个满怀。你用那种温暖、柔和、多情的眼光望着我,这眼光就像是脉脉含情的表示,你还向我微微一笑——是的,我不能说是别的,只好说:向我脉脉含情地微微一笑,并用一种极轻的几乎是亲昵的声音说:"多谢啦,小姐!"

　　事情的经过就是这样,亲爱的,可是从那刻起,从我感到了那柔和的、脉脉含情的目光以后，我就属于你了。后来不久我就知道，对每个从你身边走过的女人，对每个卖给你东西的女店员，对每个给你开门的侍女，你一概投以你那拥抱式的、具有吸引力的、既脉脉含情又撩人销魂的目光，你那天生的诱惑者的目光。我还知道，在你身上这目光并不是有意识地表示心意和爱慕，而是因为你对女人所表现出的脉脉含情，所以你看她们的时候，不知不觉之中就使你的眼光变得柔和而温暖了。但是我这个十三岁的孩子却对此毫无所感：我心里像团烈火在燃烧。我以为你的柔情只是给我的，只是给我一人的，在那瞬间，我这个尚未成年的丫头的心里，已经感到自己是个女人，而这个女人永远属于你了。

"这个人是谁？"我的女友问道。我不能马上回答她。我不能把你的名字说出来。就在那一秒钟里，那唯一的一秒钟里，我觉得你的名字是神圣的，它成了我的秘密。"噢，一位先生，住在我们这座楼里。"我结结巴巴、笨嘴笨舌地说。"那他看你的时候你干吗要脸红啊？"我的女朋友使出了一个爱打听的孩子的全部恶毒劲冷嘲热讽地说。正因为我感到她的嘲讽触到了我的秘密，血就一下子升到了我的脸颊，让我感到更加火烧火燎。我狼狈之至，态度变得甚为粗鲁。"傻丫头！"我气冲冲地说。我真恨不得把她勒死。但是她却笑得更响，嘲弄得更加厉害，直到我感到盛怒之下泪水都流下来了。我就把她甩下，独自跑上楼去。

从那一秒钟起，我就爱上了你。我知道，许多女人对你这个被宠惯了的人常常说这句话。但是我相信，没有一个女人像我这样盲目地、忘我地爱过你，我对你永远忠贞不渝，因为世界上任何东西都比不上孩子暗地里悄悄所怀的爱情，因为这种爱情如此希望渺茫，曲意逢迎，卑躬屈节，低声下气，热情奔放，它与成年妇女那种欲火中烧的、本能地挑逗性的爱情并不一样。只有孤独的孩子才能将他们的全部热情集中起来，其余的人在社交活动中滥用自己的感情，在卿卿我我中把自己的感情消磨殆尽，他们听说过很多关于爱情的事，读过许多关于爱情的书。他们知道，爱情是人们的共同命运。他们玩弄爱情，就像玩弄一个玩具；他们夸耀爱情，就像男孩子夸耀他们抽了第一支香烟。但是我，我没有一个可以向他诉说我的心事的人，没有人开导我，没有人告诫我，我没有人生阅历，什么也不懂。我一下栽进了我的命运之中，就像跌入万丈深渊。在我心里生长、迸放的就只有你，我在梦里见到你，把你当作知音。我父亲早就过世了，我母亲总是郁郁寡欢，悲悲戚戚，她靠养老金为生，生性怯懦，掉片树叶还生怕砸了脑袋，所以我和她并不十分相投；那些开始沾上了行为不端这坏毛病的女同学又使我感到厌恶，因为她们轻佻地玩弄那在我心目中视为最高的激情的东西——因此我把原先散乱的全部激情，把我那颗压缩在一起而一再急不可待地想喷涌出来的整个心都一股脑儿向你掷去。在我的心里，你就是——我该怎么对你说呢？任何比喻都不为过分——你就是一切，是我的整个生命。人间万物之所以存在，只是因为都和你有关系，我生活中的一切，只有和你相连才有意义。你使我的整个生活变了个样。原先我在学校里学习并不太认真，成绩也是中等，现在突然成了第一名，我读了上千本书，往往每天读到深夜，因为我知道，你是喜欢书的；我突然以近乎有点儿顽固的劲头坚持不懈地练起钢琴来了，使我母亲大为惊讶，因为我想，你是喜欢音乐的。我把自己的衣服刷得干干净净，缝得整整齐齐，好在你面前显得干净利索，让你喜欢；我那条旧学生裙（是用我母亲的一件家常便服改的）的左侧打了一个四方的补丁，我感到难看极了。我怕你会看见这个补丁而瞧不起我，所以我上楼的时候，总是把书包压在那个补丁上，我吓得直哆嗦，生怕被你看出来。但是这多傻啊：你后来再也没有，几乎再也没有看过我一眼。

　　再说我，我整天都在等着你，窥视你的行踪，除此之外可以说是什么也没做。我们家的门上有一个小小的黄铜窥视孔，从这个小圆孔里可以看到对面你的房门。这个窥视孔——不，别笑我，亲爱的，就是今天，就是今天，我对那些时刻也并不感到羞愧！——这个窥视孔是我张望世界的眼睛，那几个月，那几年，我手里拿了本书，整个下午整个下午地坐在那里，坐在前屋里恭候你，生怕妈妈起疑心，我的心像琴弦一样绷得紧紧的，你一出现，它就不住地奏鸣。我时刻为了你，时刻处于紧张和激动之中，可是你对此却毫无感觉，就像你对口袋里装着的绷得紧紧的怀表的发条没有一丝感觉一样。怀表的发条耐心地在暗中数着你的钟点，量着你的时间，用听不见的心跳伴着你的行踪，而在它嘀嗒嘀嗒的几百万秒之中，你只有一次向它匆匆瞥了一眼。我知道你的一切，了解你的每一个习惯，认得你的每一条领带、每一件衣服，不久就认识并且能够一个个区分你那些朋友，还把他们分成我喜欢的和我讨厌的两类。我从十三岁到十六岁，每一小时都生活在你的身上。啊，我干了多少傻事！我去吻你的手摸过的门把手，捡一个你进门之前扔掉的雪茄烟头，在我心目中它是神圣的，因为你的嘴唇在上面接触过。晚上，我上百次借故跑到下面的胡同里，去看你那间亮着灯的屋子，虽然这样看不见你，但是能清清楚楚地感觉到你在那里。你出门去的那几个星期——我每次见那善良的约翰把你的黄旅行袋提下楼去，我的心便吓得停止了跳动——那几个星期我活着像死了一样，毫无意义。我满脸愁云，百无聊赖，茫然若失，不过我得时时小心，以免让母亲从我哭肿了的眼睛上看出我心头的绝望。

我知道，我现在告诉你的，全是些怪可笑的感情波澜、孩子气的蠢事。我该为这些事而害臊，但是我并不感到羞愧，因为我对你的爱情从来没有像在这种天真的激情中更为纯洁、更为热烈的了。我可以对你说上几小时，说上好几天，告诉你，我当时是怎么同你一起生活的，而你呢，连我的面貌还不认识，因为每当我在楼梯上碰到你而又躲不开的时候，由于怕你那灼人的眼光，我就低头打你身边跑走，就像一个人为了不被烈火烧着而纵身跳进水里一样。我可以对你说上几小时，说上好几天，告诉你那些你早已忘怀的岁月，给你展开你生活的全部日历，但是我不愿使你厌倦，不愿折磨你。我要讲给你听的，只有我童年时期最最美好的那次经历。我请你不要嘲笑我，因为这是一件微乎其微的小事，但是对我这个孩子来说，这可是件天大的大事。那是个星期天。你出门去了，你的仆人打开房门，把那几块他已经拍打干净的、沉重的地毯拽进屋去。他，这个好人，干得非常吃力，我一时胆大包天，走到他跟前，问他要不要我帮他一把。他很惊讶，但还是让我帮了他，这样我就看见了你的寓所的内部、你的天地、你常常坐在那儿的书桌、桌上的一个蓝水晶花瓶里插着的几朵鲜花，看见了你的柜子、你的画、你的书——我只能告诉你，我当时怀着多么大的崇敬，甚至虔诚的仰慕之情啊！对你的生活我只是匆匆地偷望了一眼，因为约翰，你那忠实的仆人，是一定不会让我仔细观看的。可是就是这么看了一眼，我就把整个气氛吸进了胸里，这就有了入梦的营养，就能无休止地梦见你，无论醒着还是睡着。

那，那飞快的一分钟，是我童年时代最最幸福的时刻。我要把那个时刻讲给你听，好让你这个并不认识我的人终于能开始感觉到，有一个生命在依恋着你并为你而消殒。那个最最幸福的时刻我要告诉你，还有那个时刻，那个最最可怕的时刻也要告诉你，可惜这两个时刻是互相紧挨着的。为了你的缘故——我刚才已经对你说过——我把一切都忘掉了，我没有注意我的母亲，对任何人都不关心。我没有注意到，一位年纪稍长的先生，一位因斯布鲁克的商人，我母亲的远亲，常常到我们家里来，每回都待得很久，是的，这倒使我感到很高兴，因为他有时带我母亲去看戏，这样我便可以独自待在家里，想着你，守候着你。这可是我的最大最大的、我的唯一的幸福！一天，母亲郑重其事地把我叫到她房间里，说要跟我一本正经地谈一谈。我吓得脸都白了，听到自己的心突然怦怦直跳：她会不会感觉到了什么、看出了什么苗头？我马上想到的就是你，就是这个秘密，这个把我和世界联系在一起的秘密。但是妈妈自己却感到有些不好意思，她温柔地吻了我一两下（她平素从来不吻我），把我拉到沙发上挨她坐着，然后吞吞吐吐、羞怯地开始说，她的亲戚是个鳏夫，向她求婚，而她呢，主要是为了我，就决定答应他的要求。一股热血涌到我的心头：我内心里只有一个念头，我的全部心思都在你的身上。"我们还住在这儿吧？"我结结巴巴地勉强说出这句话来。"不，我们要搬到因斯布鲁克去，斐迪南在那里有座漂亮的别墅。"别的话我什么也没有听见。我觉得眼前发黑。后来我知道，当时我晕倒了。我听见母亲对等候在门后的继父悄声说话时，我突然伸开双手往后一仰，随后就像块铅似的摔倒了。以后几天里发生的事情，我，一个不能自己做主的孩子，是如何反抗她那说一不二的意志的，这些我都无法向你描述了。就是现在，一想到这件事，我正在写信的手还发抖呢。我真正的秘密是不能泄露的，因此我的反抗就显得纯粹是耍牛脾气，故意作对，成心别扭。谁也不再跟我说了，一切都在暗地里进行。他们利用我上学的时间搬运行李，等我回到家里，总是不是少了这样就是卖了那件。我看着我们的屋子，觉得我的生活变得零落了。有一次我回家吃午饭的时候，搬家具的人正在包装东西，把什么都搬走了。空空荡荡的屋子里放着收拾好了的箱子以及母亲和我每人一张行军床。我们还要在这里睡一夜，最后一夜，明天就动身到因斯布鲁克去。

在这最后的一天，我怀着一种突然的果断心情感觉到，没有你在身边，我是不能活的。除了你，我想不出别的什么解救办法。我当时心里是怎么想的,在那绝望的时刻我究竟能不能头脑清楚地进行思考,这些我永远也说不出来,可是我突然站了起来,身上穿着学生装——我母亲不在家——走到对门你那里去。不,我不是走去的,我两腿发僵,全身哆嗦着,被一种磁石一般的力量吸到你的门口。我已经对你说过,我自己也不知道,我想干什么。跪在你的脚下,求你收留我做个女仆,做个奴隶,我怕你会对一个十五岁的姑娘的这种纯真无邪的狂热感到好笑,但是,亲爱的,要是你知道,我当时如何站在冰冷的楼道里,由于恐惧而全身僵硬,可是又被一种捉摸不到的力量推着朝前走;我又是如何把我的胳膊,那颤抖着的胳膊,可以说是硬从自己身上扯开,抬起手来——这场搏斗虽只经历了可怕的几秒钟,却像是永恒的——用手指去按你门铃的按钮,要是你知道了这一切,你就不会再笑了。那刺耳的铃声至今还在我的耳朵里回响,随之而来的是沉寂,之后——这时我的心脏停止了跳动,我全身的血液凝固了——我只是竖起耳朵听着,你是不是来开门。

但是你没有来。谁也没有来。那天下午你显然出去了,约翰可能是为你办事去了。于是我就蹒跚地——单调刺耳的门铃声还在我的耳边震响——回到我们满目凄凉、空空如也的屋子里,精疲力竭地一头倒在一条花呢旅行毯上。这四步路走得我疲乏之至,仿佛在深深的雪地里走了好几个小时似的,虽然疲惫不堪,可是他们把我拉走之前我要见到你,跟你说话的决心依然在燃烧,并未熄灭。我向你发誓,这里面并没有一丝情欲的念头,我当时还不懂,除了你之外,我什么都不想。我只想见到你,只还想见一次,紧紧地抱着你。于是,整整一夜,漫长而可怕的整整一夜,亲爱的,我都在等待着你。母亲刚一上床睡着,我就蹑手蹑脚地溜到前屋里,侧耳倾听,你什么时候回家。整整一夜我都在等待着,而这可是一个冰冷的一月之夜啊!我疲惫不堪,四肢疼痛,想坐一坐,可是屋里连把椅子都没有了,于是我就平躺在冷冰冰的地板上。从房门底下的缝隙里嗖嗖地吹进股股寒风。我的衣服穿得很单薄,又没有拿毯子,躺在冰冷的地板上,浑身骨节眼里都感到刺痛。我倒是不想暖和,生怕一暖和就会睡着,就听不到你的脚步声了。这是很难受的,我的两只脚痉挛了,紧紧蜷缩在一起,我的胳膊颤抖着。我只好一次又一次地站起来,在这漆黑的夜里,可真把人冻死了。但是我等待着,等待着,等待着你,宛如等待着我的命运。

终于——已经是凌晨两三点钟了吧——我听见下面开大门的声音,接着就有上楼梯的脚步声。顿时我身上的寒意全然消失,一股热流在我心头激荡。我轻轻地开了房门,准备冲到你面前,伏在你的脚下……啊,我真不知道,我这个傻姑娘当时会干出什么事来。脚步声越来越近。烛光忽闪忽闪地照到了楼上。我哆哆嗦嗦地握着房门的把手。来的人果真是你吗?

是,是你,亲爱的——但你不是独自一人。我听到一阵挑逗性的轻笑、绸衣服拖在地上发出的窸窣声和你低声细语的说话声——你是带了一个女人回家来的……

我不知道,我是如何挨过这一夜的。第二天上午八点钟,他们就把我拖往因斯布鲁克,我已经没有一丝力气来反抗了。

我的孩子已在昨天夜里去世了——如果我当真还要继续活下去的话,那我又将是孤苦伶仃的一个人了。明天要来人了,那些陌生的、黑炭似的大个儿笨汉子,他们将抬一口棺材来,收殓我那可怜的、我那唯一的孩子。也许朋友们也会来,送来花圈,但是鲜花放在棺材上又顶什么用?他们会来安慰我,对我说几句,说几句话,但是他们又能帮得了我些什么呢?我知道,这以后我又是孤零零一个人了。再也没有什么东西比在人群之中感到孤独更可怕的了。这一点我那时就体会到了,在因斯布鲁克度过的没有尽头的两年岁月里,即从我十六岁到十八岁的时候,像个囚犯,像个被摈弃的人似的生活在家里的两年时间里,就体会到了这一点。继父是个生性平和、寡言少语的人,对我很好,我母亲好像为了弥补她无意之中所犯的过失,对我的一切要求总是全部给予满足。年轻人围着我献殷勤,但是我都斩钉截铁地对他们一概加以拒绝。不和你在一起,我就不想幸福地、惬意地生活,我把自己埋进了一个晦暗的、寂寞的世界里,自己折磨自己。他们给我买的新花衣服我不穿,我不肯去听音乐会,不肯去看戏或者跟大家一起兴高采烈地去郊游。我几乎连胡同都不出。你会相信吗,亲爱的?我在这座小城里住了两年,认识的街道还不上十条。我悲伤,我要悲伤,看不见你,我就强迫自己过清淡的生活,并且还以此为乐。再有,我怀着一股热情,只希望生活在你的心里,我不愿让别的事情来转移这种热情。我独自一人坐在家里,一坐就是几小时,就是一整天,什么也不做,只是想着你,一次一次地、反反复复地重温对你的数百件细小事情的回忆。每次见你啦,每次等你啦,就像在剧院里似的,这些细小的插曲一幕幕从我的心里闪过。因为我把往日的每一秒钟都回味了无数次,因此我的整个童年时期还都历历在目,对那些逝去的岁月的每一分钟我都感到十分灼热和新鲜,仿佛是昨天在我身上发生的事。

那时我的整个身心全都扑在了你的身上。你写的书我全都买了。要是哪天的报上登有你的名字,那这天对我就像节日一样。你相信吗?你的书的每一行我都能背下来,我一遍又一遍地把你的书读得滚瓜烂熟。要是有人半夜里把我从睡梦中叫醒,从你的书里抽出一行来念给我听,今天,隔了十三年,今天我还能接着念下去,就像在梦里一样:你的每一句话对我来说都是福音书和祷告文。整个世界,只是和你有关,它才存在;我在维也纳的报纸上翻阅音乐会和首演的广告,心里只有一个想法,那就是哪些演出会使你感兴趣;一到黄昏,我就在远方陪伴着你:现在他进了剧场大厅,现在他坐下来了。这事我梦见过千百次,因为我曾经有一次,唯一的一次,在一次音乐会上见到过你。

可是我说这些干什么呢?说一个被遗弃的孩子的这些疯狂的、自己糟蹋自己的,这些如此悲惨、如此绝望的狂热干什么呢?把这些告诉一个对此一无所感、毫无所知的人干什么呢?那时我确实不还是个孩子吗?我长到十七岁、十八岁了——年轻人开始在街上转过头来看我了,可是他们只能使我火冒三丈。因为想着和别人,而不是和你谈恋爱,即使只是拿恋爱开个玩笑,我也觉得简直是闻所未闻、难以理解的,在我看来,受勾引本身就已经犯了罪。我对你的激情始终犹如当年，只是随着我身体的发育和性欲的萌发而变得更加炽烈、更加肉感、更加女性罢了。当时在那个女孩子，那个去按你的门铃的女孩子的朦胧无知的意识中没能预感到的东西，现在成了我的唯一的思想：把自己献给你，完全委身于你。

我周围的人认为我腼腆，都说我怕羞（我紧咬牙关，关于我的秘密，一个字也不露出来）。但是在我心里却滋长了钢铁般的意志。我的全部心思都集中在一点上：回到维也纳，回到你的身边去。我费了好大的劲，终于实现了自己的愿望，在别人看来，我的这个愿望也许是荒谬的，不可理解的。我的继父颇有资财，他把我当作他的亲生女。我直闹着要自己挣钱来养活自己，后来终于达到了这个目的。我来到维也纳的一个亲戚家，在一家服装店里当职员。

在一个雾蒙蒙的秋日，我终于，终于来到了维也纳！难道还要我告诉你，我到维也纳以后第一程路是往哪儿去的吗？我把箱子存放在火车站，跳上一辆电车——我觉得电车开得太慢啦，每停一站都使我感到恼火——一直奔到那座楼房前面。你的窗户亮着灯，我的整个心灵发出了动听的声音。这座城市，这座曾经如此陌生、如此毫无意义地在我四周喧嚣嘈杂的城市，现在才有了生气，我现在才重新复活，因为我感觉到你就在近旁，你，我那永恒的梦。我并没有感觉到，无论隔着多少峡谷、高山、河流，或是在你和我闪着喜悦光芒的目光之间只隔着一层透明的薄玻璃，我对于你的意识来说，实际上都是一样遥远的。我抬头仰望，仰望：这儿有灯光，这儿是楼房，你就在这儿,这儿就是我的世界。对于这一时刻,我已经做了两年的梦了,现在总算赐给了我。这个漫长、柔和、云遮雾漫的夜晚,我在你的窗前站了很久,直到你房里的灯熄灭以后,我才去寻找我的住处。

这以后,我每天晚上都这样站在你的房前。我在店里干活儿一直干到六点钟才结束,活计很重,很累,但我很喜欢,因为工作很杂乱,我对自己内心的不宁也就不那么感到痛楚了。等到卷帘式铁百叶窗在我身后哐当一声落了下来,我就直奔我心爱的目的地。只想看你一眼,只想碰见你一次,只想用我的目光远远地再次抚摸你的脸庞——这就是我唯一的心愿。大约一个星期之后,我终于遇见了你,而且恰恰在我没有预料到的那一瞬间:我正抬头朝你的窗户张望的时候,你横穿马路过来了。突然,我又变成了那个小姑娘,那个十三岁的小姑娘,我感到热血涌上我的面颊。违背我渴望看见你的眼睛的内心冲动,我下意识地低下了头,像是有人在追我似的,从你身边一溜烟似的跑了过去。后来,我为自己这种女学生似的胆怯的逃遁而感到羞愧,因为现在我的目的是一清二楚的:我想遇见你,我在找你,过了那么多渴望、难熬的岁月,我希望你能认出我来,希望你注意到我,希望你爱上我。

但是你好长时间都没有注意到我。虽然每天晚上,无论是下着纷飞的大雪,还是刮着维也纳凛冽刺骨的寒风,我都站在你那条胡同里。我往往白等几小时,有时候等了半天以后,你终于在朋友的陪伴下从屋里走了出来。有两次,我还看见你和女人在一起。当我看见一位陌生女人同你紧挽胳膊一起走的时候,我感觉到了自己的成人意识,我的心突然颤了一下,把我的灵魂也撕裂了,这时我感觉到对你有一种新的异样的感情。我并没有吃惊,我在儿童时代就已经知道女人是陪伴你的常客,可是现在却使我突然感到有种肉体上的痛苦,我心里那根感情之弦绷得紧紧的,对你跟另一个女人的这种明显的肉体上的亲昵感到非常敌视,同时自己也很想得到。我当时有种孩子气的自尊心,也许今天还保留着,所以一整天都没有到你的屋子跟前去。但是这个抗拒和愤恨的空虚的夜晚是多么可怕呀!第二天晚上,我又低声下气地站在你的房子跟前,等呀等,就像我的整个命运都站在你那关闭的生活之前似的。

  一天晚上,你终于注意到我了。我已经看见你远远地过来了,我就振作起自己的意志,别又躲开你。说也凑巧,有辆货车停在街上要卸货,因而把马路堵得很窄,你就只好紧挨着我的身边走过去。你那心不在焉的目光下意识地扫了我一眼,它刚遇到我全神贯注的目光,就立即变成了——回忆起心里的往事,使我猛然一惊!——你那种勾引女人的目光,变成了那温存的、既脉脉含情又撩人销魂的、那拥抱式的、盯住不放的目光,这目光从前曾把我这个小姑娘唤醒,使我第一次成了女人,成了正在恋爱的女人。有一两秒钟之久,你的目光就这样凝视着我的目光,而我的目光却不能也不愿意离开你的目光——随后你就从我身边走了过去。我的心怦怦直跳,我下意识地放慢了脚步,出于一种无法抑制的好奇心,我转过头来,看见你停住了,正在回头看我。从你好奇地、饶有兴趣地注视着我的神态里,我立刻就知道:你没有认出我来。

你没有认出我来,那时候没有,一直,你一直也没有认出我来。亲爱的,我怎么来向你描述那一瞬间的失望呢——当时我是第一次遭受到没有被你认出来的命运啊,这种命运贯穿在我的一生中,并且我还将带着它离开人世;没有被你认出来,一直还没有被你认出来。我怎么来向你描述这种失望呢?因为你看,在因斯布鲁克的两年中,我时刻都想着你,什么也不做,只是想象我们在维也纳的第一次重逢,根据自己的情绪状态,做着最幸福的和最可怕的梦。如果可以这么说的话,一切我都在梦里想过了:在我心情阴郁的时候,我设想过,你会拒我于门外,你会鄙视我,因为我太卑微、太丑陋、太不顾羞耻。你各种各样的怨恨、冷酷、淡漠,这一切我在热烈的幻象中都经历过了——可是这一点,这最最可怕的一点,就是在我心情最阴郁、自卑感最严重的时候,也没有敢去考虑过:你根本丝毫没有注意到我的存在。今天我懂得了——啊,那是你教我懂得的!——少女和女人的脸在男人眼里一定是变化无常的,因为脸通常只是一面镜子,时而是热情的镜子,时而是天真烂漫的镜子,时而又是疲惫的镜子,镜子中的形象极易流逝,所以一个男人也就更加容易忘记一个女人的容貌,因为年龄就在这面镜子里带着光和影逐渐流逝,因为服装会把一个女人的脸一下打扮成这样,等会儿又变成那样。那些听天由命的人,她们才是真正的智者。可是当时我这个少女,我对你的健忘还不能理解,由于我自己毫无节制、时刻不停地想着你,所以就产生了一种幻景,以为你也一定常常想着我,在等着我;如果我知道,你的心里并没有我,压根儿连想都没有想过我,那我活着还有什么意思？你的目光使我清醒了，你的目光表示，你一点儿也不认识我了，关于你的生活和我的生活之间，你竟连一根蛛丝那样的些微记忆也没有了。面对这样的目光，我如梦初醒，第一次跌到了现实之中，第一次预感到了自己的命运。

你那时没有认出我来。两天以后我们又再次相遇，你的目光带着点儿亲昵的神情周身打量着我，这时你依旧没有认出我就是曾经爱过你的、被你唤醒的那个姑娘，你只认出我是那个漂亮的十八岁的姑娘，两天以前曾在同一地点同你迎面相逢。你亲切而惊讶地看着我，嘴角挂着一丝轻柔的微笑。你又从我的身边走过去，马上又放慢了脚步。我颤抖，我狂喜，我祈祷，希望你来跟我打招呼。我感到，我第一次为你而充满了活力，我也放慢了脚步，没有躲开你。突然，我没有回头便感觉到你在我的身后，我知道，这回我可以第一次听到你对我说话的可爱的声音了。这种期待的心情几乎使我软瘫了，我担心自己可能不得不停下来，心里像有十五个吊桶——七上八下。这时，你走到我旁边来了。你用你特有的那种轻松愉快的神情跟我攀谈，仿佛我们是早就认识的老朋友了——啊，你没有感觉出我这个人，你也从来没有感觉出我的生活！——你跟我说话的神态是那么富有魅力，那么泰然自若，甚至我也能够跟你搭话了。我们一起走了一条胡同，这时你问我，是否愿意我们一起去吃饭。我说："行。"我怎敢拒绝你呢？

我们一起在一家小饭馆里吃饭——你还记得那家饭馆在哪里吗？啊，不，你一定跟其他这样的晚餐分不清了，因为在你心目中，我算不了什么，只不过是数万个女人中的一个，许许多多不胜枚举的风流艳遇中的一桩罢了。你有什么好想起我来的：我说得很少，因为在你身边，听你跟我说话，我就感到无限幸福了。我不愿意由于一个问题、一句愚蠢的话而白白浪费一秒钟。我永远不会忘记感谢你的这个时刻，你的心里满满地盛着我的热情的崇敬，你的举止如此温存风雅，轻松愉快，识体知礼，毫无迫不及待的妄为，没有匆忙的谄媚讨好的表示，从第一个瞬间起，就亲切自重，如逢知己。我早就把自己整个身心都献给你了，即使未下这个决心，单凭你此刻的举止，也会赢得我的心的。啊，你可不知道，我傻乎乎地等了你五年，你没有使我失望，你简直使我高兴得忘乎所以了！

　　天已经很晚了，我们起身离去。走到饭馆门口时，你问我是否忙着回家，是否还有点儿时间。我怎么能瞒着你，怎么能不告诉你我乐意听从你的意愿呢？我说，我还有时间。随后，你稍稍迟疑了一下，就问我是否愿意上你那里去聊一会儿。"好啊！"我自然而然地脱口而出，随后我立即发现，你对我如此迅速的允诺感到有点儿难堪或者高兴，反正显然感到十分意外。今天我明白了你的这种惊异，我知道，一个女人，即使她心里火烧火燎的，想委身于人，但是她们通常总要否认自己有这种打算，还要装出一副惊恐万状或者怒不可遏的样子，非等男人再三恳求，说一通弥天大谎，赌咒发誓和做出种种许诺，这才愿意平息下来。我知道，也许只有那些吃爱情饭的妓女或是幼稚天真、年未及笄的小姑娘才会兴高采烈地满口答应那样的邀请。但是在我心里，这件事只不过是——你怎么能料想得到呢——化成了语言的心愿，千百个白天黑夜所凝聚、而现在突然迸发的相思而已。总之，当时你很吃一惊，我开始使你对我发生兴趣了。我觉察到，我们一起走的时候，你一边说着话，一边带着某种惊异的神情从侧面打量着我。你的感觉，你那对于一切人性的东西具有魔术般的十拿九稳的感觉，在这里你立即在这位漂亮、柔顺的姑娘身上嗅出了一种不同寻常的东西，嗅出了一个秘密。于是，你好奇心大发，我觉察到，你想从一连串拐弯抹角的、试探性的问题着手，来摸清这个秘密。可是我避开了你，我宁可显得傻里傻气的样子，也不愿对你泄露我的秘密。

我们上楼到你屋里。请原谅，亲爱的，要是我对你说，你不可能明白，这楼道，这楼梯对我来说意味着什么，当时我的心里充满了何等样的陶醉，何等样的迷乱，何等样的疯狂、痛苦，几乎是致命的幸福啊！我现在想起这些，还不禁泪湿衣襟，然而我已经没有眼泪了。你想一想吧，那里每一件东西都好像渗透了我的激情，每一样东西都是我童年时代、是我的憧憬的象征：那大门，我在前面等过你千百次的大门；那楼梯，我在那里倾听你的脚步声，并在那儿第一次看见你的楼梯；那窥视孔，通过那个小孔我看得神魂颠倒；你房门口铺的小地毯，有次我曾在上面跪过；那钥匙的响声，每回一听到这声音，我总是从我潜伏的地方猛地一跃而起。我的整个童年和我的全部激情都寄托在这几平方米大的空间里了，我的生命就在这里，而现在命运像暴风雨似的降落到我的头上来了，因为一切一切都如愿以偿了，我和你在一起走，我和你在你的、在我们的房子里走着。你想想吧——这话听起来毫无意思，可我不知道怎么用别的话来说,一直到你房门口为止——一切都是现实,都是一辈子沉闷的、日常的世界,从那儿起,孩子的仙境,阿拉丁①的王国就开始了;你想一想,这房门我曾急不可待地盯过千百回,如今我飘飘然地走了进去,你将会预料到——但仅仅是预料到,永远也不会完全知道,我亲爱的!——这转瞬即逝的一分钟从我的生活里带走了什么。

那个晚上,我在你身边整整待了一夜。你可能没有想到,在这以前还从来没有一个男人触摸过我,没有一个男人紧贴着或者看见过我的身子哩。但是亲爱的,你又怎么会想到呢,因为我对你毫无反抗,我压制了因羞怯而产生的忸怩,只是为了使你无法猜到我对你的爱情的秘密,要是你猜了出来,准会把你吓一大跳的——因为你喜欢的只是轻松自在,嬉戏玩耍,怡然自得,你生怕干预别人的命运。你喜欢对所有的女人像蜜蜂采花似的对世界滥施爱情,而不愿做出任何牺牲。假如我现在对你说,亲爱的,我对你委身的时候还是个处女,那么我求求你,不要误解我!我不埋怨你,你并没有引诱我,欺骗我,勾引我——是我,是我自己硬凑到你跟前、投入你的怀抱、栽进自己的命运中去的。我永远、永远不会埋怨你,不,我只有永远感谢你,因为对我说来那一夜是至极的欢乐,闪光的喜悦,飘飘欲仙的幸福。那天夜里,我一睁开眼,感到你在我的身

---

① 阿拉丁,《一千零一夜》中的人物。巫师叫阿拉丁从井里取出一盏神灯并说,只要把灯一蹭,立即就有位神灵来到你的跟前,可以满足你的一切要求。阿拉丁发现这个秘密后,就拿走了这盏灯,并娶了一个公主为妻。巫师为了得到这盏神灯,曾想了各种办法但依然未能如愿。

边，总是感到奇怪，星星怎么没有在我头上闪烁，因为我真觉得自己到了天上了——不，我从来没有后悔，我亲爱的，从来没有因为那一刻而后悔。我还记得，你睡着了，我听着你的呼吸，贴着你的身子，感到自己挨你那么近，在黑暗中我流出了幸福的泪水。

　　第二天一大早我就急着要走。我得到店里去，也想在仆人来到之前就走，可不能让他看见。当我穿好衣服站在你面前时，你把我搂在怀里，久久地端视着我；莫非在你心里激荡着某个模糊而遥远的回忆，或者你只是觉得我当时神采飞扬、容貌美丽呢？然后你在我嘴上吻了一下。我轻轻从你手里挣脱，想走掉。这时你问我："你带几朵花去，好吗？"我说好吧。你就从书桌上的蓝水晶花瓶（啊，这只花瓶我是认识的，小时候我曾偷看过一眼）里取出四朵洁白的玫瑰给了我。连着几天我都不住地吻这几朵玫瑰哩。

　　我们事前约好在另一个晚上见面。我去了，那晚又是那么美妙。你还赐给了我第三夜。后来你就对我说，你要出门了——噢，我从小就恨你的这种旅行！——你答应我，一回来就立即通知我。我给了你一个留局待取的地址——我不愿把我的姓名告诉你。我保守着自己的秘密。你又给了我几朵玫瑰作为临别纪念——作为临别纪念。

　　这两个月里我每天都去问……唉，算了，向你描述这种期待和绝望的极度痛苦干什么呢？我不埋怨你，我爱你，爱的就是这个你：感情炽烈，生性健忘，一见倾心，爱不忠诚。我爱你这个人就是这个样，只是这个样，你过去一直是这个样，现在还是这个样。你早就回来了,从你亮着灯的窗户我断定你回来了,你没有给我写信。在我生命的最后时刻,我也没有收到你的一行字,你的一行字,而我却把自己的生命都给了你。我等着,绝望地等着。你没有叫我,没有给我写一行字……没有写一行字……

我的孩子昨天死了——他也是你的孩子呀。他也是你的孩子,亲爱的,这是那如胶似漆的三夜所凝结的孩子,这一点我向你发誓。人之将死,其言也真,我快踏上黄泉路了,是不会撒谎的。这是我们的孩子,我向你发誓,因为从我委身于你的那一刻到这孩子从我肚子里生出来这一段时间里,没有任何男人接触过我的身子。我的身子任你紧紧贴过之后,我就有了一种神圣的感觉:我怎么能把自己既给你又给别人呢?你是我的一切,而别人只不过是从我生命边上轻轻擦过的路人。他是我们的孩子,亲爱的,是我那专一不二的爱情和你那漫不经心、毫不在乎、几乎是无意识的柔情蜜意所凝成的孩子,他是我俩的孩子,我俩的儿子,我俩唯一的孩子。那么你一定要问——也许吓一大跳,也许只是不胜惊愕——那么你一定要问,我的亲爱的,问我在这么多年的漫长岁月里,为什么不把这个孩子告诉你,一直到今天他躺在这里,躺在这里的黑暗里的时候才谈到他,而此刻他已准备去了,永远不再回来了,永远不再回来了!可是我又怎么能告诉你关于孩子的事呢?我这个与你素昧平生的女人,我这个心甘情愿地跟你过了销魂荡魄的三夜而且毫不反抗甚至是渴求地向你敞开了自己心怀的陌生女人,对她你是永远也不会相信的,你永远不会相信,她这么个跟你短暂萍水相逢的无名女人,会对你这个不忠诚的男人忠贞不渝,你永远也不会毫无疑虑地承认这孩子是你的亲生骨肉!即使你觉得我的话蛮有道理,真假难分,你也不可能消除这种暗暗的怀疑:我很富有,为此你企图把你在另一次风流欢会时种下的这个孩子硬塞给我。这样你就会对我猜疑,在你和我之间就会产生一片阴影,一片飘浮不定、腼腆的怀疑的阴影。这我不愿意。再说,我了解你,非常了解你,比你对自己了解得还清楚,我知道,你这个人只喜欢爱情中无忧无虑,轻松自在,游戏玩耍,要是突然间成了父亲,突然间要对一个生命负责,那你一定会感到难堪而棘手的。你一定会觉得,好像我把你拴住了,而你这个人是只有在自由自在的情况下才能呼吸的。因为我把你拴住了,你一定会因此而恨我的——不错,我知道,你会违背你自己清醒的意志而恨我的。也许只有几小时,也许只有短短的几分钟,你会觉得我是个累赘,会恨我——但是我要保持我的自尊心,我要让你这一辈子想起我的时候没有一丝忧虑。我宁可独自承担一切,也不愿让你背上个包袱,我要使自己成为你所钟情过的女人中的独一无二的一个,让你永远怀着爱情和感激来思念她。可是当然,你从来也没有思念过我,你已经把我忘到九霄云外了。

我不埋怨你,我的亲爱的,不,我不埋怨你。如果我的笔下偶尔流露出几滴苦痛的话,那就请你原谅我,请你原谅我——我的孩子——我们的孩子死了,就躺在这里影影绰绰的烛光下。我冲上帝攥紧拳头,管他叫凶手,我的心绪阴郁,神志紊乱。请原谅我倾吐我的哀怨,原谅我吧!我知道,你是善良的,内心深处是乐于助人的,你帮助每一个人,就是素昧平生的人有求于你,你也给予帮助。你的恩惠非常奇特,它对每个人都是敞开的,因此谁都可以自取,两只手能抓多少就取多少;你的恩惠是博大的,是博大无际的,你的恩惠,但是,它是——请原谅我——懒散的。你的恩惠要人家提醒,要人自己去拿。你帮助人要人家叫你,求你,你帮助人是出于害羞,出于软弱,而不是出于快乐。容我坦率地对你说吧,你可以和别人共幸福,而不愿和人共患难。像你这样的人,即使是其中最有良心的人,求他也是很难的。有一次,那时我还是孩子,我从门上的窥视孔里看见有个乞丐按响了你的门铃,当时你给了他一点儿钱。还没等他开口向你要,你就迅速给了他,甚至给得很不少,可是你给他的时候心里有点儿害怕,是慌慌张张地递给他的,好把他立即打发走,仿佛你怕看他的眼睛似的。你帮助人家的时候那种忐忑不安、羞羞答答、怕人感激的神态,我永远忘不了,因此我从来也不去求你。当然,我知道,那时即使你还拿不准这是你的孩子,你也会帮助我的,你也一定会安慰我,给我钱,给我一笔数目相当可观的钱,可是你心里却总悄悄怀着焦躁的情绪,要把这件煞风景的事从你身上推得一干二净;是的,我相信,你甚至会说服我尽早把胎打掉。这是我顶顶害怕的事,因为你所希望的事,我怎么会不去做呢,我又怎么能拒绝你的要求呢?可是这孩子就是我的一切,他也确实是你的,他就是你,但已经不再是那个我无法驾驭的、幸福无忧的你了,而是那个永远——我这样认为——给了我的、禁锢在我的身体里、连着我生命的你了。现在我终于把你捉住了，我可以在自己的血管里感到你在生长，感到你的生命在生长，只要我心里忍不住了，我就可以用食品喂你，用乳汁哺你，可以轻轻抚摸你，温柔地吻你。你瞧，亲爱的，因此当我知道，我怀了你的孩子，我是多么幸福，因此我就没有把这事对你说，因为这样，你就再也不会从我身边逃走了。

当然，亲爱的，后来的生活也并不全是我原先所想的那种幸福的日子，也有的日子充满了恐惧和烦恼，充满了对人的卑鄙下流的憎恶。我的日子过得很艰难。为了不让我的亲戚发现我怀了孕，并把这事告诉我家里，因此临产前的几个月我不能再到店里去上班了。我不愿向我母亲要钱——我就把身边有的那点儿首饰卖掉，这样才勉强维持了分娩前那段时间的生活。分娩前一星期，一个洗衣女工从柜子里偷走了我剩下的最后几枚克朗，因此我只得进了一家妇产医院。只有那些身上分文不名的穷人，那些被抛弃、被遗忘的女人，在走投无路的时候才到那里去，置身于贫困的社会渣滓之中，这孩子，你的孩子，就是在那里呱呱坠地的。那儿真是叫人活不下去：陌生，陌生，一切都陌生，我们躺在那儿的人，互相也都是陌生的，大家寂寞孤独，彼此仇视，大家都是被贫困，被同样的痛苦踢进这间沉闷的、充满哥罗仿①和血腥气、充满叫喊和呻吟的产房里来的。穷人不得不忍受的轻薄，精神上和肉体上的羞辱，在那里我全受过了：我得跟那些娼妓、那些病人挤在一起，她们

---

① 哥罗仿，即氯仿，亦称三氯甲烷，常用作溶剂和麻醉药。

惯于对有同样命运的病人使坏；我忍受了年轻医生的玩世不恭的态度，他们脸上挂着一丝嘲讽的微笑，掀开我这个毫无反抗力的女人的被单，在我身上摸来摸去，美其名曰检查；我忍受着女护理人员贪得无厌的私欲——啊，在那里，人的羞耻心被目光钉上了十字架，任凭语言的鞭笞。只有写着你的名字的那块牌子，在那里只有这块东西还是你自己，因为那床上躺着的只不过是一块抽搐着的、任凭好奇的人东捏西摸的肉，只不过是一个供观赏和研究的对象而已——啊，那些妇女，那些在自己家里为守候着她们的温存爱抚的丈夫生孩子的妇女，她们不懂得举目无亲、不能防卫，像在实验桌上似的把个孩子生下来是个什么滋味！要是我今天在哪本书里看到"地狱"这个词，我就仍然会不由自主地突然想到那间塞得满满的、水汽腾腾的、充满了呻吟、狂笑和惨叫的产房，那间宰割羞耻心的屠场，我就是在那儿遭的罪。

请原谅，请原谅我说了这些事。可是我就谈这一次，以后永远、永远不再说了。这些事十一年来我一句也没说过，不久我就将闭口不语，直到无垠的永恒。但是我得叫喊一次，嚷一次：为了这个孩子，我付出了多么昂贵的代价啊！这孩子就是我的幸福，如今他躺在那里，已经停止了呼吸。我已经忘掉了那些时刻，在孩子的笑容和声音里，在他的幸福中早就把它们忘到九霄云外了。但是现在孩子死了，痛苦又潜入了我的心头，这一次，就这一次，我得把它从心里倾吐出来。但是我并不是埋怨你，我只是埋怨上帝，是他让这些痛苦到处狂奔乱闯的。我不埋怨你，我向你发誓，我从来没有对你发过脾气。即使我腹痛得蜷缩起来的时候，即使在大学生触摸般的目光下我羞愧得无地自容的时候，即使在痛苦撕裂我的灵魂的时候，我都没有在上帝面前控告过你；对于那几夜，我从来都没有后悔过，从来没有责骂过我对你的爱情，我始终都爱着你，一直为你所给我的那个时刻而祝福。假如由于那些时刻我还得再进一次地狱，而且事先知道我将受的苦，那么我还愿意再进一次，我亲爱的，愿意再进一次，再进一千次！

我们的孩子昨天死了——你从来没有见过他。这个活泼可爱的小人儿，你的骨肉，从来没有，连偶然匆匆相遇也未曾有过，就是探身走过时他也没有碰到过你的目光。有了这个孩子，我就躲了起来，不见你的面；我对你的相思也不那么痛苦了，自从赐给我这个孩子以后，我觉得我爱你爱得没有先前那么狂热了，至少不像先前那样受爱情的煎熬了。我不愿把自己分开来，分给你和他两个人，所以我就没有把自己的感情倾注给你，而是一股脑儿全部给了这个孩子，因为你是个幸运儿，你的生活和我不沾边，而这孩子却需要我，我得抚养他，我可以吻他，可以搂着他。看样子我从由于想你——我的厄运——而陷入的神情恍惚的状态中解救出来了，我是由于这个另外的你，真正属于我的这个你而得救的——只有在很少很少的时候，我的感情才会低三下四地再到你的房前去。我只做一件事：在你生日的时候，我每次都送你一束白玫瑰，和当年我们一起过了第一个恩爱之夜以后，你送给我的一模一样。这十来年当中，你心里是否问过自己，这些鲜花是谁送来的？也许你也想到过你从前送过她这样的玫瑰的那个女人?我不知道,我也不想知道你的回答。我只是暗中把玫瑰给你递过去,一年一次,为了唤醒你对那一时刻的回忆——对我来说,这已经足够了。

你从来没有见过他,没有见过我们可怜的孩子——今天我责备自己,我一直把他对你隐瞒了,因为你是会爱他的。你从来没有见过他,没有见过这个可怜的男孩儿,从来没有见过他的微笑,每当他轻轻抬起眼睑,然后用他那聪明的黑眼睛——你的眼睛!——向我,向全世界投来一道明亮而欢快的光芒的时候,你从来没有见过他的微笑!啊,他是多么快活,多么可爱呀!在他身上天真地再现了你的全部轻快的性格,在他身上重演了你那敏捷的、驰骋的想象力。他可以接连几小时沉迷在他的玩意儿里,就像你游戏人生一样,然后他就竖着眉毛,一本正经地坐着看书。他越来越像你了,你所特有的那种既有严肃又有戏谑的性格上的两重性,已经明显地在他身上滋长起来了,他越是像你,我就越发爱他。他学习成绩很好,说起法文来真像只小喜鹊,他的作业本是全班最干净的。他的模样特好看,穿身黑天鹅绒衣服或是穿件白海员衫是那么帅气。无论走到哪里,他都是最雅致漂亮的。在格拉多①海滨,我跟他一起散步的时候,女人们都停下来,抚摸他那金色的长发;在塞默林②,他滑雪橇的时候,大家都朝他转过头来啧啧称羡。他是

---

① 格拉多(Crado),位于亚德里亚海滨,是意大利著名的海滨浴场。
② 塞默林(Semmering),是维也纳附近阿尔卑斯山的一个隘口,是著名的避暑胜地和冬季运动场所。

那么漂亮，那么娇嫩，那么惹人爱，去年他进了特莱茜娅寄宿中学①，穿了制服，身佩短剑，活像个十八世纪的王室侍从——可是他现在除了身上的一件衬衫之外，别无他物了，这可怜的孩子，他躺在这里，嘴唇苍白，双手交叉叠在一起。

也许你要问我，我是怎么让孩子在奢华的环境中受教育的呢，怎么让他享受到上流社会光明、快活的生活的呢？亲爱的，我在黑暗中跟你说话，我没有廉耻了，我要告诉你，但你别吓坏了，亲爱的——我卖淫了。我倒不是那种街头野鸡，不是娼妓，但是我卖淫了。我有很阔的朋友，很阔的情人：先是我去找他们的，后来他们就来找我了，因为我非常之美——不知你注意到没有，每一个我向他委身的男人都喜欢我，他们大家都感谢我，都依恋我，都爱我——只有你不是，只有你不是，我的亲爱的！

我对你吐露了我卖淫的真情，你会看不起我吗？不会，我知道，你不会看不起我，我知道，你理解这一切，你也将会理解，我只是为了你，为了你的另一个"我"，为了你的孩子才走这一步的。在妇产医院的那间病房里，我就曾经领略过穷困的可怕，我知道，在这个世界上，穷人总是被践踏、被凌辱的，总是牺牲品。我不愿意，无论如何都不愿意让你的孩子，让你的这个开朗、漂亮的孩子在社会深深的底层，在小胡同的

---

① 特莱茜娅寄宿中学，原为奥地利女王玛丽亚·特莱茜娅于1746年创办的特莱茜娅贵族学院，1849年以后改为普通文科中学，一直是维也纳的一所有名的中学。

垃圾堆里，在霉气熏天、卑鄙下流的环境中，在一间陋室的污浊的空气中长大成人。不能让他稚嫩的小嘴去说俚言俗语，不能让他那雪白的身体去穿霉气熏人的、皱皱巴巴的寒酸的衣裳——你的孩子应该享有一切，世上的一切财富，人间的一切快乐，他应该重新升到你的地位，升到你的生活范围里去。由于这个原因，只是因为这个原因，我的亲爱的，我卖淫了。对我来说，这不是什么牺牲，因为大家通常称为名誉、耻辱的东西，对我来说全是空的：你不爱我，而我的身子又只属于你一个人，既然这样，那么我的身子不管做出什么事来，我也觉得是无所谓的了。男人的爱抚，甚至他们内心深处的激情，都不能丝毫打动我的心灵，虽然我对他们之中的有些人也很敬重，由于他们的爱情得不到回报而对他们深表同情，这使我想起自己的命运，而内心常常感到深受震动。我所认识的那些男人，他们大家都对我很好，大家都很宠爱我，尊敬我。尤其是有位年纪较大的、丧了妻的帝国伯爵，就是他为我四方奔走，八方说情，好让特莱茜娅中学录取这个没有父亲的孩子、你的孩子——他像爱女儿那么爱我。他向我求过三四次婚——要是我答应了这门亲事，今天就是伯爵夫人了，就是蒂罗尔①某座迷人的王宫的女主人了，就可以过无忧无虑的生活了。因为孩子有了一个慈祥的父亲，把他当作宝贝，而我身边就有了个文静、显贵和善良的丈夫——我没有答应，无论他催得多么急迫、频繁，也不论我的拒绝多么伤他的心。也许我做了件蠢

---

① 蒂罗尔（Tirol），奥地利的一个州，首府在因斯布鲁克。

事,因为要不现在我便在什么地方过着安静、悠闲的生活了,而把这孩子,这可爱的孩子,带在我的身边,但是——我干吗不向你承认呢?——我不愿自己为婚姻所羁绊,为了你,我任何时候都要使自己是自由的。在我内心深处,在我的潜意识里,我一直还在做着那个陈旧的孩子梦:也许你会再次把我召唤到你的身边,哪怕只叫我去一小时。为了这可能的一小时,我把一切都推开了,只是为你而保持自己的自由,一听召唤,就扑到你的怀里。自从童年时代之后青春萌发以来,我的整整一生不外乎就是等待,等待你的意志!

  这个时刻果真来到了。可是你并不知道,你没有觉察到,我的亲爱的!就在那个时刻你也没有认出我——永远,永远,你永远没有认出我!以前我常常遇见你,在剧院里,在音乐会上,在普拉特公园里,在大街上——每次我的心都猛地一抽,但是你的眼光只在我身边一晃而过;当然,外表上我已经完全变成另外一个人了,我从一个腼腆的小姑娘变成了一位妇人,如他们所说的,长得漂亮,衣着十分名贵考究,身边围了一帮仰慕者;你怎么会想到,我就是在你卧室里昏暗的灯光下的那个羞答答的姑娘呢!有时候跟我一起走的先生中有一位向你打招呼,你向他答谢,并对我表示敬意,可是你的目光是客气而生疏的,是赞赏的,但从来没有认出我的神情。生疏,可怕的生疏。我还记得,有一次你那认不出我来的目光——虽然我对此几乎已经习以为常了——使我像被火灼了一样痛苦不堪:我跟一位朋友一起坐在歌剧院的一个包厢里,而隔壁的包厢里就是你。序曲开始的时候,灯光熄灭了,你的面容我看不到了,只感到你的呼吸挨我很近,就像当年那个夜晚那样近,你的手,你那纤细、娇嫩的手,扶在我们这两个包厢的铺着天鹅绒的栏杆上。一种强烈的欲望不断向我袭来,我想俯下身去卑躬屈节地吻一吻这只陌生的、如此可爱的手,过去我曾经领受过这只手的温存多情的拥抱的呀!我耳边音乐声浪起伏越厉害,我的欲望也越狂热,我不得不攥紧拳头,使劲控制住自己,我不得不强打精神,正襟危坐,一股巨大的魔力把我的嘴唇往你那只可爱的手上吸引过去。第一幕一完,我就求我的朋友跟我一起走。在黑暗中你如此生疏,如此贴近地挨着我,我再也忍受不住了。

但是这样的时刻来到了,又一次来到了,最后一次闯进了我这无声无息的生活之中。那差不多是正好一年以前,你生日的第二天。奇怪,我时时刻刻都在想着你,我每年都像过节一样庆祝你的生日。一大早我就出门去买了那些年年都让人给你送去的白玫瑰,作为对那个你已经忘却了的时刻的纪念。下午我带着孩子一起乘车出去,把他带到戴默尔点心铺①,晚上带他去看戏。我想让他从少年时代起就感觉到,他也应该感觉到,这一天是个神秘的节日,虽然他对这个日子的意义并不了解。第二天我就和我当时的朋友,布吕恩的一位年轻、有钱的工厂主待在一起。我已经和他同居两年了,我是他的掌上明珠,他娇我宠我,也同别人一样要跟我结婚,而我也像对别人一样,好像莫名其妙地拒绝了他,尽管他馈赠厚礼给我和孩子,尽管

---

① 戴默尔(Demel)点心铺,是维也纳的一家高级点心铺。

他本人有点儿呆板，有点儿谦卑的样子，但心地善良，人还是很可爱的。我们一起去听音乐会，在那里碰到一帮兴高采烈的朋友，随后大家便到环城马路的一家饭馆去共进晚餐，在欢声笑语之中，我提议再到塔巴林舞厅去跳舞。本来我对这种灯红酒绿、醉生梦死的舞厅，夜间东游西逛的行为一向都很反感，平素别人提议到那儿去，我总是竭力反对，但是这一次——我心里像有一种莫名的神奇力量，使我突如其来地、本能地提出了这个建议，在在座的人当中引起一阵激动，大家都兴高采烈地表示赞同——我却突然产生了一个无法解释的愿望，仿佛那里有什么特别的东西在等着我似的。他们大家都习惯于迎合奉承我，便迅速站起身来。我们大家一起走进舞厅，喝香槟酒的时候，突然我心里产生了一种从未有过的疯狂然而又差不多是痛苦的兴致。我喝酒，跟着唱一些拙劣的、多情善感的歌曲，心里产生了一种想要跳舞、想要欢呼的欲望，几乎无法把它摆脱开。可是突然——我觉得仿佛有种什么冷冷的或者灼热的东西猛地放到我的心上——我竭力振作精神，正襟危坐：你和几个朋友坐在邻桌，用欣赏的、色眯眯的目光看着我，用那种每每把我撩拨得心旌飘摇的目光看着我。十年来你第一次又以你气质中所具有的全部本能的、沸腾的激情盯着我。我颤抖了。我举着的酒杯差一点儿从手中掉落下来。幸好同桌的人没有注意到我心慌意乱的神态，它在音乐和欢笑的喧嚣中消失了。

你的目光越来越灼人，使我浑身灼烫如焚。我不知道，你是到底，到底认出我来了呢，还是把我当作另外一个女人，一个陌生女人，想把我弄到手？热血涌上了我的双颊，我心不在焉地和同桌的人搭着话。你一定注意到了，我被你的目光弄得多么心慌意乱。你脑袋一甩，向我示意，别人根本没有觉察到，你示意我到前厅去一会儿。接着你就十分张扬地去付账，告别了你的朋友，走了出去，临走前又再次向我暗示，你在外面等着我。我浑身直哆嗦，像是发冷，又像发烧，我答不出话来，也控制不住冲动起来的热血。在这一瞬间正好有一对黑人，用鞋后跟踩得啪啪直响，嘴里发出尖声怪叫，开始跳一个奇奇怪怪的新舞蹈。所有的眼睛都注视着他们，而我正好利用这一瞬间。我站起身来，对我的朋友说，我马上就回来，说着就跟着你出来了。

你站在外面前厅里的衣帽间前面等着我。我一来，你的目光就亮了起来。你微笑着快步朝我迎来。我马上看出，你没有认出我来，没有认出从前的那个孩子，没有认出那个少女来，你又一次把我当成一个新欢，当成一个素不相识的人，想把我弄到手。"您也给我一小时行吗？"你亲切地问道——你那副十拿九稳的样子使我感觉到，你把我当作做夜间生意的野鸡了。"行。"我说，这是同样的一个颤抖的、却是不言而喻地表示同意的"行"字，十多年前在灯光昏暗的马路上那位少女曾经对你说过这个字。"那么我们什么时候可以见面？"你问道。"你什么时候愿意就什么时候见。"我回答说——在你面前我不感到羞耻。你略为有点儿惊讶地望着我，眼睛里带着和当年完全一样的那种狐疑、好奇的惊讶，那时我的十分迅速的允诺也曾同样使你感到惊异。"您现在行吗？"你略为有些迟疑地问道。"行，"我说，"我们走吧。"

我想到衣帽间去取我的大衣。

这时我想起,存衣单还在我朋友那里哩,因为我们的大衣是存放在一起的。转去问他要吧,没有一大堆理由是不行的,另一方面,要我放弃同你在一起的时刻,放弃这个多年来我朝思暮想的时刻,我又不愿意。于是,我一秒钟也没迟疑,只拿了一条围巾,披在晚礼服上,走到外面湿雾弥漫的夜色中,根本没去拿那件大衣,也没有去理会那个情意绵绵的好人,多年来我是靠他生活的,而我却当着他朋友的面使他成了个可笑的傻瓜,出他的洋相:他结识多年的情妇,一个陌生男人冲她吹了个口哨,她就跑掉了。啊,我内心深处意识到,我对一位诚实的朋友所做的事是多么低贱下流、忘恩负义、卑鄙无耻,我感到,我做的事很可笑,我以自己的疯狂行为使一个善良的人受到了永久的、致命的精神创伤,我感到,我把自己的生活从正中间撕成了两半——同我急于再一次吻你的嘴唇、再一次听你温柔地对我说话相比,友谊对我来说算得了什么,我的存在又算得了什么?我就是如此地爱你,现在一切都过去了,都消逝了,此刻我可以告诉你了,我相信,哪怕我已经死在床上,假如你呼唤我,我也会立即获得一种力量,站起身来,跟着你走。

门口停了一辆车,我们把车开到你的寓所。我又听到了你的声音,感到你情意绵绵地在我的身边,我感到十分陶醉,十分孩子气的幸福,有些不知所措,和当年完全一样。时隔十多年以后,我第一次重又登上了这楼梯——不,不说了,我无法向你描述,在那些瞬间,我对一切总是有着双重的感觉,既感觉到流去的岁月,又感觉到现时的光阴,而在这一切之中,只感觉到你。你的房间里变化不大,多了几幅画,添了几本书,有几处地方添了几件以前没有见过的家具,不过我对一切都感到十分亲切。书桌上放着花瓶,瓶里插着玫瑰,插着我送给你的玫瑰,这是前一天你过生日的时候我送你的,以纪念一个女人,对于她你已经记不起来,也认不出来了,即使现在她正在你的身边,手拉着手,嘴唇贴着嘴唇,你也认不出她了。不管怎么说,这些鲜花你供养着,这使我心里高兴:这样总还有我心底的一片情分,还有我的一缕呼吸萦绕着你。

你把我搂在你的怀里。我又在你那里过了一个风流夜晚。不过我赤裸着身子的时候,你也没有认出我来。我幸福地承受着你娴熟的温存和情意,并且看到,你的激情对一个情人和一个妓女是没有区别的,你纵情恣欲,毫不在乎消耗掉自己大量元气。你对我这个从夜总会叫来的女人是如此温柔、如此多情、如此风雅和如此亲切敬重,而同时在消受女人的时候又是如此激情奔放。我陶醉在往日的幸福之中,我又感觉到了你这种独一无二的心灵上的两重性,在肉欲的激情之中含着意识的亦即精神的激情,这种激情当年就已经使我这个女孩子对你俯首听命、难舍难分了,我从来没有见过一个男人在柔情蜜意之中,在那片刻之际是如此不要命,如此一览无余地暴露自己的灵魂——当然,事过境迁,此事也就被无情无义地掷进无边无际的遗忘的汪洋大海里去了。不过我自己也忘了自己:此时在黑暗中挨着你的我到底是谁?我就是往昔那个感情炽烈的姑娘吗,就是你的孩子的母亲,就是这个陌生女人吗?啊,在这个销魂之夜，这一切是多么亲切，多么熟悉，又是多么新鲜。我祈祷，但愿这一夜永无尽头。

但是黎明来临了，我们起得很迟，你请我跟你一起去吃早餐。侍者老早就谨慎地摆好了茶，我们一起喝着，聊着。你又用那种非常坦率、亲切的知心人的态度跟我说话，又是不谈任何不得体的问题，对我这个人的情况一句也不打听。你没有问我的姓名，没有问我的住处。对你来说，这只不过又是春风一度，是件无名的东西，是一刻火热的时光在忘却的烟雾中消散得无影无踪。你说，你现在要出远门了，要到北非去两三个月。我在幸福之中颤抖起来，因为这时我的耳边响起了一个声音：完了，完了，已经完了！我真恨不得扑到你的膝下，大声呼喊："带着我去，你终究会认出我来的，终究，终究，过了这么多年之后，你终究会认出我来的！"但是在你面前我是如此腼腆，如此胆怯，如此奴性十足，如此软弱。我只能说："多遗憾啊。"你笑嘻嘻地看着我，说："你真觉得遗憾吗？"

这时我野性突发。我站起来，盯着你，长时间地、紧紧地盯着你。接着我说："我过去爱过一个人，他也老是出门旅行。"我盯着你，目光直刺你眼睛里的瞳仁："现在，现在他会认出我来了！"我浑身战栗，心都快要跳出来。可是你却对我微笑着，安慰我说："会回来的。""是的，"我回答说，"会回来的，不过到那时也就忘掉了。"

我跟你说话的样子，一定有点儿特别，一定很有激情。因为你站了起来，凝视着我，十分诧异，充满爱怜。你抓着我的肩膀。"美好的东西是忘不了的，我永远也忘不了你。"你说，同时低下头来,目光直射进我的心里,仿佛要把我的形象深深印在你的脑海里似的。我感到这目光透进了我的心灵,在探索、追踪、吮吸我的整个生命,这时我以为,盲人终于、终于复明了。他要认出我了,他要认出我了!我的整个灵魂都沉浸在这个想法之中,颤抖了。

可是你并没有认出我。没有,你没有认出我,在你的心目中,我此刻比以往任何时候都更为陌生,因为否则——否则你就绝对不可能干出你几分钟以后所干的事来。你吻了我,又一次热烈地吻了我。我的头发乱了,我把它重新整理好,我站在镜子前面,这时我从镜子里看到——我羞惊难言,几乎摔倒在地——我看到,你正小心翼翼地把几张大面值钞票塞进我的暖手筒里。这一瞬间,我怎么会没有叫起来,没有给你一记耳光呢!——我,我从童年时代起就爱上你了,我是你的孩子的母亲,而你却付给我钱,为了这一夜!在你的心目中我是一个塔巴林的妓女,只不过如此而已——你就付钱给我!被你忘了,这还不够,我还得受你凌辱!

我迅速收拾我的东西。我要离去,马上离去。我的心都碎了。我伸手去拿我的帽子,帽子就搁在书桌上那只插着白玫瑰、插着我的白玫瑰的花瓶旁边。这时我心里又产生了一个强烈的、不可抗拒的希望:我要再来试一试,提醒你想起往事:"你愿意给我一朵你的那些白玫瑰吗?""好啊。"说着,你立即取了一朵。"可是这些玫瑰也许是一个女人、一个爱你的女人给你的吧?"我说。"也许是,"你说,"我不知道。花是别人送的,我不知道是谁送的。正因为这样,我才如此喜欢这些花。"我凝视着你,"说不定也是一个已经被你忘却的女人送的呢!"

你不胜惊讶地望着我。我死死地盯着你。"认出我吧,最后认出我来吧!"我的目光在呼喊。但是你的眼睛亲切地、莫名其妙地微笑着。你再一次吻我,可是你并没有认出我来。

我快步走到门口,因为我感觉到眼泪就要涌出来了,可不能让你看见。我急忙奔了出去,由于跑得太急,在前屋差点儿同你的仆人约翰撞个满怀。他怯生生地忙不迭地闪到一边,打开房门让我出去,就在这时——就在这一秒钟,你听见了吗?就在我眼噙泪水看着他,看着这位面容衰老的仆人的一秒钟,他的眼睛突然一亮。在这一秒钟,你听见了吗?在这一秒钟,这位从我童年时代过后就一直没有见过我的老人认出了我。为了这个,我真要跪倒在他面前,吻他的手。我迅速从暖手筒里把钞票,把你用来鞭笞我的钞票扯出来,塞给了他。他哆嗦着,不胜惊讶地注视着我——在这一瞬间他比你在一生中对我的了解还多。所有的人都很娇惯我,大家都对我很好——只有你,只有你,只有你把我忘掉了,只有你,只有你从来没有认出我!

我的孩子死了,我们的孩子——现在这个世界上,我除你之外再没有一个好爱的人了。但是对我来说你又是谁?你,你从来都没有认出我,你从我身边走过像是从一条河边走过,你踩在我身上如同踩着一块石头,你总是走啊,不停地走,却让我在等待中消磨一生。我曾经以为在这孩子身上可把你这个逃亡者抓住。但是这毕竟是你的孩子，一夜之间他就残酷地离开我旅行去了，他把我忘掉了，永远不会回来了。我又是孤单单的一个人了，比以往任何时候还孤单，我什么都没有，你的东西我什么都没有了——再没有孩子了，没有一句话，没有一行字，没有一点儿回忆，假若有人在你面前提起我的名字，对你来说是生疏的，你也就这只耳朵进，那只耳朵出。我为什么不乐意死去，因为对你来说我已经死了。我为什么不走开，因为你已经离开了我。不，亲爱的，我不是埋怨你，我不愿把我的哀愁掷进你快乐的屋子里去。请不用担心我会继续来逼你——请原谅我，此刻孩子已经死了，孤零零地躺在那里，此刻我得让我的灵魂呼喊一次。只有这一次我必须得跟你说——说完我就默默地重新回到我的晦暗中去，就像我一直默默地在你身边一样。但是只要我活着，你就不会听到我这呼喊——只有我死了，你才会收到一个女人的这份遗嘱，这个女人生前爱你胜过爱所有的人，而你始终没有认出她，她曾经一直等你，而你从来没有召唤过她。也许，也许将来你会召唤我，而我将第一次不忠实于你，那是因为我死了，再也听不到你的召唤了。我没有留给你一张照片，没有留给你一件信物，就像你什么也没有留给我一样。你永远，永远也不会认出我了。我活着命运如此，死后命运也依然如此。在我生命的最后一刻，我不想叫你了，我去了，你连我的名字、我的面容都不知道。我死得很轻松，因为你在远处是不会感觉到的。倘若我的死会使你感到痛苦，那我就不会死了。

我写不下去了……我的脑袋里在嗡嗡直响……我四肢疼

痛，我在发烧……我想，我得马上躺下。也许很快就过去了，也许命运会对我大发慈悲，我不必看着他们把孩子抬走……我写不下去了。永别了，亲爱的，永别了，我感谢你……不管怎样，事情这样还是好的……我要感谢你，直到我最后一口气。我感到很痛快，我把一切全对你讲了，现在你就知道，不，你只会感觉到，我曾经多么爱你，而你在这份爱情上却没有一丝累赘。我不会让你痛苦地怀念的——这使我感到欣慰。在你美好、光明的生活里不会发生些微变化……我不会拿我的死来做任何有损于你的事……这使我感到欣慰，你，我的亲爱的。

可是谁……现在谁会在你的生日中老送你白玫瑰呢？啊，花瓶也将是空的了，我的一缕呼吸，我的心底的一片情分，往昔一年一度萦绕在你的身边，从此也就烟消云散了！亲爱的，听着，我求你……这是我对你的第一个也是最后一个请求……请你做件让我高兴的事，你每逢生日——生日是一个想起自己的日子——都买些玫瑰来供在花瓶里。请你这样做，亲爱的，请你这样做吧，像别人一年一度为亲爱的亡灵做次弥撒一样。我不再相信上帝了，所以不要别人给我做弥撒，我只相信你，我只爱你，我只想继续活在你的心里……啊，一年只要……一天，悄悄地、悄悄地继续活在你的心里，就像过去我曾经活在你身边一样……我求你这样去做，亲爱的，这是我对你的第一个请求，也是最后一个……我感谢你……我爱你，我爱你……永别了……

他从颤抖着的手里把信放下，然后就久久地沉思。某种回忆浮现在他的心头,他想起了一个邻居的小孩儿,想起了一位姑娘,想起了夜总会的那个女人,但是这些回忆模模糊糊,朦胧不清,宛如一块石头,在流水底下闪烁不定,飘忽无形。影子涌过来,退回去,可是总构不成画面。他感觉到了一些藕断丝连的感情,却又想不起来。他觉得,所有这些形象仿佛都梦见过,常常在深沉的梦里见到过,然而仅仅是梦见而已。

他的目光落到了他面前书桌上的那只蓝花瓶上。花瓶是空的,多年来在他过生日的时候第一次是空的。他全身觳觫一怔,他觉得,仿佛一扇看不见的门突然打开了,股股穿堂冷风从另一世界"嗖嗖"地吹进他安静的屋子。他感觉到了死亡,感觉到了不朽的爱情,一时间他的心里百感交集,他思念起那个看不见的女人,没有实体,充满激情,犹如远方的音乐。

月光巷

　　轮船为风暴所耽搁，很晚才在法国海港小城靠岸，因而未赶上开往德国的夜班火车。这样，未曾想到，竟在这个陌生的地方待了一天，晚上，除了在市郊一家娱乐中心听听女子乐队演奏的忧伤音乐或同几位萍水相逢的旅伴乏味地闲聊一阵之外，就别无其他有吸引力的活动了。旅店的小餐厅里烟雾弥漫，连空气都是油腻腻的，真让人难以忍受，何况纯净的海风在我唇上留下的一抹咸丝丝的清凉尚未消退，所以我更倍感这里空气之污浊。于是我便走出旅店，沿着灯光明亮的宽阔的大街，信步走向有国民自卫军在演奏的广场，重新置身于懒洋洋地向前涌动的散步者的浪涛之中。起初，我觉得在这些对周围漠不关心、衣着外省色彩颇浓的人的洪流中，晃晃悠悠地随波逐流倒是颇为惬意，但是过不多久，我对于那种涌动的陌生人的浪涛，他们断断续续的笑声，那些紧盯着我的惊奇、陌生或者讥笑的目光，那种摩肩接踵的、不知不觉地推我往前的情景，那些从千百个小窗户里射来的灯光，以及不停的"唰唰"的脚步声就无法忍受了。海上航行颠晃得厉害，我的血液里现在还骚动着一种晕乎乎、醉醺醺的感觉：脚下好似还在滑动和摇晃，大地似乎在喘息起伏，道路像在晃晃悠悠地飘上天空。这种喧闹嘈杂一下子弄得我头晕目眩，为了摆脱这种状况，我拐进一条小街，连街名都没有看。从那里，我又拐进一条小巷，那无名的喧嚣这才渐渐平息下来。随后，我又漫无目的地继续走进那些血管似的纵横交错的小巷，进入这座迷宫。我离中心广场越远，这些小巷就越黑。这里已经没有大型弧光灯——宽阔的林荫大道上的月亮——的照耀了，透过微弱的灯光，我终于又能看见星星和披着黑幕的天空了。

我现在所处的位置大概离港口不远，在海员住宅区，因为我闻到了腐臭的鱼腥味，闻到了被海浪冲上岸来的藻类散发出的甜丝丝的腐烂味，还有那种污浊的空气和密不透风的房间所特有的霉气，它潮湿地弥漫在各个角落里，一直要等到一场猛烈的暴风雨来临，才能让它们喘一口气。这捉摸不定的黑暗和意想不到的寂寞令我陶然，于是我便放慢脚步，仔细观察一条条各不相同的小巷：有的寂静无声，有的卖弄风情，但是所有的小巷全是黑黑的,都飘散着低沉的音乐声和说话声。这声音是从看不见的地方,是从屋宇里如此神秘地发出来的,以至于几乎猜不出隐秘的发声处,因为所有的房子都门窗紧闭,只有红色或黄色的灯光在闪烁。

我喜欢异国城市里的这些小巷,这个情欲泛滥的肮脏的市场,这些秘密地麇集着勾引海员的种种风情的场所。海员在陌生而危险的海上度过了许多寂寞之夜以后,来到这里过上一夜,在一小时之内就把他们许许多多销魂的春梦变为现实。这些小巷不得不藏在这座大城市的阴暗的一隅,因为它们厚颜无耻和令人难堪地说出了在那些玻璃窗擦得雪亮的灯火辉煌的屋子里,那些戴着各式各样假面具的体面人干的是些什么勾当。屋子的小房间里传出诱人的音乐,放映机映出刺眼的广告,预告即将上映的辉煌巨片,悬挂在大门门楣之下的小方灯眨巴着眼睛在亲切地向你问候,明明白白地邀你入内,透过半开的门户可以窥见戴着镀金饰物的一丝不挂的肉体在闪烁,咖啡馆里醉汉们大吵大嚷,赌徒们又喊又骂。海员们相遇都咧嘴一笑,他们呆滞的目光因即将享受的肉欲之欢而变得炯炯有神,因为这里什么都有:女人和赌博,佳酿和演出,肮脏的和高雅的风流艳遇,可是这一切都是羞答答的。奸诈地躲在假惺惺地垂下的百叶窗后面,全是在里面进行的,这种虚假的封闭性因其隐蔽和进出方便这双重诱惑而更加撩人。这些街道与汉堡、科伦坡、哈瓦那的街道差不多,就像大都市里的豪华大街都彼此相仿一样,因为上层和下层的生活,其形式各地都是相同的。这些不是老百姓的街道,是纵情声色、肉欲横流的畸形世界最后的奇妙的残余，是一片黝暗的情欲漫溢的森林和灌木丛，麇集着许多春情勃发的野兽。这些街道以其展露的东西使你想入非非，以其隐藏的东西让你神魂颠倒。你可以在梦里去造访这些街道。

这条小巷也是如此，进了这条小巷我感到一下就被它俘获了。于是我就跟在两个穿胸铠的骑兵后面去碰碰运气，他们挂在腰上的马刀碰在高低不平的路面上发出叮当的响声。几个女人在一家啤酒馆里喊他们，骑兵哈哈大笑，大声对她们开着粗鲁的玩笑。一个骑兵敲了敲窗户，随即就遭到一阵谩骂。骑兵继续往前走去，笑声也越来越远，一会儿我就听不见了。小巷里又没有了声息，几扇窗户在雾蒙蒙的黯淡的月光下闪着朦胧的灯光。我停下脚步，深深吸吮着夜的宁静。我觉得这宁静很奇怪，因为在它的后面有某种秘密、淫荡和危险的东西在微微作响。我清楚地感觉到，这种宁静是个骗局，在这条雾蒙蒙的黝暗的小巷里正弥散着世界上某种腐败之气。我站在那儿，倾听这空虚的世界。我已经感觉不到这座城市、这条小巷以及它们的名称和我自己的名字，我只觉得，在这里我是外国人，已经奇妙地融进了一种我不知晓的东西之中，我没有打算，没有信息，也没有一点儿关系，可是我却充分感觉到我周围的黑暗生活，就像感觉到自己皮肤下面的血液一样。我只有这么一种感觉：这一切都不是为我生发的，可是却又都属于我。这是一种最幸福的感觉，是由于漠不关心而得到的最深刻、最真切的体验所产生的，它是我内心生机勃勃的源泉，总让我莫名其妙地感到一种快意。正当我站在这条寂静的小巷里聆听的时候，我仿佛期待着将会发生什么事似的,好把自己从患夜游症似的窃听人家隐私的感觉中推出来。这时我突然听见不知何处有人在忧郁地唱一首德国歌曲,《自由射手》①中那段朴素的圆舞曲:"少女那美丽的、绿色的花冠……"由于距离远或是被墙挡着的缘故,歌声很低,歌是女声唱的,唱得很蹩脚,可是这毕竟是德国曲调,在这里,在这世界上陌生的一隅听到用德文唱的这首歌,我感到分外亲切。歌声不知是从何处飘来的,然而我却觉得它像一声问候,是几星期来我听到的第一句乡音。我不禁自问:谁在这里说我的母语?在这偏僻、荒凉的小巷里,谁的内心的回忆重新从心底唤起了这首凄凉的歌?我挨着一座座半睡的房子顺着歌声摸索着寻去。这些房子的百叶窗都垂落着,然而窗户后面却厚颜无耻地闪烁着灯光,有时还闪现出正在招客的手。墙外贴着一张张醒目的纸,写着淡啤酒、威士忌、啤酒等饮料的名称,尽是些自吹自擂的广告,这说明,这里是一家隐蔽的酒吧,但是所有的房子的大门都紧闭着,既拒人于门外又邀你光顾。这时远处响起了脚步声,不过歌声一直未停,现在正用响亮的颤音唱着歌词的叠句,而且歌声越来越近:我找到了飘出歌声来的那所房子。我犹豫了片刻,随后便朝严严地垂着白色帘子的门走去。我正决意躬身进去的时候,走廊的暗影中突然有什么东西一动,是人影,显然正紧贴在玻璃窗上窥视,这时被吓了一大跳。此人的脸上虽然映着吊灯的红光,但还是被吓得刷白。这是个男人,他睁大眼睛盯着我,

---

① 《自由射手》(Freichütz),三幕歌剧,德国作曲家韦伯作。

嘴里嘟哝着，像是说了句表示歉意的话，随即便在灯光昏暗的小巷里消失了。这种打招呼的方式也真怪。我朝他的背影望去，在光线微弱的小巷里，他的身影似乎还在挪动着，但是已经很模糊了。屋里歌声依旧，我觉得甚至更响了。我被歌声所吸引，于是便按动门把手开了门，快步走了进去。

　　像被一刀切断了似的，歌的最后一个字落了下来。我大吃一惊，觉得前面一片空虚，有一种含有敌意的沉默，仿佛我打碎了什么东西似的。渐渐地，我的目光才适应，发现这房间几乎是空空的，只有一张吧台和一张桌子，显然这里只是通往后面那些房间的前厅。后面的房间房门都半开着，灯光昏暗，床上铺得整整齐齐，单就这点，对于这些房间的原本用场就一目了然了。桌子前面，一位浓妆艳抹、面带倦容的姑娘支着胳膊，背倚桌子，吧台后面站着臃肿肥胖、脏兮兮黑乎乎的老板娘，她身边还有一位还算标致的姑娘。一进屋，我就向她们问了好，声音显得有点儿生硬，过了好一会儿才听到一句有气无力的回答。来到这空空的屋子，碰到如此紧张而冷淡的沉默，我感到很不舒服，真想立刻转身就走，可是我虽然尴尬，却又找不到什么借口，只好将就着在前面桌旁坐下。那姑娘这时才想起自己的职责，问我想喝点儿什么。听到她那生硬的法语，我马上就知道她是德国人。我要了啤酒，她拖着懒洋洋的步子去拿了啤酒来，这步子比她那浅薄的眼光更显得漠然和冷淡。她的眼睛有气无力地在眼皮底下微微闪着浊光，宛如行将熄灭的一对蜡烛。她按照这类酒吧的习惯，完全机械地在我的酒杯旁又为她自己放了一只杯子。在举杯为我祝酒时，她的目光空空地在我身上掠过，我这才有机会将她细细端详。她的脸倒还算漂亮，五官端正，但是好像是内心的疲惫使这张脸与面具相似，变得俗不可耐，面容憔悴，眼睑沉重，头发散乱；面颊被劣质化妆品弄得斑斑点点，已经开始凹陷，宽宽的皱痕一直伸到嘴角。衣服也是随随便便地披在身上，过量的烟酒使嗓音变得干涩而沙哑。总而言之，我感到这是一个疲惫不堪、麻木不仁、只是由于惯性才活着的人。我怀着拘谨而恐惧的心情向她提了一个问题。她回答的时候看都没看我，一副漫不经心的样子，毫无表情，几乎连嘴唇都没有动一下。我感到自己是不受欢迎的。老板娘在我身后打着哈欠，另一位姑娘坐在一角，眼睛朝这儿瞅着，似乎在等我叫她。我本想马上离开，但我浑身发沉，另外好奇心和恐惧也把我吸引住了，使我像喝得醉醺醺的海员似的坐在这浑浊、闷热的空气里，因为淡漠也具有某种刺激性。

这时，我被身旁突然发出的一阵刺耳的笑声吓了一跳。与此同时，蜡烛的火苗也颤悠起来了：吹来一阵过堂风，我感觉到背后有人把门打开了。"你又来啦？"我旁边的女人用德语尖刻地嘲笑道，"你又绕着房子爬了，你这吝啬鬼？好吧，进来吧，我又不会揍你。"

她这样尖叫着打招呼，仿佛从胸中喷出一股火焰。我转过身来，先是朝她、随后又朝门口望了望。门还没有全开，我就认出了这颤颤悠悠的身影，认出了此人那唯唯诺诺的目光，他就是刚才像是贴在门上的那个人。他像个乞丐，怯生生地手里拿着帽子，被这刺耳的问候和哈哈大笑吓得直打哆嗦。这笑声犹如一阵痉挛,一下子把她笨重的身体都震得晃悠起来了,同时后面吧台那儿老板娘匆匆向她耳语了几句。

"坐那边,坐在法朗索瓦丝那里!"当这个可怜人怯生生地拖着踢踢踏踏的步子走近她时,她大声呵斥道,"你没见我有客人吗?"

她用德语对他大声嚷嚷。老板娘和另一位姑娘听了都哈哈大笑,虽然她们什么也没听懂,不过看来她们是认识这位客人的。

"法朗索瓦丝,给他香槟,要贵的,给一瓶!"她笑着朝那边喊道,随后又冲他嘲讽地说,"要是嫌贵,那就去外面待着,你这可怜的吝啬鬼!你是想来白看我的吧?我知道,你是想来白捡便宜的。"

在这阵恶毒的笑声中,他长长的身躯好像融化了,背也驼了起来,一副忍气吞声的样子,仿佛要把这张脸藏起来似的,他伸手去拿酒瓶的时候,手抖得厉害,倒酒时把酒也洒到了桌上。他竭力想抬眼看看她的面孔,但是目光怎么也无法离开地面,一直盯着地上贴的瓷砖打转。现在,在灯光下我才看清他那张形容枯槁的面孔:疲惫不堪,毫无血色;潮湿、稀疏的头发贴在瘦骨嶙峋的头颅上;手腕松弛,像折断了似的——整个是一副有气无力的可怜相,却心怀怨恨。他身上的一切都不对劲,都挪了位,而且蜷缩了。他的眼皮抬了一下,但马上又惊恐地垂了下去,眼睛里交织着一股恶狠狠的光。

"你别去理他!"姑娘以专横的口气用法语对我说,并紧紧抓住我的胳膊,像是要将我拉转身来似的。"这是我和他之间的旧账，不是今天的事。"随后她又龇着亮晶晶的牙齿，像要咬人似的冲他大声吆喝道，"尽管来偷听好了，你这老狐狸！你不是想听我说的话吗？我是说：我宁愿跳海，也不跟你走。"

老板娘和另一位姑娘又发出一阵哈哈大笑，笑得喘不过气来。看样子，对她们来说，这是一种寻常的逗乐，每天的笑料。可是，这时另一位姑娘突然做出温柔多情的样子，往他身上靠，并对他大献殷勤，发动攻势，他却吓得直打哆嗦，连拒绝的勇气都没有。看到这一切，我有点儿毛骨悚然。每当他迷惘的目光以颇为羞愧又竭力讨好的神态看我的时候，我就感到心悸。我身边那个女人突然从松弛状态中惊醒过来，眼露凶光，连手都在颤抖，看到她这副架势我很害怕。我把钱往桌上一扔，想走了，但是她没有拿。"要是他打扰你，我就把他，把这条狗撵出去。他必须照办。来，再跟我喝一杯。来！"她突然娇滴滴地做出一副媚态，紧紧倚在我身上，我立即就看出，这只不过是为了折磨别人而演的戏。她每做出一个狎昵的动作，就往那边瞧上一眼。我看到，她只要对我做出一个风骚的姿势，他全身就是一阵抽搐，仿佛在他身上放了一个烧红的烙铁似的。看到这种情景，真让人作呕。我不去理睬她，而是紧紧盯着他，现在气愤、恼怒、嫉妒和贪欲在他心里滋生，可是只要她一转过头来，他就赶忙弯下腰去。见此情景，我也感到不寒而栗。她使劲地往我身上贴，我感觉到了她的身体，她那由于在这场恶毒的游戏中获得的乐趣而颤抖的身体，她那散发着劣质脂粉味的刺眼的脸和她那松软的肉体的难闻的气味令我感到恐惧。为了避开她,我便拿出一支雪茄。正当我的目光在桌上寻找火柴时,她就向他发了话:"把火儿拿来!"

对她的这个厚颜无耻、蛮不讲理的命令,他竟百依百顺,这倒使我比他更为吃惊。见此情景,我就急忙自己找了火柴。可是,她的话竟像鞭子一样,啪的一下抽在了他身上。他拖着趔趄的脚步,蹒跚地走过来,把他的打火机放在桌上,动作非常之快,仿佛手碰了桌子就会被烧着似的。这瞬间,我的目光与他的相交叉,我看到,他的眼睛里隐含着无限的羞愧和切齿的愤恨。这卑躬屈节的目光刺痛了我这个男子汉和他的兄弟的心。我感到受了这女人的侮辱,也同他一起羞愧难当。

"非常感谢您。"我用德语说——她抽搐了一下——"本来就不该麻烦您的。"说着,我便向他伸出手去。他犹豫好一会儿之后,我才感到他湿润而瘦削的手指,突然间,他痉挛般地使劲握了握我的手,以表达他的感激之情。这瞬间,他的眼睛闪闪发亮,直视我的眼睛,但随即又低垂到松弛的眼睑下面去了。出于对那女人的反抗心理,我想请他坐到我们这边来。我的手大概作出了邀请的姿势,因为这时她急忙冲他吼道:"你还是坐那儿去,别在这儿打扰!"

她那尖刻的声音和折磨人的恶行令我深恶痛绝。这烟味很浓的下等酒吧,这令人恶心的娼妓,这弱智的男人,这弥漫着啤酒、烟雾和劣质香水的气味对我有什么用?我渴望呼吸新鲜空气。我把钱推到她面前,正当她娇里娇气地挨近我的时候,我就站起身来,毅然躲开。我对参与这种侮辱人的缺德勾当极其厌恶,我以断然拒绝的态度清楚地表明,她的色相诱惑不了我。这时,她满脸怒容,嘴角起了一道皱褶,露出行将发作的神色,尽管她忍住没把话说出来,但她心中的仇恨却一目了然。她猛地朝他转过身去,他见她这副横眉怒目的样子,被她的淫威吓得魂飞魄散,赶忙把手伸进口袋,哆哆嗦嗦地用手指头掏出一个钱包。匆忙之中他连钱包上的带子结都解不开,显然,现在他害怕单独同她待在一起。这是一只编织小包,上面嵌有玻璃,是农民和小老百姓用的。一眼就可看出,他不习惯乱花钱,不像那些把手伸进叮当作响的口袋,掏出一大把钱来往桌上一摔的海员,显然,他习惯于仔仔细细地点数,还要把钱用手指头夹着掂量一番。"瞧他为了那几个宝贝角子都抖成了什么样子!不觉得太慢了吗?你就等着吧!"她挖苦道,并往前逼进一步。他吓得直往后退,而她见他这副丧魂落魄的样子,便把肩膀一耸,眼里含着极其厌恶的神情说道:"我不拿你一分钱,你的钱让我恶心。我知道,你的几个宝贝小钱儿都是有数的,一个子儿也舍不得多花。只不过,"她突然拍了拍他的胸脯,"别让人把你缝在这儿的票子偷了去啊!"

果真,就像心脏病正在发作的患者突然抓住胸口一样,他那苍白而颤抖的手紧紧抓住外衣上的那个地方,他的手指下意识地在那儿摸了摸那个秘密的藏钱之处,这才放心地把手放下。"吝啬鬼!"说着,她啐了一口吐沫。这时,那备受折磨的人突然满脸通红,猛地把钱包摔给了另一位姑娘,从她身边冲出大门,像是从大火中逃了出来似的。那姑娘先是吓得大叫一声,随即便哈哈大笑。

她气得火冒三丈,眼露凶光,先还直愣愣地站了一会儿,随后就又松弛地耷拉下眼皮,精疲力竭地弯下松弛下来的身体。在这一分钟里她看上去显得又老又疲倦,她现在投向我的目光里压抑着某种犹豫不决、茫然若失的神情。她站在这里,满脸羞愧,迟钝麻木,像个喝得烂醉醒过来的醉妇。"到了外面他会为他失去的钱而心痛的,也许会跑去报警,说我偷了他的钱,不过明天他又会到这儿来的。然而他休想得到我。谁都可以得到我,只有他不能!"

她走到吧台前,扔下几个硬币,咕噜噜一口气吞下一杯烈酒。她的眼里又露出了凶光,但很浑浊,像是蒙了一层愤怒和羞辱的泪水。看到她我感到十分恶心,对她没有丝毫同情。我道了声"晚安"就走了。老板娘回了句"Bonsoir"①。那女人没有回过头来,只是发出一阵刺耳的、讥讽的大笑。

我出了门,外面只有黑夜和天空,到处笼罩着闷热的昏暗,漠漠云层遮掩着无限遥远的月光。我贪婪地吸着微热却沁人肺腑的空气,我为森罗万象的人生际遇感到无比惊奇,那种恐怖的感觉消散了。我又感到,每扇玻璃窗后面总在上演一出命运剧,每扇大门都展示着一场风流韵事,这个世界上的事真是千姿百态,无所不在,即便在这最最肮脏的一角也像在萤火虫闪烁不灭的光照下映现出种种窃玉偷香的悲剧。这是一种会使我无比陶醉乃至流下眼泪的感觉。方才见到的那些令人厌恶的情景已经远去,紧张的情绪变成了舒心适意的倦意,渴望把这种种经历过的事情变成更美的梦。我的目光下意识地朝周围

---

① 法语,此处为"再见"的意思。

寻觅了一番，想在这纵横交错的迷宫似的小巷中找到回旅店的路。这时，一个人影趔趄着脚步走到了我身边，他准是悄默声儿地先走进来了。

"请您原谅，"——我立刻就听出了这低三下四的声音——"我想，您找不到路了。能允许我……允许我给您指路吗？这位老爷是住在……"

我说了旅店的名字。

"我陪您去……要是您允许的话。"他马上谦恭地加了一句。

恐惧又袭上我的心头。在我身边，蹑手蹑脚、幽灵似的脚步在移动，虽然几乎听不见，却紧紧地跟在我身边，还有这条海员巷的黝暗和对刚才所经历的事情的回忆，这一切渐渐为一种梦幻般的紊乱的感觉所代替，既无判断，也无反抗。我没有看到他的眼睛，却能感觉到他低三下四的目光，我还觉察到他的嘴唇在颤动。我知道，他想跟我说话，可是我既没有表示同意，也没有表示反对，我感觉正处于昏昏沉沉的状态之中，我的好奇心同身体迷迷糊糊的感觉一起一伏地融合在一起。他轻轻地咳了好几次，我发觉，他的话被嗓子眼儿里的什么东西堵住了，那女人的残忍竟神秘莫测地转到了我身上，所以看见他的羞耻感同急于要倾吐的心情在搏斗，我就感到暗自欣喜。我没有助他一臂之力，而是让沉默又厚又重地挡在我们之间，只听见我们杂乱的脚步声：他的脚轻轻地趿拉着，像老人一样，我的脚步故意踩得又重又响，仿佛要远离这肮脏的世界似的。我感到我们之间的紧张气氛越来越强烈，这沉默充满了内心的

尖声呼喊,好似一根绷得过紧的弦,后来他终于打破沉默,先是极其胆怯地说道:

"您……您……我的老爷……您在那屋里见到了蹊跷的一幕……请原谅……请原谅我又提起这件事……您一定觉得她很奇怪……觉得我很可笑……那女人……就是……"

他的话又停住了。他的喉咙像被什么东西紧紧哽住了。随后,他的声音变得很小,匆匆地悄声说道:"那女人……就是我的老婆。"这话惊得我差点儿跳了起来,因为他很抱歉似的连忙说:"就是说……以前是我的老婆……五年,是四年前……在我的老家黑森的格拉茨海姆……老爷,我不希望您把她想得很坏……她成了这样,也许是我的过错。以前她并不总是这样……是我……是我把她折磨成现在这样的……虽然她很穷,穷得连衣服都没有,她什么东西都没有,我还是娶了她……我呢,我很有钱……就是说颇有资产……不算很有钱……或者说至少那时……您知道,我的老爷……她说得对,我以前也许很节俭……但这是以前的事了,还在不幸发生之前,我诅咒这件事……我的父母亲都很节俭,大家都这样……每一分钱都是我拼命工作挣来的……她却过得很轻松,她喜欢漂亮的高档东西……但她很穷,为此我一再责骂她……我本不该这样的,现在我才知道,我的老爷,因为她骄傲自大,目空一切……您别以为她那副样子是真的,不,她是装出来的……是为了给人看的,她自己内心也很痛苦……她这样做只是……只是为了伤害我,为了折磨我……因为,因为她感到羞愧……或许她真的变坏了,但是我……我并不相信……因为,我的老爷,她这人以前是很好，很好的……"

他擦了擦眼泪，心情十分激动，便停了下来。我不由得看了他一眼，突然间，我不再觉得他可笑了，就连"我的老爷"这个在德国只有下等人才用的奇怪的、低三下四的称呼也不再觉得刺耳了。由于费劲说出了心里话，他的面孔显得十分舒展，现在他又迈着沉重的脚步跟跟跄跄地继续往前走去，却目不转睛地盯着石铺的路面，仿佛在摇曳的灯光下费劲地读着从痉挛的喉咙里痛苦地吐出来刻在路面上的话。

"是的，我的老爷。"现在他深深地吸了口气，声音低沉，与刚才完全不同，就像发自一个较为温和的内心世界一样，"她原来非常好……对我也很好，我使她摆脱了贫困，她很感激……我也知道，她很感激……但是……我……乐意听感恩的话……一次又一次……一次又一次地听感恩的话……听到感恩的话，我心里很舒服……我的老爷，我感到自己比她强，心里就美滋滋的，舒坦极了……要是我知道，我是个坏人……为了不断听到她对我说感恩的话，我真愿把所有的钱都拿出来……她非常傲气，她发觉我要她感恩时，反而说得越来越少了……所以……也仅仅是这个原因，我的老爷，我就总是让她来求我……我从不主动给她钱……她要买件衣服、买条带子都得来向我乞求，我心里感到很惬意……我就这样折磨了她三年，而且越来越厉害……可是，我的老爷，这仅仅是因为我爱她……我喜欢她的傲气，可是我又总想打掉她的傲气，我真是个疯子，她一要什么东西，我就火冒三丈……但是，我的老爷，我这并不是真的……只要有机会侮辱她，我就快活得要命，因为……因为我根本就不知道，我是多么爱她……"

他又不说了。他蹒跚地走着。显然，他把我忘了。他不由自主地说着，像在梦里似的，而且声音越来越大。

"这事……这事我那时……在那个晦气的日子才明白，那天她为她母亲要一点儿钱，只是很少很少一点儿，我没有答应她……实际上钱我已经准备好了，但是我想让她再来……再来求我一次……啊，我说什么啦？……是的，那天晚上我回到家里，她已经走了，只在桌上留了一张字条，这时我才明白过来……'你就留着你那些该死的钱吧，你的一个子儿我也不要了。'……字条上就写了这些，再没有一句别的话……老爷，三天三夜我就像发了疯一样。我请人到河里去找，到树林里去寻，给了警察好几百个马克……所有的邻居家我都去了，但是他们对我只是嘲笑和挖苦……一丝形迹都没发现……后来，另一个村的人告诉我，说他曾经看见她在火车上同一个士兵在一起……她到柏林去了……当天我就赶了去……我放弃了我的收入……损失了几千马克……大家都偷我的东西，我的仆人、管家，大家都偷……但是，我向您起誓，我的老爷，我觉得这些都无所谓……我在柏林住了一个星期，终于在这个人流的旋涡里找到了她……我到了她那里……"他重重地吸了口气。

"我向您起誓，我的老爷……我没有对她说一句重话……我哭了……我跪了下来……我答应把钱……把我的全部财产都拿出来，让她掌管，因为那时我已经知道……没有她我就活不了，我爱她身上的每一根毛发……她的嘴……她的身体，爱她的一切……是我，是我一个人把她推下火坑的呀……我走进屋里时，她的脸一下子变得刷白，像死人一样……我买通了她的女房东，一个拉皮条的下流女人……她靠在墙上，脸色像墙上的白灰……她仔细地听着我说。老爷，我觉得……她，是的，她见到我几乎很高兴……可是我谈到钱的时候……我之所以谈到钱，我向您起誓，只不过是为了向她表明，钱我已经不再考虑了……这时她却啐了一口……接着就……因为我一直还不想走……这时她就把她的情夫叫来，他们一起把我取笑了一通……可是，我的老爷，我还是老去那儿，每天都去。那儿的人把一切都告诉了我，我得知，那无赖把她扔了，她的生活非常困难，于是我又去那儿一次……一次又一次，老爷，可是她把我骂了一顿，并把我偷偷搁在桌上的钞票撕得粉碎，我再去那儿时，她已经走了……为了再找到她，我的老爷，我真是竭尽了全力！整整一年，这我可向您起誓，我不是在生活，而只是不停地打听，我还雇了几个侦探，后来终于打探出，她到了那边，在阿根廷……流落……流落青楼……"他犹豫了片刻。说最后这个词的时候就像要断气一样，他的声音变得更低沉了。

"起初，我吓了一跳……但是后来我思忖，是我，就只是我，把她推下深渊的……我想，她受了多少苦啊，这可怜的女人……主要是因为她太傲……我找了我的律师，他给领事写了信，寄了钱去……没让她知道是谁寄的……只是要她回来。我接到电报，说一切都办得很顺利……我知道了她回来时坐的轮船……我就在阿姆斯特丹等着……我提前三天到了那里，真是心急如焚……轮船终于到了，才见到地平线上轮船冒出的烟，我就乐不可支，我觉得我简直无法等到轮船慢慢地、慢慢地驶近并靠岸了，船开得很慢，很慢，随后旅客从跳板上过来了，她终于，终于……我没有立即认出她……她的样子变了……脸上涂了脂粉，就是……就是那样，您所见的那副模样……她见我在等她……她的脸色变得煞白……幸好有两名海员把她扶住，要不然她就从跳板上摔下去了……她一上岸，我就走到她身边……我什么也没有说……我的喉咙像是卡住了……她也没有说话……也不看我……挑夫挑着行李走在前面，我们走着，走着……突然，她停住脚步，说……老爷，她说的话……让我心痛，听了真让人伤心……'你还愿意让我做你的老婆？现在也还愿意吗？'……我握着她的手……她哆嗦着，但没有说话。可是我感觉到，现在一切又言归于好了……老爷，我是多么幸福啊！我把她领进房间以后，我就像个孩子似的围着她跳，还伏在她脚下……我一定说了些愚蠢透顶的话……因为她含着眼泪在微笑，并爱抚着我……当然是怯生生的……可是，老爷，我感到好适意啊……我的心融化了。我在楼梯上跑上跑下，在旅店里订了午餐……我们的婚宴……我帮她穿好结婚礼服……我们下楼，喝酒吃饭，好不快乐……噢，她快活得像个孩子，那么亲热和温厚，她谈论着我们的家……谈到我们要重新添置的各种东西……这时……"他突然粗着嗓门说，并且做了个手势，仿佛要把谁砸烂似的。"这时……这时来了一个茶房……一个卑鄙的小人……他以为我喝醉了，因为我发了疯似的跳啊、笑啊，还笑着在地上打滚儿……我只是因为太高兴了啊……噢，高兴得不知所以，这时……我付了账，他少找我二十法郎……我把他斥责了一顿，并要他把钱补给我……他很尴尬，便搁下那枚金币……这时……这时她突然尖声大笑……我愣愣地盯着她，她的面孔已经变了样……一下子变得嘲讽、严厉和凶狠……'你还是老样子……甚至在我们结婚的日子也一点儿没变！'她冷冷地说，语气那么锋利，那么……伤心。我心里感到惶恐，诅咒自己那么斤斤计较……我设法重新笑了起来……但是她的快乐情绪已经没有了……已经消失殆尽……她自己单独要了房间……对于她我没有什么东西舍不得的……夜里，我独自躺在床上，心里盘算着第二天早上给她买些什么东西……作为礼物送给她……我要向她表明，我这人并不小气……再也不违背她的心意了。第二天一大早我就出去，给她买了手镯，然而，我回来走进她的房间……房里已经空了……同上次完全一样。我知道，桌上准留了字条……我走开了，向上帝祈祷，希望这次不是真的……但是……但是……桌上果真留了字条……上面写着……"他犹豫了。我下意识地停住脚步，望着他。他耷拉着脑袋，过了一会儿，他以嘶哑的声音低声说道：

"上面写着……'让我安静吧。你让我感到恶心……'"

我们到了港口，突然，近处波涛拍岸的轰鸣打破了黑夜的沉寂。停泊在近处和远处的海轮宛如一只只黑色巨兽，都睁着亮晶晶的眼睛，不知从何处传来了歌声。什么东西都看不清楚，却能感觉到许多东西，一座人口稠密的城市正在沉睡，正在做着可怕的梦。在我身边，我感觉到这个人的影子，它幽灵似的在我脚前颤动，在摇曳的昏暗灯光中，时而拉长，时而缩短。我一句话也说不出，既想不出话来安慰他，也没有什么问题要问他，但是我感到他的沉默粘在了我身上，粘得很紧，使我感到压抑。突然，他战战兢兢地抓住我的手臂。

"可是，没有她我是不会离开这儿的……我找了几个月才重新找到她……她在折磨我，但是，我会百折不挠地坚持下去的……我的老爷，我求您，请您跟她谈谈……我不能没有她，请把这话告诉她……我的话她不听……我再也不能这样活着了……我再也不能看着男人上她那儿去了……我再也不能在门口守着他们重新走出来……一个个喝得醉醺醺地哈哈大笑……这条巷里的人都认识我……他们只要看见我在那儿等着，就哈哈大笑……快把我弄疯了……可是，每天晚上我还是照样站在那儿……我的老爷。求求您……请您跟她谈谈……我不认识您，但是，看在仁慈的上帝的分儿上，请您跟她谈谈……"

我下意识地想从他手中把胳膊脱出来。我感到心里发毛。可是他却觉得我对他的不幸无动于衷，于是突然跪在街心，把我的脚抱住。

"我恳求您，我的老爷……您一定得跟她谈谈……您一定得……要不然定会发生可怕的事的……为了找她，我花掉了所有的钱，我不会让她留在这里……不会让她活着留在这里。我已经买了一把刀……我买了一把刀，我的老爷……我绝不让她留在这里……绝不让她活着留在这里……我受不了……请您跟她谈谈，我的老爷……"他像发了疯似的在我面前打滚儿。就在这时，街上有两个警察朝这儿走来。我一把将他拉起。他直愣愣地盯着我看了一会儿，随后便用完全陌生的、干巴巴的声音说：

"顺着这条巷子，您在那儿拐进去，就到您住的旅店了。"他又一次愣愣地看着我，瞳孔好像融化了，白白的，空洞洞的，很是吓人。接着他就离开了。

我紧紧裹着大衣，我冷得发抖。我只感到疲倦，觉得醉醺醺的，昏沉而麻木，好似梦游一般，同时我又有一种不祥的预感。我想好好想一想，把这些事情思考一番，可是疲倦却时时地从我心头翻起黑浪，将我卷走。我摸索着回到旅店，往床上一倒，睡得沉沉的，像头牲畜。

第二天早晨，这件事情中到底哪些是梦幻，哪些是真的，我也弄不清了，而且我心中也有什么东西不让我去弄清楚。我醒得很晚，我是这座陌生城市里的陌生人。我去参观一座教堂，它的古代镶嵌艺术据说很有名。但是我的眼睛望着教堂，什么也没有看进去，昨天夜里所遇之事又浮现在我眼前，越来越清晰，而且轻而易举地推我去寻找那条小巷和那所房子。可是那些奇怪的小巷只有夜里才有生气，白天都戴着灰色的、冷冰冰的面具，只有熟悉的人才能认出面具下面的条条小巷来。我怎么找也没找到那条小巷。我又失望又疲惫地回到住处，脑子里总也摆脱不了那种种图像，不知是妄想中的还是回忆中的那些图像。

我乘坐的火车晚上九点开。我怀着遗憾的心情离开这座城市。挑夫扛起我的行李，在我前面朝车站走去。在一个十字路口,突然有什么东西使我转过头来:我认出了通向那座房子去的那条横着的小巷。我让挑夫等一下,走过去,又朝那条烟花巷看了一眼。挑夫先是有点儿吃惊,随后调皮而会心地笑了。

巷子里黑黑的,同昨天一样,在淡淡的月光下,我看见那座房子的玻璃门在闪闪发亮。我还想再走近一点儿,这时,从黑暗中出来一个身影,发出簌簌的声响。我感到不寒而栗。我认出了那个人,他正蹲在门槛上向我招手。我想走近一点儿,但是我心里发憷,所以赶紧逃走,怕被缠在这里,误了火车。

但是,我走到拐角处时,又回头望了望。我的目光与他相遇时,他猛地一使劲,站了起来,朝大门撞去。他手里的金属亮光一闪,因为这时他飞快地打开了门,我从远处看不清他手里拿的到底是金币还是刀子,反正在月色中他手指缝里有亮晶晶的闪光……

看不见的藏品
——德国通货膨胀时期①

列车开出德累斯顿两站后,一位上了年纪的先生上了我们的车厢,谦恭有礼地向大家打过招呼,然后抬起眼,像对一位老朋友似的特地再次朝我点头致意。最初的一瞬间,我想不起他是谁了,可是当他微微含笑,正要说出他的姓名时,我立刻就想起来了:他是柏林最有名望的艺术古董商之一,和平时

---

① 指20世纪第一次世界大战德国战败后的年代,亦即魏玛共和国早期。那次通货膨胀1923年达到顶峰,甚至出现过1美元等于10亿马克的天文数字,大街上人们拖着装满货币的小车去购物的情景更是司空见惯。

期①我常常到他店里去观赏和购买旧书和名人手迹。我们先随便聊了些无关紧要的事,接着他突如其来地说道:

"我得告诉您,我是刚从哪儿来的。因为这个故事可以说是我这个老古董商三十七年职业生涯中所遇到的最离奇的事。您本人大概也知道,自从货币的价值就像逸散的煤气荡然无存以来,艺术品市场上是什么情况:暴发户突然对哥特式的圣母像和15世纪印刷术发明初期的古版书以及古老的蚀刻印制品和画像大为青睐。这帮人胃口之大你连变都变不过来,因此还不得不防范他们把屋里的东西一扫而光。他们恨不得连你袖口上的扣子和桌上的台灯都买了去,所以要搞到新的商品也就越来越难了——请原谅,我竟突然把这些我们一向对之心存敬畏的物品称之为商品——但是这批兜里鼓鼓的老土鳖甚至已经让人习惯于把一部精美的威尼斯古版书仅仅视为一笔美金,把圭尔奇诺②的一幅素描看作是几张100法郎钞票的等价物。这帮突然出现的购买狂个个涎皮赖脸,死缠硬磨,你怎么拒绝阻挡都无济于事,所以我一夜之间就被敲骨吸髓,弄得一贫如洗。我们这家老店号是我父亲从祖父手里接过来的,如今店里只好卖些寒伧的下脚货,这都是些从前连北方的街头废品商贩都不屑放到他们手推车上去的破烂。目睹此情此景我羞愧难当,真恨不得将卷帘百叶窗放下,关门拉倒。

---

① 指第一次世界大战前。
② 圭尔奇诺(1591—1666),意大利画家,其湿壁画独创性地利用了引起幻觉的天顶,对17世纪巴洛克装饰艺术有着深刻影响。圭尔奇诺是一位多能画家,既擅长壁画、架上画,也作铜版画。

"在这种狼狈处境中,我想到,何不把我们的业务旧册簿拿来翻一翻,找出几位昔日的主顾,兴许还可以从他们那儿弄回几件副本呢。这种老主顾名录总像一片墓地,特别是现在这个时候,其实并不会给我多少引导。因为我们以前的主顾大多不得不早就把他们的藏品拍卖掉了,或者早已去世,对于剩下的少数几位,也不能抱有什么指望。这时我突然翻到一捆大概是我们最早的一位主顾的信件,此人我早就把他忘了,因为从1914年世界大战爆发以来,他再也未曾向我们订购或者咨询过什么。我们的通信几乎可以追溯到六十年以前,这可没有一点儿夸张!他在我父亲和我祖父手里就买过东西,可是在我自己经手的三十七年里,我记不得他曾经来过我们店里。种种迹象表明,他一定是个古怪的旧式滑稽人物,是门采尔或者施皮茨韦格①笔下那种早已匿迹的德国人,他们有的还活到我们这个时代,在外省的小城镇有时还可见到,都成了稀有怪人。他手书的文本可说是书法珍品,写得干干净净,每笔款项下面都用尺子和红墨水划上横道,而且总要把数字写两遍,以免出现差错;再有,他还利用裁下的信笺空白页和翻过来的旧信封写信。凡此种种都表明,这个不可救药的外省人十分小家子气,是个狂热的节俭癖。这些奇特的文件除了他的签名之外,往往还署着他的各种繁冗的头衔:退休林务官兼经济顾问、退休少

---

① 门采尔(1815—1905),德国画家,除了大量风俗画、风景画和肖像画外,还画了很多工人及其他劳动者的形象;施皮茨韦格(1808—1885)德国画家,擅于描绘小城镇的失意者、街头音乐家、邮递员、守夜人和依依作别的情侣。

尉、一级铁十字勋章获得者。这位1870年①的耆宿要是还活着的话，至少也有八十高龄了。可是这位滑稽可笑、节俭人迷的人物作为古代版画收藏家却表现出不同凡响的聪慧、精邃的知识和高雅的情趣。于是我慢慢整理出他将近六十年的订单，其中第一份订单还是用银币结算的。我发现，在一塔勒②还可以买一大批最精美的德国木刻的那个时代，这位不显山露水的外省人定已悄默声儿地收藏了一批铜版画，和那些暴发户名噪一时的收藏相比，他的这些藏品却更令人刮目相看，因为在半个世纪里，他单在我们店里每次用不多的马克和芬尼③购得的东西积攒在一起，在今天恐怕已经价值连城了。除此之外，还可以想见，他在拍卖行和其他商号一定也捞到了不少便宜货。当然，从1914年以来再没有收到过他的订单。我对艺术品市场的行情十分熟悉，要说这样一批藏品无论公开拍卖或者私下出售，是一定瞒不过我的。如此说来，这位奇人想必现在还活着，或者这批藏品现在就在他的继承人手里。

"这件事情引起了我的兴趣，第二天，也就是昨天晚上，我立刻乘火车直奔撒克逊的一座凋敝的外省小城镇而去。当我出了小火车站，信步走上主要大街时，我觉得，在这些平庸、俗气、带着小市民趣味的房子当中，在其中的某个屋子里竟住

---

① 1870年是普法战争之年，战争中普鲁士打败法国。1871年1月18日，普鲁士国王威廉一世在法国凡尔赛加冕，成为德意志皇帝，德意志帝国宣告成立。
② 塔勒，德国旧制银币。
③ 芬尼，德国辅币单位，100芬尼等于1马克。

着一位拥有保存得完整无损的伦勃朗①极其精美的画作以及丢勒②和曼特尼亚③的版画的人,这简直让人难以置信。我到邮局去打听,这里有没有一位叫这个名字的林务官或者经济顾问。当得知这位老先生确实还活着时,我真感到惊讶不已,于是,我在午饭前便动身前往他家,说实话,我心里真还有些忐忑不安呢。

"我毫不费劲就找到了他的住处。他的寓所在那种简陋的外省楼房的三层。这种楼房大概是在上世纪60年代由某位善于投机的泥瓦匠设计,匆忙地盖起来的。二楼住着一位老实的裁缝师傅。三楼的左侧挂着一块闪闪发亮的邮政局长的门牌,我在右侧终于看到了写有这位林务官兼经济顾问姓名的瓷牌。我怯生生地按了一下门铃,立刻就出来了一位头戴干净小黑帽的白发老妪。我把我的名片递给她,并问,能否跟林务官先生谈谈。她先是惊讶地、有些怀疑地看了看我,然后看了我的名片。在这座被世界遗忘的小镇上,在这么一幢老式的房子里,居然有人从外地来访,这可是一件大事。她和蔼地请我稍等,便拿着名片进屋去了。我听见她在屋里小声说着,接着突然听见一个响亮的男人声音大声地说:'啊,R先生……从柏林来的,从那家大古董店来的……快请进,快请进……我很高兴!'这时,老夫人又急步来到门口,请我进屋。

---

① 伦勃朗(1606—1669),荷兰最伟大的画家,也是17世纪欧洲最伟大的画家之一。
② 丢勒(1471—1528),德国著名画家。
③ 曼特尼亚(1431—1506),意大利北部画家,文艺复兴早期艺术家。

"我脱下大衣，走进屋去。在这间陈设简单的屋子当中，站着一位身体还很硬朗的耄耋老人，他身板挺直，蓄着浓密的髭须，身着半军装式的镶边便服，热情地向我伸出双手。这个手势明白无误地表示出了他喜悦的、自然流露的欢迎，可是这又与他站在那里呆滞的奇怪神情形成明显的反差。他一步也不向我迎来，我只好走到他跟前，心里略感诧异地去握他的手。可是当我要去握他的手时，我从这双手纹丝不动地所保持的水平姿势上发现，他的手不是在找我的手，而是在等待。一下子我全明白了：这是位盲人。

"我从小迎面看见瞎子时心里就感到很不舒服。每当想到一个人活生生的，同时又知道，他对我没有我对他那样的感受时，心里总排遣不了羞惭和不是味儿的那种体悟。就是此刻，我看到在他向上竖起的浓密的白眉毛下那双直愣愣地凝视着虚空的瞎眼睛时，也得克服我心里最初的恐惧。可是这位盲人没让我长时间去发愣，因为我的手刚一碰到他的手，他就使劲将我的手握住，并且用热烈而愉快的响亮声音再次向我表示欢迎。'真是稀客！'他笑容满面地对我说，'确实是奇迹，柏林的大老板竟会光临寒舍……不过，俗话说得好，商人上门，可得多多留神！……我们家乡常说：来了吉卜赛，快快关上大门扎紧口袋！……是啊，我可以想象，您干吗来找我。在我们可怜的、衰落的德国，现在生意很不景气，没有买主了，于是大老板们又想起了他们的老主顾，又找他们的羔羊来了。不过，我怕您在我这儿交不到好运，我们这些可怜的吃养老金的老人，只要有口饭吃就心满意足了。你们现在把物价弄得疯涨，

我们可是没法儿跟上……我们这样的人永远被抛弃了。'

"我立即纠正他的话,说他误解了我的来意。我来这儿,并不是要向他兜售什么东西,我只不过是正好来到近处,不想错过这个来拜访他这位我们店号多年的老主顾和德国最大的收藏家之一的机会。我刚说出'德国最大的收藏家之一'这句话,老人脸上就出现了奇怪的变化。他仍然直愣而呆滞地站在屋子中间,但是现在他的脸上突然开朗了,而且现出内心深处有种自豪的神情。他转向他估计夫人所在的方位,仿佛想说:'你听见了吗?'随后他转过脸,声音里充满快乐,刚才说话时还显露出的那种军人的粗暴口气已经无影无踪,而是以和顺甚至可以说是轻柔的语调说:

"'您确实是太好了,确实太好了……不过也不会让您白来一趟的。我要给您看些东西,这可不是您每天都看得到的,即使是在您引以为豪的柏林……给您看几幅画,就是在阿尔贝特①和讨厌的巴黎也找不到更好的了……可不是,六十年下来,我收集了各种各样的东西,这些宝贝可不是平时能在大街上随便见到的。路易丝,把柜子的钥匙给我!'

"这时,发生了一件意想不到的事。那位一直站在他旁边客气地微笑着、和蔼可亲地静听我们谈话的老太太,这时突然举起双手向我恳求,同时剧烈地摇着脑袋以示反对。起先我并

---

① 阿尔贝特,即著名的奥地利阿尔贝特版画收藏馆。该馆藏品为18世纪阿尔贝特·卡西米尔公爵所收集,后由阿尔贝特的继承人管理和扩充,直至1920年奥地利政府接管为止。

不明白她的这个信号是什么意思。随后,她先走到她丈夫跟前,双手轻轻地搭在丈夫肩上:'可是,赫尔曼,你也不问问这位先生,现在有没有时间看你的藏品,现在到中午了。吃过午饭你得休息一小时,这是大夫特别要求的。等吃完饭你再把你那些东西让这位先生看,然后我们一起喝咖啡,这不是更好吗?那时安纳玛丽也在家,对这些东西她比我懂得多,她可以帮你的忙!'

"她说完这些话,似乎越过她毫无所知的丈夫,再次向我重复了那个急切恳求的手势。这下我明白她的意思了。我知道,她是让我不要答应马上就观赏他的藏画,所以我立即借口说,有人请我吃饭。我表示,能允许我观赏他的藏品,我感到莫大的快乐和荣幸,可是在三点以前几乎不可能,三点以后我将乐于再来。

"他生气了,就像是被人把最心爱的玩具拿走了的孩子。他转过身来咕哝着说道:'当然,这些柏林的大老板总是忙得不可开交。可是这次您可得拿出点儿时间来,因为这些藏品不是三五幅画,而是二十七个收藏夹,每位大师一个,而且没有一个收藏夹没有装满。那么,说好下午三点,可得要准时,要不我们就看不完了。'

"他又朝空中向我伸出手来。'您看吧,您会高兴——或者生气的。您越生气,我就越高兴。我们收藏家就是这样:一切都为我们自己,不为别人!'他再次使劲握了我的手。

"老太太一直把我送到门口。在这段时间里,我注意到她一直忧心忡忡,显出又尴尬又恐惧的神色。可是快到门口时,她压低嗓子，结结巴巴地说道：'您来我们家之前……可以让我女儿安纳玛丽……去接您吗？……由于种种原因……这样较为妥当……您大概是在旅馆里用饭吧？'

"'是的。我很高兴，我会感到非常愉快的。'我说。

"果然，一小时以后，我在市场附近那家旅馆的小餐厅刚刚吃完午饭，就进来一位衣着朴素、不很年轻的姑娘，睁大眼睛往四处找人。我朝她走去，做了自我介绍，并告诉她，我已准备停当，可以马上跟她一起去看藏画。可是她的脸一下子突然涨得通红，表现出慌乱和尴尬的神情，就像她母亲先前那样。她恳请我，动身前能不能先跟我说几句话。我马上就看出，她很为难。每当她鼓起勇气想要说话的时候，脸上忐忑不安、颤动不定的红晕便一直升到她的额头，一只手折卷着裙子。末了，她终于结结巴巴地开口了，这当间又一再沉入内心的慌乱：

"'我母亲让我来找您的……她什么都跟我说了……我们对您有个很大的恳求……在您到我父亲那儿去之前，我们想先把情况告诉您……父亲当然要让您看他的藏品，可是那些藏品……那些藏品……已经不很全了……其中缺了好些……可惜，甚至缺了相当多……'

"这时，她不得不再喘口气，随后突然凝视着我，匆匆地地说道：

"'我必须坦诚地跟您说……您了解这个时代，您什么都会理解……战争爆发以后，父亲的双目完全失明，在此之前，他的视力就常出问题，后来因为激动，他的视力就完全丧失了——起先,尽管那时他已是七十六岁高龄了,他还是决意要到法国去打仗,后来德国军队没像1870年那样往前挺进,把他气得七窍生烟,这时他的视力就急剧下降。不过除了视力不济之外,他的身体还是十分硬朗的,直到不久前他还能一连散步几个小时,甚至能去进行他喜爱的打猎。可是现在他不能出去散步了,他剩下的唯一的乐趣就是他的藏品,他每天都要欣赏……这就是说,这些藏品他看不见了,他什么也看不见,可是每天下午他都要把所有的收藏夹拿出来,至少可以把这些画摸一摸,总是按照同样的顺序一张一张地摸,几十年来,他已经将这个顺序背熟了……现在他对别的东西已经没有兴趣,我得老给他念报上各种拍卖的消息,价格越涨,他越高兴……因为……对物价和时代父亲一点儿也不了解,这才是最可怕的……他不知道,我们已经失去了一切,他每月的养老金还维持不了两天的生活……再加上我妹夫又阵亡了,留下她和四个孩子……可是父亲对于我们这些物质上的困难却全然不知。起初我们省吃俭用,比从前更节省,但无济于事。后来我们就开始变卖东西——我们当然不碰他心爱的藏品……我们卖掉了仅有的那点儿首饰,可是,上帝呀,这又能卖多少钱!六十年来,父亲把能省下的每一芬尼全都用来买画了。有一天,家里再没有什么可卖的了……我们真不知道这日子怎么过下去。这时候……这时候,母亲和我就卖了一幅画。父亲要是知道,那是绝对不会允许的。他不知道,日子过得多么艰难;他根本想不到,在黑市上弄点儿食物有多难;他也不知道,我们已经战败了,阿尔萨斯-洛林已经割让出去①,我们再也不把报上的所有这些消息念给他听了,免得他激动。

"'我们卖了一幅非常珍贵的画,一幅伦勃朗的蚀刻画。商人给我们出价好几千马克,我们本指望用这笔钱维持几年生活的,可是您知道,货币熔化起来有多快……我们把剩下的钱全部存进了银行,可是两个月后就付之东流了。因此,我们只好再卖掉一幅,又卖掉一幅,商人总是很晚才把钱寄来,这时货币又已经贬值了。后来我们就拿到拍卖行去,可是尽管人家出价几百万,我们也还是受骗……等到这几百万到我们手里,已经成了一堆分文不值的废纸。就这样,仅仅为了维持我们最可怜的生活,父亲收藏的珍品,连同几幅名画,全都渐渐流失了,而父亲对此却毫不知情。'

"'所以您今天一来,我母亲就吓坏了……因为要是父亲给您打开那些收藏夹,那么事情就露馅儿了……每个旧画框,父亲一摸就知道。我们把复制品或者相似的画页放进画框,代替那些卖掉的画,这样他摸的时候,就不会有所觉察。只要他能触摸、能清点这些画页(这些画的顺序他已准确地熟记于心),那他就会感到跟从前睁着双眼欣赏这些作品的时候同样的高兴。而平时在这个小镇上,我父亲认为没有人配得上看他的宝贝……每一张画他都爱不释手,我相信,要是他知道,他

---

① 阿尔萨斯-洛林,普法战争后,法国于1871年割让给德国。1919年第一次世界大战后,退还法国。1940年第二次世界大战期间,再度割让给德国,1945年又归还法国。

这些画早就在他手底下流失了,他一定会心碎的。这些年来,自从德累斯顿铜版画陈列馆的前任馆长去世以后,您是第一位他愿意让看他的收藏夹的人。所以我请求您……'

"这位不再年轻的姑娘突然举起双手,眼里闪着晶莹的泪花。

"'……我们请求您……别让他伤心……别让我们伤心……请您别把他这个最后的幻想毁掉,请您帮助我们,让他相信,所有他将向您描述的画还都存在……要是他猜到了真相,他就活不下去了。也许我们做的这件事对不起他,但是我们没有别的法子:人总得活啊……人的生命,我妹妹的四个孤儿,总比印在纸上的画重要吧……到今天,我们也一直没有夺走他的这个乐趣。每天下午能把他的收藏夹翻上三个钟头,跟每幅画都像跟人似的说说话,他就感到很快活。今天……今天说不定会是他最快活的日子。他盼了好些年,盼着有朝一日能给一位行家展示他心爱的宝贝。我请您……我举起双手恳请您,别毁掉他的快乐。'

"她这番话说得那样感人肺腑,我现在的复述,根本无法表达她的这种感情。上帝呀,作为商人,我见过许多人被通货膨胀卑鄙地洗劫一空,弄得倾家荡产,他们上百年祖传的珍宝被人用一个黄油面包就给骗走了——但是在这儿命运创造了一个特例,使我特别震撼。不言而喻,我答应她绝不吐露真情,并尽力帮忙。

"于是我们一起去她家——路上我十分愤怒地听说,人们用一丁点儿钱就骗了那两位可怜的无知女人,我心头就无名火起，但是这更坚定了我帮助她们到底的决心。我们走上楼梯，刚按响门铃，就听见屋里老人愉快而响亮的声音：'进来！进来！'凭着盲人敏锐的听觉，他一定听见我们上楼的脚步声了。

"'由于急着要让您看他的宝贝，赫尔曼今天中午一点儿都没睡。'老夫人笑着说。她女儿一个眼神就让她知道我答应了她们的请求，老太太也就把心放下了。桌上铺了一大堆收藏夹，正在等待。盲人一触到我的手，就抓住我的手臂，把我按在沙发椅上，连寒暄话都没说。

"'好吧，现在我们马上就开始！——要看的东西很多，而柏林来的大老板又没有时间！这里第一个收藏夹里全是大师丢勒的作品，您自己将会确信，收集得相当齐全——而且一幅比一幅精美。喏，看看吧，您自己来判断！'——说着，他打开了画夹中的第一幅，'这是《大马》。'

"然后，他精心细致地，就像人家平时触碰到一件易碎的东西似的，用指尖小心翼翼地从收藏夹里取出一个嵌了一张泛黄的空白纸的画框。他激情满怀地把这张分文不值的废纸举在面前，凝视着，足有几分钟之久，可是并没有真正看见。他张开双手狂喜地把这张白纸举到眼前，整个脸上呈现出一位观赏者迷人地凝神专注的表情。可是他两颗瞎了的僵滞的眼珠突然闪闪发亮，出现一缕智慧之光——是纸的反光，还是内心的喜悦所造成的？

"'怎么样？'他自豪地说，'您什么时候见过比这印得更好的画吗？每个细部的线条多么锐利，轮廓多么清晰——我把这张画同德累斯顿的那幅作过比较，德累斯顿那张就显得呆板、木讷多了。再来看看它的来头！这儿——'他把画翻了过来，用指甲丝毫不差地指着这张空白纸上的一些地方，以至我下意识地朝那儿看去，看那儿是否真有标识——'您看，这儿是那格勒的收藏章，这里是雷米和埃斯戴尔的收藏章。这些著名收藏家大概怎么也料想不到，他们的画居然来到了这间小屋里。'

"听着这位毫不知情的老人如此热情地赞赏一张完全空白的纸，我感到不寒而栗。看见他用指甲精确到毫米不差地指着只在他的幻想中还存在的看不见的收藏家的标识，真让我感到十分怪异，心里直发毛。恐怖使得我的喉咙感到憋气，像是被绳子勒住了似的，我不知道该怎么回答才好。我迷惘地抬眼看着那两个女人，看见浑身颤抖、异常激动的老夫人又举起了恳求的双手，于是我让自己镇静下来，开始进入我的角色。

"'简直是超群绝伦！'我终于结结巴巴地说道。'这幅画的印制真可谓精美无比！'自豪感使得老人的整个脸上立刻显得神采奕奕。'不过，这还不怎么样，'他得意扬扬地说，'您得先看看《忧愁》[①]，或者这幅《基督受难》[②]，这幅画色彩之绚丽，印制之精致，世上无出其右者。您看这儿，'说着他的手指又轻盈地抚摸着一幅他想象中的画，'色彩鲜艳，质感强烈，色调温暖。柏林的大老板们和博物馆的专家们见了不被震

[①]《忧愁》，丢勒的名画。
[②]《基督受难》，丢勒的名画。

得瞠目结舌、呆若木鸡才怪呢。'

"老人得意扬扬、滔滔不绝地说啊,讲啊,足有两个小时。我真无法向您描述,跟他一起观赏那100张或200张空白废纸或是拙劣的复制品有多么怪异,多么吓人!那些子虚乌有的画在这位可悲的毫不知情的老人记忆里可是货真价实、真真切切的,他可以毫无差错地按照精确的顺序赞美和描述每一幅画,精确地指出画上的每一个细部。那些看不见的藏品早已风流云散、荡然无存了,可是对于这位盲人,对于这位令人感动的受骗者来说,还实实在在收藏在那里,还完整无缺地存在着。他由幻觉产生的激情是如此感人肺腑,几乎连我也开始相信了。只有一次,他似乎有所察觉,这下,他那梦游者的沉稳和观赏的热情就被可怕地打破了:拿起伦勃朗的《安提俄珀》(这是一幅试印张,想必确实具有无可估量的价值),他又赞赏了印刷的清晰,同时他那感觉敏锐的、神经质的手指深情地将这幅画复绘一遍,随后又照着印象中的线条重新描画时,他那久经磨炼的触角神经在这张陌生的画页上却没有发现那些凹纹。这时,他额头上突然掠过一片阴影,声音也变得慌乱了。'这确实是……确实是《安提俄珀》吗?'他喃喃自语,神情显得有些尴尬。我立刻心生一计,急忙从他手里将这幅装了框的画页拿了过来,热情洋溢地把这幅我也能记得起来的蚀刻画的各种细节描绘了一番。盲人的那张已经变得尴尬的脸重新松弛下来。我越赞扬,这位性格怪僻、已到风烛残年的老者就越显得亲切与随和,快乐与真挚。'这才是行家啊!'他朝他的家人转过脸去,兴高采烈、得意扬扬地说,'终于,终于找到一位知音了。你们听听他说的,我这些画有多值钱。你们总是对我心存疑虑,责怪我把所有的钱都花在了收藏上。这倒是真的,六十年来,我不喝啤酒,不抽烟,不旅行,不看戏,不买书,总是一个劲儿省,省下钱来买了这些画。等到有朝一日我不在人世了,你们将会看到——你们发了,成了全城的首富,富得跟德累斯顿最有钱的富人一样,那时候,你们还会为我干的蠢事高兴的。可是只要我活着,一幅画也不许拿出这屋子——你们得先把我抬出去,这才能动我的藏品。'

"他边说边用手指轻柔地抚摸那些早已没有藏品的空收藏夹,就像在抚摸有生命的东西似的。——对我来说,这是一个可怕但又感人的情景,因为在这战争年代里,我还从未在一个德国人的脸上见过如此完美、如此纯真的幸福表情。他身旁站着他的妻子和女儿,神秘得跟那位德国大师蚀刻画上的女人形象①极为相似。画上的女人前来瞻仰救世主的坟墓,站在挖开的空墓穴前,脸上的表情既惊恐又虔诚,还有见到奇迹时的狂喜。犹如那幅画上的女门徒被救世主神的预示映得神采奕奕一样,这两个日渐衰老、含辛茹苦、家徒四壁的小市民妇女脸上则感染着老人那天真烂漫、心花怒放的欢乐,她们一面欢笑,一面流泪,这样感人至深的情景我还从未见过。可是,老人对我的夸奖真是百听不厌,他不断把画页堆起,又翻开,如饥似渴地把我说的每一句话都吞进肚里。等到最后,这些骗人的收藏夹被推到一边,老人很不乐意地得把桌子腾出来喝咖啡的时

---

① 这里指丢勒及其蚀刻画《基督受难》。

候,对我来说倒是一次休息。可是我这心含内疚的放松又怎能与这位似乎年轻了三十岁的老人,与他激越高昂、升腾跌宕的欢乐情绪,与他的豪迈气魄相提并论!他讲了千百个买画淘宝的趣闻轶事,一再站起身来,不要别人帮忙,自己摸索着去抽出一幅又一幅画来:他像喝了酒似的兴奋和陶醉。可是等我末了说,我得告辞了,他简直大为惊吓,像个任性的孩子似的一脸恼怒,固执地跺着脚说:这可不行,还没看完一半呢。两个女人费了好大周折才让这位倔犟的老人明白,他不能让我多耽搁了,要不然就会误了火车。

"经过激烈反对,最后他终于顺从了。告别的时候到了,他的声音变得非常柔和。他握住我的两只手,他的手指以一个盲人的全部表达力,亲热地顺着我的手一直抚摸到手腕,像是想更多地了解我,并向我表达言语所不能表达的更多的爱。'您的光临给了我极大、极大的快乐,'他开口说,语气中透着从内心激起的感触,这是我永远不会忘怀的,'终于又能和一位行家一起来欣赏我心爱的藏画,对我来说这真是件欣慰的事。我会让您看到,您没有白到我这个瞎老头儿这儿来。我让我太太作为证人,我在这儿当着她的的面答应您,我要在我的遗嘱上再加上一条:委托您久负盛名的字号来拍卖我的收藏。您该获此殊荣,来管理这批人所不知的宝藏,'——说到这里,他深情地把手放在那些早已洗劫一空的收藏夹上——'直到它流散到世界各地之日。不过您要答应我编制一份精美的藏品目录:让它成为我的墓碑,更好的墓碑我也不需要。'

"我望了望他的夫人和女儿,她们俩紧紧地挨在一起,有时会有一阵战栗从一个人传给另一个人，仿佛两人是一个身体，因为受到同样的心灵震撼而在那里颤抖。我自己的心情十分庄严，因为这位令人感动的毫不知情的老人，委托我像保管一批珍宝似的保管他那看不见的、早已散失的藏品。我深受感动，答应了这件我永远也无法完成的事。老人瞎了的眼珠又为之一亮，我感到，他从内心渴望感觉到我的真实存在：我从他的和蔼可亲，从他心怀感激的诺言，用手紧握我的手的举止上，感觉到了他的这种渴望。

"两位女人送我到门口。她们不敢说话，因为老人听觉敏锐，会听见每一句话，但是她们热泪盈眶，她们的目光注视着我，充满感激之情。我神情恍惚，摸索着走下楼梯。我心里感到十分羞愧：我像童话里的天使踏进一个穷人家里，帮人做了一次虔诚的欺骗，肆无忌惮地撒谎，使一个瞎子在一小时内重见光明，而实际上我确实是个卑鄙的商贩，到这里来是想从别人手里狡猾地捞取几件珍贵的东西。可是我带走的却很多很多：在这个麻木迟钝、毫无欢乐的时代，我又一次生动地感觉到了纯真的激情，一种心灵里充满阳光、完全献身于艺术的心醉神迷——对于这种精神状态我们这些人似乎早已忘怀了。我心里充满敬畏之情——我无法用别的方式来表达——虽然我还因为不知原因而一直感到羞惭。

"我已经到了大街上，这时上面的窗户'咔嗒'一响，我听见有人在喊我的名字：真的，老人非要朝他估摸我所去的那个方向用他失明的眼睛为我送行。他的身子探出窗外老远，他的妻女只好扶着他，以防意外。他挥动手绢，用男孩子快乐而爽朗的声音叫道：'一路平安！'这是一个令我难以忘怀的情景：楼上窗口上露出一张白发老人快乐的笑脸，由一片善意的幻觉之白云从我们这个可憎的现实世界轻轻托起，高临于大街上那些郁郁寡欢、行色匆匆、忙忙碌碌的人群之上。我不觉又想起了那句真实的老话——我想，那是歌德说的：'收藏家是幸福的人！'"

里昂的婚礼

1793年11月12日,巴雷尔①在法国国民公会②上提出一个提案,要置里昂这座暴乱的、后来被攻占的城市于死地。提案结尾是两句简明扼要的话:"里昂反对自由,里昂今后不再存在。"巴雷尔要求把这座叛逆城市的一切建筑夷为平地,将

---

① 巴雷尔(Barere,1755—1841),在雅各宾专政时期(1793—1794)是法国救国委员会主要成员,主张对保皇派采取严厉政策。
② 国民公会,18世纪法国资产阶级革命时期建立的最高立法机构,于1792年9月20日开幕,次日宣布废除君主制,22日宣布成立法兰西共和国。国民公会于1795年10月26日解散。

其所有的纪念碑化为灰烬,连城市名称也要取消。国民公会犹豫了八天,才作出同意摧毁这座法国第二大城市的决定。可是,即使在这项决定签字以后,人民代表库东①在执行这项血腥的英雄命令时还是采取了敷衍态度,因为他知道罗伯斯庇尔对他的做法是默许的。为了做做样子,他把民众召集到贝勒古广场,举行声势浩大的集会,并用银锤象征性地敲敲那些决定要摧毁的房屋,但是真要摧毁那些精美的门面时,铁锹却迟迟疑疑地下不了手,断头台上的杀人机只是隆隆地空响着,铡刀很少落下来。看到这出乎意料的温和态度,人们心里稍安,这座被内战和长达一月有余的围困弄得人心惶惶的城市又敢呼吸第一口希望之气了。可是这时这位仁慈的、迟疑不决的护民官

---

① 库东(Couthon,1755—1794),法国大革命时期的激进民主派,罗伯斯庇尔和圣茹斯特在救国委员会中的亲密战友,1792年8月10日推翻君主制后被选为国民公会议员,8月21日被派往里昂,指挥镇压反革命活动。里昂于10月9日投降。库东不愿执行国民公会关于毁城的命令,遂请求解除他的司令官职务。1794年7月27日热月政变时,库东、罗伯斯庇尔和圣茹斯特被捕,次日被送上断头台。

突然被召回，派来接替他的是科洛·德布瓦①和富歇②。这两位身佩人民代表绶带的司令一到，里昂在共和国的法令里从此就叫作"解放城"了。于是，原来以为是虚张声势借以吓人的法令，一夜之间就变成了可怕的现实。"迄今为止这里毫无动作。"两位新护民官一到任就迫不及待地在向国民公会提交的第一份报告中这样说，以此来证明他们自己的爱国热忱并对那位态度温和的前任表示怀疑。他们立即采取恐怖手段来执行国民公会的命令。富歇，这位"里昂的刽子手"、日后的奥特朗托公爵和一切合法原则的捍卫者，后来最不愿意重提这段往事。

现在不再是用铁锹把建筑物上的灰浆慢慢地铲下来了，而是埋上火药，把精美的建筑物一排排炸掉，行刑时也不再用"既不可靠也不够用"的断头台，而是用枪和霰弹将被判决的人成百上千地集体处死。司法机关每天都得到新的严厉的命令，因而大开杀戒，它像长把儿镰刀大把大把刈割麦束，日复

---

① 科洛·德布瓦（1749—1796），法国激进民主派，1792 年 9 月被选为国民公会议员，翌年 10 月 30 日他和富歇前往里昂平定反革命叛乱，处决大批里昂市民。在热月反动中，科洛·德布瓦被放逐到圭亚那，后在该地死于黄热病。
② 富歇（1758—1820），法国政治家和警察组织的建立者，由于工作勤奋，又能随机应变，所以能在 1792 年至 1815 年间历届政府中供职。1792 年当选为国民公会议员，1793 年 10 月同科洛·德布瓦一起被派往里昂镇压叛乱，他大开杀戒，并毁坏许多建筑物，后来又联合一帮人推翻罗伯斯庇尔。他坚决支持拿破仑的雾月 18 日政变，1809 年被封为奥特朗托公爵，曾几度出任警务部长。

一日地将大批市民一片片刈倒在地；要将死者收殓掩埋实在太慢，于是便将死者扔进罗纳河，让那汹涌的波涛将尸体冲走。嫌疑犯比比皆是，各个监狱早已人满为患。于是就将公共建筑物、学校和修道院的地窖统统用来关押被判决的人，当然关押的时间极其短促，因为镰刀很快就刈过来了，很少有一堆草会让同一个犯人的身体暖和一个晚上的。

在那个血腥之月，在一个严寒的日子里，又有一批犯人被赶进市政厅的地窖，大家暂且短暂而悲惨地待在一起。中午，他们挨个儿被带到警长面前，马马虎虎一问便决定了他们的命运。现在六十四个被判决的男人和女人零乱地坐在拱顶很低的地窖里，黑暗中弥漫着酒桶味和霉气，前屋壁炉里的一点儿火并没有使地窖暖和多少，只不过给黑暗染上些微红色而已。大多数犯人都迷迷糊糊地躺在各自的草褥上，其余的人则挤在那张唯一允许放在那里的木桌旁，凑着摇曳不定的烛光在匆匆写诀别信，他们都清楚，他们的生命将比这寒冷的屋子里颤颤悠悠地发着蓝光的蜡烛结束得更早。他们说话的时候没有一个不是悄声低语的，所以地雷低沉的爆炸声和紧接着房屋哗啦啦的倒塌声，从寂静的大街上严寒的空气中传到这里就听得分外清晰。可是事态的发展犹如迅雷不及掩耳，这些备受命运折磨的人已经失去了感觉和清楚地思考的一切能力。大多数人像待在坟墓的进口处一样，在这黑洞洞的地窖里往墙上一靠，一动不动，一言不发，他们万念俱灰，不再存有任何希望。

将近晚上七点钟的时候，吱的一声，生锈的门闩拉开了。大家下意识地一惊而起：以往是允许过夜的，难道一反这悲惨的常规，他们最后的时刻现在就已到来？一阵寒冷的穿堂风从打开的门吹进来，蜡烛蓝蓝的火苗跳个不停，仿佛要逃脱蜡身，蹿出地窖似的。随着烛光的颤动，人人胆战心惊，对于即将来临的事情未卜凶吉。但是过了一会儿大家就惊魂稍定，因为狱卒并没有别的动作，只不过又给这里新添了一批犯人，二十名左右。狱卒一声不吭地将他们押下台阶，带进挤得满满的屋子，也不给他们指定特定的位置，随后就哐当一声重新关上了沉重的铁门。

囚犯们用不友好的目光望着这些新来的人，因为人的天性很奇怪，随处都会适应环境，即使时间极其短暂，也会觉得如在家里一样，这似乎是天经地义的。所以这些先来者已经下意识地把这间空气滞重、散发着霉味的屋子，长了绿毛的草褥和壁炉周围的位置看作了自己的财产，觉得每个新来的人都是擅自闯入的、令人扫兴的入侵者。那些刚押进来的囚徒呢，他们大概也都明显地觉察到了先到这里的犯人所表露出来的冷冰冰的敌意，尽管这种敌意在这死亡的时刻显得如此荒唐。很奇怪，他们既不同先来的难友互致问候，也不说话，也不要求在桌旁和草褥上占有一席之地，而只是一言不发、闷闷不乐地挤在一角。如果说先前浮现在拱顶上的寂静已经极其残酷，那么，由于无谓地激起了感情上的紧张气氛，这寂静就显得更为阴森了。

突然，一声呼喊打破了寂静。在这个时候，这喊声听起来格外悦耳，分外响亮，仿佛来自另一个世界。这声响亮的、几乎是颤抖的呼喊，以其不可抗拒的力量把最最漠然的人也触动了,把他们消沉压抑、万念俱灰的心震撼了。一位刚同其他犯人一起新来的姑娘突然猛地跳了起来,像要摔倒似的朝前伸开双臂,一面颤声高呼"罗伯特,罗伯特",一面朝一个年轻人扑去。这个年轻人本来正靠在一边的窗栅上,同姑娘之间隔着几个人,这时也朝她扑了过来。两个年轻人的身体随即紧紧地拥抱在一起,嘴唇紧紧相贴,像两束火焰亲热地在一起熊熊燃烧,欢乐的泪水夺眶而出,在对方脸上涓涓流淌,他们的抽噎像出自一个快要炸裂的喉咙。他们一旦稍停片刻,就不相信这是真的。这难以置信的事情使他们心惊胆战,因而转瞬之间两人又重新紧紧地拥抱在一起,情绪更为炽热。他们失声痛哭,抽抽泣泣,一口气地说着,嚷着,一味沉浸于无穷无尽的感情的海洋中,完全不顾及周围的难友。难友们感到无比惊讶,因此恢复了生气,犹犹豫豫地走近这两位年轻人。

　　姑娘同这位市政府高级官员的儿子罗伯特·德·L青梅竹马,几个月前两人刚订婚。教堂里已经贴出了结婚公告,而所定的办喜事的日子恰好正赶上血流遍地的那一天。那天,国民公会的军队攻破了里昂城。她的未婚夫一直在佩西将军的军队里同共和国作战,在这节骨眼上当然有责任保卫这位保皇派将军去进行孤注一掷的突围。此后接连几个星期都没有他的消息,她几乎心怀这样的希望:他已经幸运地越过国境,逃到瑞士去了。这时,突然有位市政府的文书告诉她,告密者打听到她未婚夫躲藏在一个农庄里,昨天他已被送交革命法庭。这位勇敢的姑娘一听到她未婚夫肯定会被处决的消息,身上一下生出一股神奇而不可思议的力量——女人在千钧一发之际其天性所具有的那种力量，办了件本来不可能办到的事。她亲自闯到本是无法接近的人民代表跟前，恳求宽宥她的未婚夫。她先是跪在科洛·德布瓦的脚下，但遭到严厉拒绝。科洛·德布瓦说，对于叛徒他决不宽宥。随后她又跑去找富歇。而此人心地之残忍丝毫不比科洛·德布瓦逊色，不过手段则更加狡猾。他见年轻姑娘这副绝望的样子，好像也受了感动，于是便用谎言来搪塞，说他倒很愿出面干预，从轻发落她的未婚夫，可是他看见——这时这位惯于用花言巧语蒙骗人的老手透过长柄单片眼镜朝一张无关紧要的纸上随便扫了一眼——今天上午罗伯特·德·L已经在勃罗多的田野上被枪决了。年轻姑娘完全受了这个老奸巨猾的家伙的诓骗：她立刻就相信她的未婚夫已死。遇到这种情况，女人通常只有束手无策地沉湎于痛苦之中，可是她却不是这样，她已将毫无意义的生命置之度外。这时，她从头发上摘下饰有革命标志的徽章，往地上一扔，双脚一阵猛踩，并大声怒骂富歇和急忙奔来的卫兵是一帮卑鄙的吸血鬼、刽子手和色厉内荏的罪犯。高昂的吼骂，声震屋宇。她被士兵绑了起来。她被拖出房间的时候，听到富歇正在给他的麻子秘书口授逮捕她的命令。

这位热情满怀的姑娘几乎是乐不可支地对周围的人说，这一切她当时已不再觉得是真实的，不再觉得是实实在在的了，相反，一想到自己很快就可以跟随已被处决的未婚夫而去，就觉得遂心如意，心里有种辉煌感。审讯时她对所有问题概不作答，她强烈地意识到死亡已经临近，心里无比欣喜，当士兵将她同后来的那批犯人一起推进这所监狱时，她甚至连眼睛都没有抬一下。因为她知道心爱的人已死,她自己将在九泉之下幸福地朝他靠近,那么,在这个世界上还有什么不能割舍的呢?因此她完全安之若素地躺在一角。她的眼睛刚刚适应狱中的黑暗时,看到了一个倚窗沉思的年轻人,他的姿态令她感到诧异,活脱脱就是她未婚夫平时愣神儿凝视的样子。她竭力控制自己,不让自己怀有这样一个镜花水月、虚妄无稽的希望,不过她毕竟还是站了起来。在这瞬间,那年轻人恰好几乎同时走近了蜡烛的光圈。她以仍然激动不已的声调说,她真不明白,在这魂飞魄散的钻心的一刻,居然没有晕死过去,因为她清楚地感觉到,当她突然看到早已被处决的未婚夫仍活生生地出现在她面前时,她的心简直像要从胸口蹦出来一样。

姑娘急匆匆地飞快地讲述着这段经历,同时她的手一直紧紧地握着她心上人的手,一刻也没有松开。她目不转睛地盯着他,一次又一次地重新拥抱他,仿佛对他的出现还始终把握不定似的。这对年轻人两情缱绻,这感人至深的一幕神奇地震撼了所有的难友。这些犯人方才还麻木不仁,疲惫不堪,无动于衷,心如死灰,现在一下子活跃起来了,个个热情满怀,纷纷挤在这一对如此奇特地相聚在一起的情人周围。由于这件异乎寻常的事情,他们个个忘掉了自己的厄运,人人心潮翻涌,都忍不住想对他们说句关怀、支持或同情的话,但是这位热情似火的姑娘正沉醉在如痴似迷的自豪中,不需要别人为她抱憾。不需要。她说她很幸福,彻底的幸福,因为她现在知道,她可以和心上人在同一时刻死去,谁也不必为对方伤悲。不过有一件事美中不足,那就是她没有完婚,还只能用父姓,而不能作为他的妻子同他一起走到上帝面前去。

她天真烂漫地说出了自己的心里话，没有任何意图，而且几乎一说出来就已经忘了，只是不住地拥抱她心爱的人，所以并没有发觉，罗伯特的一位战友被她这个愿望深深打动，这时已小心翼翼地溜到一旁，在同一位年纪较大的难友悄悄地合计。他低声所说的那些话似乎使那人大为感动，因为他立即霍地站了起来，挤到这两个年轻人身边。他对这对情侣说，他是土伦的一位神父——他一身农民着装别人真看不出他是神父——由于拒绝宣誓效忠共和，被人告密才被逮捕到这里来的。尽管他现在没有穿神父的长袍，然而心里依然一如既往地感到自己应履行的职务和所具有的神父的权力。他说，既然两人的婚礼早已公告，另一方面两人又都已被判决，所以完婚之礼不容拖延，因此他豁出去了，愿意立即满足他俩这个完全正当的渴求，在这里由他们的难友和那位无处不在的上帝作证，使他俩结为夫妻。

年轻的姑娘万万没有想到，她的心愿居然还能实现，真是感到无比惊讶，于是她便以询问的神情望着未婚夫。他的回答只是一道喜气洋洋的炯炯闪亮的目光，于是年轻姑娘便双膝跪在坚硬的石板地上，吻着神父的手，请他就在这间极不像样的屋子里为他们主持婚礼，因为她觉得自己的思想是纯洁的，此刻心里充满了神圣的感觉。这阴郁的死屋瞬间将变为教堂这件事深深打动了其他难友的心，他们都受到新娘激动心情的感染，都急忙下意识地做这做那，借以掩饰自己内心的激动。男人们把数量不多的几把椅子搬来排好，在铁质耶稣受难像前把蜡烛插成笔直的一行,把那张桌子布置得像祭坛一样。这当间儿,妇女们把在入狱途中同情者送给她们的些许鲜花匆匆编成一个细花环,戴在姑娘头上。这时,神父同即将成为她夫君的罗伯特进了侧室,神父先听取了新郎、后又听取了新娘的忏悔。两位新人走到临时祭坛前面,此时,持续几分钟之久屋里声息全无,静得出奇,以至看守以为狱中发生了什么可疑之事,因而突然打开牢门,走了进来。当他发现屋里所做的那种奇特的准备时,他那黑黝黝的农民脸庞也不由自主地变得庄严、肃穆了。他站在门口,不去打扰他们,因此他自己也成了这次异乎寻常的婚礼的默默的见证人。

神父走到桌前,简要地解释说:哪里人们愿意诚心诚意地在上帝面前结合在一起,哪里就是教堂和祭坛。说完他便双膝跪下,所有在场的人也随他一齐屈膝。屋里是那么静,静得支支蜡烛的火苗也一丝不动。接着,神父打破静默,问两位新人是否愿意生死与共。两人以坚定的声音回答:"愿生死与共。"这个"死"字方才还是个恐怖的字眼,现在高昂而清晰地响彻这无声的屋子,再也没有一丝可怕了。这时,神父把他们的手放在一起,用这句话宣布他俩的结合:"Ego auctoritate sanctae matris Ecclesiae qua fungor, conjungo vos in matrimoniam in nomine Patris et Patris et Filii et Spiritus sancti。"①

至此,结婚仪式结束。新婚夫妇吻着神父的手。难友们都

---

① 拉丁文,意为:"我凭圣母教堂的威望,并以此履行职责,以圣父圣子圣灵的名义让你们结为夫妻。"

挤上前来，一个一个地单独向这对新人说一句发自肺腑的至诚的祝福。此刻谁也没有想到死，就是感觉到死的人，也不再觉得死亡的可怕了。

这期间，刚才在婚礼上担任证人的那位朋友已经跟几个难友悄悄商量过，一会儿又见他们奇怪地忙活起来了。男人们从旁边的小屋里把草褥子搬了出来。这时，两位新人全身心都沉浸在梦一般的事态中，对已经完成的准备工作尚未觉察到。那位朋友走到他俩跟前，微笑着告诉他们，他和他的难友都很想送给这对新人一件礼物，以庆贺这个大喜之日。可是对于那些连自己的生命都危如朝露的人来说，还有什么世俗的礼物可送呢！所以他们只想赠送一件新婚夫妇定会非常高兴并倍感珍贵的东西：腾出这间小屋给他们做洞房，让他俩安逸地度过一个新婚之夜，这最后一夜，难友们自己则宁愿在外屋挤一挤。"好好利用不多的几个小时，"他补充说，"逝去的生命是片刻也不会再还给我们的，谁在这样的瞬间还能得到爱情的赐予，谁就该尽情地加以享受。"

少女的脸羞红了，一直红到头发根，她的夫君则真诚地凝视着这位朋友的眼睛，激动得紧紧握住他那充满兄弟情谊的手。他们没说一句话，只是互相凝视着。就这样，没有人大声安排，男人们就都下意识地围在新郎身边，女人们则围在新娘身边，大家庄严地手举蜡烛，把这对新人送进那间从死神那里借来的洞房，人人心里都洋溢着关怀之情，所以这种古老的婚礼习俗无意之中又出现了。

随后，他们在这对新人身后轻轻关上房门，但是对于临近的合卺之欢谁也不敢开一句不得体的或是不干净的玩笑，因为自从大家对自己的命运已经无能为力，却还能给予别人些微幸福以来，人人心头都默默升起一种特别庄严的感情。他们做了一点儿好事，也分散了对自己不可避免的厄运的注意力，对此大家都在心里暗暗感激不已。于是这些已被判决的人在黑暗中七零八落、或醒或梦地躺在各处的草褥上直至天明，屋里虽然充满了绝望的呼吸，却很少听到有人叹息。

　　第二天一早，士兵进来要将这八十四名犯人押赴刑场时，发现他们都已醒了，并且全都准备停当。只有旁边新婚夫妇的洞房里仍无声息：就连枪托砸得哐哐响也没有将这两个精疲力竭的人吵醒。于是那位男傧相便赶忙悄悄跑进洞房，免得刽子手去把这对幸福的人强行弄醒。他俩躺着，松松地搂抱在一起，她的手枕在他微微后倾的脖子下，像是忘了抽出来。即使在睡眠中脸上的表情凝固了，但他俩的脸庞仍很舒展，焕发着幸福的容光，以至那位傧相也大为感动，不忍心打扰这样的安宁。可是形势不容他迟疑，于是他便先将新郎摇醒，告诉他现在形势已很紧迫。新郎心醉神迷地一睁开眼睛，就伤心地想起了眼下的处境，于是便情意绵绵地将妻子从铺上扶起。她抬眼一看，像孩子似的被这突如其来的冰冷的现实吓得胆战心惊，但随即便对他会心地一笑，说："我准备好了！"

　　当这对新婚夫妇手拉手走进外屋时，所有的人都不由自主地给他们让开路，这样，这对新婚夫妇无意中就走在了这批被押赴刑场的死囚的头里。市民们每天都看到那些押往刑场的悲哀的队伍，对此已经习以为常，尽管如此，这次却诧异地目送这支奇特的队伍离去，因为走在队伍前面的两个人——一位年轻军官和那位头戴新娘花环的姑娘——洋溢着异乎寻常的快乐情绪和对幸福颇有把握的神态，因此即使很迟钝的人在这里也会虔敬地感觉到一个崇高的秘密。其他人也不像以往被押赴刑场的死刑犯那样慢腾腾地拖着踢踢踏踏的步子，而是每个人都以热情似火的目光和矢志不移的信任紧紧盯着这对新人。他们两人已经意想不到地三次实现了自己的愿望，在这两位幸福的人身上必定还会、一定还将再次出现奇迹，出现最后的奇迹，从而把大家从确定无疑的死亡中解救出来。

　　生活总是喜爱奇怪的事情，然而现实中的奇迹却很少出现。当时在里昂习以为常的事情现在终于发生了。这支囚犯队伍被押过大桥，来到勃罗多的沼泽地里，在那里等待他们的是十二队步兵，每三支枪的枪筒瞄准一个人。士兵把死囚一行行排好，一排子弹就把所有犯人撂倒。接着，士兵们就将尚在流血的尸体扔进罗纳河，滚滚急流漫不经心地将这些陌生人的脸庞和命运冲入河底。只有那个婚礼上用的花环从正在下沉的新娘头上缓缓脱落下来，还毫无意义地、十分显眼地在奔腾而去的波浪上漂浮了一阵。后来花环也消失了，对于那个从死神嘴唇上抢来的、因而更值得纪念的爱情之夜的记忆，也随着花环的消失而久久地被遗忘了。